KB064472

하나도 못 맞히는 점집

하나도 못 맞히는 점집

The Novice Shaman Reading Past Lives

이선영 장편소설

클레이하우스
CLAYHOUSE

일러두기

작품에 등장하는 인물, 지역, 단체 등의 이름은 허구임을 밝힙니다.

차
례

프롤로그

바바리 맨.

사내의 차림새는 척 봐도, 누가 봐도 그랬다. 턱끝에서 찰랑거리는 머리카락, 베이지색 트렌치코트 차림에, 털이 숭숭 난 종아리를 하고는 복권방을 휘젓고 다니는 모양새를 사장 고리아는 유심히 지켜보았다. 아니, 혹시 모를 사고에 대비해 눈을 돌리는 게 현명할까. 어떻게 이런 인간들만 손님이랍시고 기어들어오는지, 고 사장은 기가 찰 노릇이었다. 미스코리아 복권방을 개업한 지 일 년 남짓. 상호는 고 사장의 아이디어였다. 고씨 성에 획 하나를 그어 거센소리로 바꿨을 뿐, 다스릴 리(理) 자에 맑을 아(雅) 자는 선친이 지어준 고 사장의 본명이었다. 세상을 맑은 이치로 다스리라는 깊은 뜻이 담긴 이름이었다. 누구는 과연 사장님 인물 따라 잘 지은 이름이라고 고개를 끄덕였고, 누구는 고 사장 용모에 가당키나 한 이름이냐며 비웃음을 흘렸지만, 누가 뭐라 해도 고 사장 스스로는 자신 있게 내걸 수 있는 이름이었다. 그렇기는 했지만 막상 저질 손님들을 하나둘 받다 보니 첫 단추부터 잘못 꿴 건가 싶기도 했다.

자의 반 타의 반 '미스'이긴 했지만 알고 보면 고 사장도 산전수전 공중전을 두루 섭렵한 터, 변태 하나쯤 상대하는 건 큰 문제도 아니었다. 말로 살살 구슬려 내보내든, 겁을 줘서 고분고분하게 만들든, 웬만하면 고 사장 마음대로 다룰 자신이 있었다. 물론 혼쭐을 내서 다시는 발도 못 들이게 쫓아버리는 게 최선일 것이었다. 하지만 그것도 말이 쉽지, 대여섯 평의 복권방에 꽉 들어찰 듯 우람한 체격의 사내를 상대한다는 것이 그렇게 간단한 일은 아니다. 태국에 갔을 때 무에타이라도 배워뒀어야 하는 건데. 십여 초의 짧은 시간 동안 고 사장의 머릿속에는 잡다한 생각이 복권 추첨기 안의 알록달록한 공처럼 이리저리 튀어오르고 있었다.

이름값을 하느라 그랬는지 이십 대 초반에 인생의 쓴맛을 본 고 사장은 반쯤 정신이 나간 채로 해외를 바람처럼 떠돌았다. 그시절에는 그야말로 한 마리 새였고, 이름 없는 들꽃이었다. 이쯤에서 삶을 포기하자고 생각한 순간에 거짓말처럼 삶이 간절해졌고, 한국이 못 견디게 그리웠다. 어찌어찌 귀국한 뒤 인도 철학과 사주 명리학에 심취해 점괘를 봐주면서 푼돈을 벌어 쓰기도 했다. 그러던 중, 사람이 죽으란 법은 없는지 누군가 복권방 창업 소스를 귀띔했다. 결국 월남 파병 용사였던 선친 덕을 크게 봤다. 국가 유공자 자녀가 복권방 신규 창업 자격이라는 걸 귀띔해준 지인은 창업할 수 있는 것 자체가 로또 당첨이라고 생색을 냈다. 고 사장은 있는 돈 없는 돈 박박 긁어모으고 빚을 좀 내서 야심 차게 복권방을 개업했다. 눈에 띄는 상호 덕분인지 남자 손님들이 기웃거렸지만, 그것도 잠시였다. 월세와 은행 이자, 복권 구매 선금이 겨우 빠지길 육 개월.

솥뚜껑을 열어봐야 밥인지 죽인지 아는 거고, 쇠고기는 씹어봐야 한우인지 수입 고기인지 아는 것처럼, 복권방을 열기만 하면 손님이 줄을 선다는 것도 딴 동네 개 짖는 소리였다. 동네마다 들어선 복권방이 많게는 서너 개씩 난립하는 걸 보면 결국 손님 쪼개 먹기 식인 걸 미처 생각하지 못한 거였다. 그러다가 운명의 신이 어느 복권방을 향해 인생 역전 로또 당첨 행운의 화살을 쏘아주면 게임 끝이었다. 로또 당첨을 알리는 현수막이 걸리는 날부터 근처의 다른 복권방들이 쭈그러지는 건 정해진 순서였다. 미스코리아 복권방도 그중 하나였다. 출근 시간에 맞춰 가게 문을 열고 열두 시간을 꼬박 지켰지만, 수입이 최저 시급에도 미치지 못하는 날들이 이어지고 있었다.

행인의 발길도 뜸해지는 늦은 밤, 얼큰한 취객이나마 한둘 받으면 다행이었다. 술 냄새를 풍기면서 희떠운 농담을 하는 손님에 목을 매고 있는 것도 구차스러워 문을 닫을 참이었다. 그때 짠 하고 등장한 손님이 바로 바바리 맨이라니. 으슥한 골목이나 후미진 산책로에 느닷없이 나타나 트렌치코트 자락을 박쥐처럼 펼쳐 자신의 맨몸을 보여주는 찌질이 변태의 통칭. 그들의 맨몸이 빈약하기 이를 데 없다는 것도 모르지 않았다.

바바리 맨은 벽에 나붙은 종이를 향해 몸을 숙이더니 깨알 같은 글씨를 읽어보는 척 딴청을 피우며 쭈뼛쭈뼛 거리를 좁혔다. 그러다 컴퓨터용 사인펜이 담긴 플라스틱 바구니를 팔꿈치로 밀어 바닥에 떨어트렸다. 자기 몸집이 스스로도 감당이 안 되는 모양이었다. 허둥지둥 물건들을 주워 올리는 모습을 보다 못해 고 사장은 입을 열었다.

"지금 뭐 하시는 거예요?"

바바리 맨은 우뚝 몸을 세우더니 카운터로 성큼성큼 걸어왔다. 점점 가까워지는 사내는 알 듯 모를 듯 묘한 표정을 짓고 있었다. 그래도 아직까지 진상 손님들과의 기싸움에서 져본 적은 없는 고 사장이었다. 아랫배에 힘을 주고 비상 태세를 갖췄지만, 덜덜 떨리는 심장을 가라앉히느라 무진 애를 써야 했다. 카운터 밑의 비상벨을 누를까 말까 망설이면서도 사내를 빠르게 일별한 고 사장은 고개를 갸웃했다. 잔뜩 부푼 어깨 근육 위로 다부진 하관에 부리부리한 눈과 주먹코. 베이지색 트렌치코트를 양쪽으로 엇

갈려 여민 차림까지, 느와르 영화에 등장하는 조폭이 먼저 떠올랐다. 물론 바바리 맨이라고 다 비실비실한 건 아닐 테지만. 매대 앞으로 바투 다가온 사내에게선 범접하기 어려운 기운이 감돌았다. 고 사장은 움찔하며 뒷걸음질을 쳤다.

"그, 그러니까 뭐냐고, 뭐?"

반말로 기선을 제압해보려는 얄팍한 대처였지만, 겁먹은 티를 온전히 숨길 수는 없었다.

그때 가게 문이 드르륵, 열렸다. 살았다! 바바리 맨이 겁을 먹고 내빼려나 기대했지만, 복권방에 들어온 남자도 벌건 낯빛에 게슴츠레한 눈이 심상치 않았다.

"미스코리아인지, 지랄인지! 이런 망할 놈의 복권방 같으니라고! 야, 여기 사장 당장 나오라고 해!"

혀가 잔뜩 꼬인 남자가 고 사장을 노려보며 소리를 질렀다. 이건 또 뭐야? 흉기를 들고 복권방의 현금을 노린다는 강도 얘기가 생각났다. 간담이 서늘했다. 늑대 피하려다 호랑이 굴에 들어간 격인 걸까? 차라리 변태 해프닝이 열 배는 나았다. 지금은 늑대와 호랑이가 한꺼번에 덮친 꼴이었다. 고 사장은 기가 막히고 말문이 막혀 입만 벙긋거렸다.

"내가 이 망할 놈의 복권방에 쏟아부은 돈이 얼만 줄 알아? 다 합치면 집 한 채는 너끈히 사고도 남겠다. 어떻게 살 때마다 꽝이냐고? 내 돈 당장 다 내놓지 못해! 돈 내놓지 않으면 이놈의 복권방을 다 엎어버리고 말 거야…"

술에 잔뜩 취한 남자는 고래고래 소리를 지르며 고 사장을 향해 한발 한발 다가붙었다. 성큼 가까워진 남자는 매대를 향해 손을 휘저었고, 진열되어 있던 복권과 플라스틱 장식이 바닥에 와르르 쏟아졌다. 고개를 휙 돌린 남자는 고 사장과 눈이 마주치자 주먹을 쥔 채 카운터를 향해 발을 내디뎠다.

그 순간, 바바리 맨이 빠른 손놀림으로 취객의 손목을 낚아챘다. 취객은 비명을 내지를 새도 없이 바바리 맨의 완력에 손이 꺾여 몸이 휙 돌아갔다. 바바리 맨은 취객을 공중으로 가볍게 들어 올렸다. 어, 어, 어…. 고 사장의 입에서도 탄식인지 감탄인지 모를 음절이 스타카토로 나왔다. 바바리 맨의 제압에 취객은 행사용 바람 인형처럼 낭창낭창 흔들거렸다. 눈 깜짝할 사이에 벌어진 일이었다.

바바리 맨은 취객을 부둥켜안은 채 복권방을 나갔다. 고 사장은 경찰을 부를 생각은 까맣게 잊은 채 미어캣처럼 목을 빼고 바깥을 넘겨다보았다. 바바리 맨은 트렌치코트 자락을 활짝 펼쳐서 남자를 감싸안았다. 코트 자락 속에 파묻힌 취객의 얼굴이 농익은 토마토처럼 으깨어지는 듯했다. 어디선가 본 듯한 장면. 오래전 청순가련형 여배우가 찍은 초콜릿 CF가 떠올랐다. 트렌치코트 자락 속에서 수줍은 듯 내밀던 뽀얀 얼굴과 취객의 시뻘건 얼굴이 많이 다르기는 했지만.

코트를 입은 사내의 정체가 점점 더 깊은 미궁으로 빠져들었다. 남자만 노리는 바바리 맨인가? 고 사장의 복잡한 머릿속과 달리 바바리 맨은 취객을 선선히 풀어주었다. 남자는 캑캑거리면서 잽싸게 달아났다. 횡포를 부리던 취객이 사라지자 바바리 맨은 아무 일도 없었다는 듯이 손을 탈탈 털고는 복권방으로 돌아왔다. 휘날리는 트렌치코트 속 사내의 몸이 고 사장의 시선을 붙들었다. 예상과 달리 바바리 맨은 알록달록 색동마고자와 연분홍색 반바지를 입고 있었다. 바바리 맨은 마고자 아래 대롱대롱 매달린 복주머니를 열었다.

"안뇽! 조기 있잖아요, 나요…."

사내의 입에서 흘러나온 혀 짧은 소리에 고 사장은 현실감을 잃고 말았다. 개구리 왕눈이를 닮은 눈과 벌름거리는 주먹코에 돼지 똥구멍 같은 입술의 바바리 맨은 만화에서 튀어나온 캐릭터 그 자체였다. 도라에몽 주먹 같은 손에는 오만 원이 들려 있었다. 순간 미성년자에게는 복권 판매가 금지되어 있다고 말할 뻔했다. 그의 목소리와 표정이 영락없이 서너 살 아이의 그것이었기 때문이다.

"누나, 나 꿈꿔떠여. 도야지 꿈. 로또 꿈 맞져. 복권 좀 듀세여."

베르사유의 미용사

이제 신혜에게 남겨진 두 컷 인생은 무엇일까?
신혜는 순정 씨의 결정 대신 스스로가 선택한 대로
흘러갈 인생이 궁금해졌다.

신혜는 2학년 1학기를 마친 작년 여름, 마침내 자퇴서를 제출하고 말았다. 휴학을 고민하다가 최종적으로 내린 결정이었다. 미용실에서 뻗정다리 되도록 손님들 머리 손질에 여념이 없는 그녀의 엄마 김순정 씨가 알았다면 그 자리에서 졸도했을 것이다. 순정 씨뿐 아니라 오래전에 세상을 뜬 아빠 박동규 씨도 저승에서 개탄할 일이었다.

삼수까지 해서 겨우 턱걸이로 붙은 학교는 경기도 주소지의 대학이었다. 신혜의 적성을 전혀 고려하지 않고 대학과 학과를 무작정 밀어붙인 건 딸에 대한 기대를 버리지 못한 순정 씨의 우격다짐이었다. 순정 씨가 딸에 관해 망상에 가까운 희망을 품었던 건

다 그놈의 〈도전! 골든벨〉 탓이었다. 신혜의 인생이 이상한 방향으로 꼬인 것도 그 때문일지 몰랐다. 신혜가 어떤 저의를 가지고 계획했던 건 아님에도 불구하고.

십오륙 년 전 그날의 장면은 신혜의 머릿속에도 생생하게 남아 있다. 초등학교 저학년 무렵이었고, TV에선 고등학생 퀴즈 프로그램인 〈도전! 골든벨〉이 방영되고 있었다. 전국의 고등학교가 돌아가며 참가하는 프로그램으로, 백 명의 학생이 오십 개의 문제에 도전해 최후의 일인을 가려내는 방식으로 진행되었다.

예전에는 고등학생들이 실력을 가늠하고 경쟁하는 퀴즈 프로그램으로 〈장학퀴즈〉가 있었다는 건 동규 씨가 지치지 않고 반복하는 이야기 중 하나였다. 일요일 아침 〈장학퀴즈〉의 경쾌하고 힘찬 시그널 음악이 울려퍼지면 고등학생 동규 씨는 TV 앞에 정자세로 앉아 있어야 했다. 출연자들이 방송국 스튜디오에서 문제를 풀어나가는 동안, 동규 씨도 출연자들과 마찬가지로 끙끙대며 답을 생각해내야 했다. 훗날 군대 기상나팔 소리만큼이나 하이든의 트럼펫 협주곡 3악장이 가슴을 짓눌렀다고 하니 동규 씨가 받은 스트레스를 짐작할 수 있었다.

"어머님? 아버님? 두 분 중 누가 당신한테 그런 엄청난 기대를 하셨는데? 그게 뭐 여느 고등학생이 감불생심 출연할 수나 있는 프로였나. 전국 수재들이 나와서 풀 수 있는 문제만 나왔는데. 나는 그딴 거에 전혀 관심 없었어."

18

순정 씨의 반응은 완전 쿨함 그 자체였다. 신혜도 수재들의 맞춤형 퀴즈 프로그램에 관한 '라떼 이야기'를 추억하는 아빠가 의아하긴 매일반이었다. 지방대 중퇴에 인테리어 설비 기사가 된 아빠의 경력을 결코 무시해서가 아니었다. 다만 좀 생뚱맞은 트라우마라는 생각이 드는 건 어쩔 수 없었다.

"내가 말했잖아. 우리 부모님이 당신들 배우지 못한 설움을 나한테 풀고 싶어했다고."

동규 씨는 아내의 무관심과 딸의 의아함을 뭉뚱그려 해명하고선 장황하게 썰을 풀기 시작했다. 칠팔십 년대를 풍미한 〈장학퀴즈〉와 이천 년대를 주름잡았던 〈도전! 골든벨〉의 차이점에 관해서. 〈장학퀴즈〉가 우수한 학생들의 전유물이었다면, 〈도전! 골든벨〉은 많은 학생이 참여하는 동시에 학교 전체를 축제 분위기로 만드는 프로라는 것이었다. 초지일관 고난도의 문제로 시청자의 기를 죽이는 〈장학퀴즈〉와 달리 난이도를 고르게 출제하는 것도 장점이라고 했다.

동규 씨가 케케묵은 고등학생 시절의 퀴즈 프로그램을 들먹이며 〈도전! 골든벨〉에 초미의 관심을 드러내는 데는 그날의 사건이 한몫했다.

첫 번째 문제입니다. 조선 태종 이방원의 셋째 아들 충녕대군은 장자는 아니었지만 첫째 형인 양녕대군, 둘째 형인 효령대군보다 뛰어난 능력을 인정받아 조선 제4대 왕으로 재임했습니다. 이 왕은 누구입니까?

사회자가 낭랑하고 또렷한 목소리로 문제를 냈다. 까, 하고 의
문형의 종결어미가 나오자마자 신혜의 입에서 정답이 쏜살같이
튀어나왔다. 세종대왕. TV에 눈을 고정한 채 꼿꼿한 자세로 앉아
있는 딸을 동규 씨는 놀란 얼굴로 바라보았다.

공부를 싫어했던 동규 씨도 그 정도 상식은 있었던 터라 자신
도 충분히 맞힐 수 있는 정답이었다면서 아득한 눈빛으로 그날을
회상했다. 그렇다고 해도 초등학교 저학년이 맞히기에는 어려운
문제였다. TV를 함께 시청하던 순정 씨도 그걸 감지했는지 딸의
옆얼굴을 빤히 쳐다봤다. 신혜는 아빠와 엄마의 시선을 양쪽으로
받고 있다는 걸 전혀 느끼지 못했다.

다음 단어 중 알파벳 'S'로 끝나지 않는 단어를 고르세요. 스트레스,
서커스, 징크스, 블루스.

"여보, 정답 알아요?"
"발음상으로는 다 에스가 들어가는데…."
동규 씨와 순정 씨는 신혜 앞에서 체면을 세우려는 듯 인상을
찌푸리고 답을 맞혀보려고 안간힘을 썼다.
"징크스!"

신혜는 입술을 조그맣게 오므리며 말했다. 정답이 발표되자 열 명 남짓한 학생들이 우르르 빠져나갔고 남아 있는 학생들은 개인 칠판을 흔들어댔다. 동규 씨와 순정 씨가 딸을 가운데 놓고 눈을 마주친 순간과 맞물렸다.

삼수로 대학을 입학하긴 했지만 지금 신혜의 실력이라면 맞힐 수 있는 영어 문제다. 보기로 나온 스펠링이 stress, circus, jinx, blues라는 것쯤은 알고 있으니까. jinx의 발음이 '징스'라는 것도. 하지만 당시 신혜는 영어 유치원 출신도 아니었고 따로 영어학원을 다니고 있지도 않았다.

중간중간 학생들의 개인기와 퍼포먼스가 프로그램에 재미를 더해주었지만, 문제 풀이는 한참이나 이어졌다.

안데르센 동화의 주인공인 **이것**이 저작권 논란에 휘말렸습니다. 덴마크 이민자가 많이 정착한 미국 미시간주 그린빌에 세워진 동상에 대해, 최초로 **이것**의 동상을 제작한 에드바르드 에릭센의 저작권이 침해되었다는 주장이 코펜하겐에서 나왔습니다. 그린빌 측에서는 크기와 얼굴 모양이 다르다면서 완전한 복제품은 아니라는 지적으로 맞서고 있습니다. **이것**은 무엇일까요?

인어공주 상을 둘러싼 그린빌과 코펜하겐의 저작권 논란은 지금도 끊이지 않는 분쟁이다. 2023년에 흑인 주인공의 실사판이 개

봉되면서 다시 한번 뜨거운 감자로 떠오르기도 했다. 그때나 지금이나 퀴즈 프로그램에서 충분히 다뤄질 수 있는 시사 문제였다.

질문 자체가 긴 탓에 집중력을 요구하는 문제였지만, 동규 씨와 순정 씨의 관심은 오로지 딸의 입술에만 집중되었다. 신혜의 입에서 자동 반사처럼 튀어나온 답은 인어공주였다. 말할 것도 없이 정답이었다. 그러나 동규 씨와 순정 씨 얼굴엔 기대보다는 실망이 스쳤다. 한참 동화를 좋아할 딸의 나이에 생각이 머무른 탓이었다. 그러면 그렇지. 부부 중 누군가의 입에서 그 말이 슬며시 비어져나왔다. 소가 뒷걸음질을 쳐서 생쥐를 잡은 정도의 행운이라 치부하는 표정이었다. 뉴스를 경청하지 않았다면 맞히기 어려운 시사 문제였다는 것은 간과한 채.

인어공주 이전에 신혜가 맞힌 정답에 부부가 건 기대는 무엇이었을까? 자식의 말 한마디와 작은 행동에도 최대치의 기쁨을 표현할 만반의 준비로 무장한 사람들이 바로 부모다. 그만큼 부모 눈에 자식은 특별한 존재다. 순정 씨와 동규 씨도 콩깍지가 단단히 씐 눈으로 딸을 바라봤을 게 분명하다. 물론 자식이 성장하면서 부모의 콩깍지는 서서히 벗겨지기 마련이다. 자식에 대한 욕심과 기대를 완전히 버리지는 못하지만, 현실을 직시하기 시작하는 거다. 부부는 짧은 시간 동안 그 과정을 한꺼번에 겪는 중이었을지도 몰랐다.

현실을 직시한 부부는 한껏 부풀었던 기대를 접었다. 첫 번째

답이었던 세종대왕도 딸이 동화책을 읽고 얻어걸린 정답이라 여겼다. 부부의 기분이 그렇게 롤러코스터를 타는 동안에도 아나운서의 입을 통해 문제는 계속 이어지고 있었다. 눈을 동그랗게 뜨고 TV에 집중하는 딸의 모습에 부부는 채널을 돌릴 엄두도 내지 못했다. 어쨌거나 만화영화나 좋아할 나이의 딸이 고등학생 퀴즈 프로그램에 관심을 나타내는 것 자체는 바람직한 현상이었으니까.

다음 설명이 공통으로 가리키는 동물은 무엇일까요? 슈뢰딩거가 양자역학의 불완전함을 보이기 위해 고안한 사고 실험, 1970년대 말부터 덩샤오핑이 취한 중국의 경제정책, T. S. 엘리엇의 시를 극화한 브로드웨이 4대 뮤지컬 중 하나.

신혜는 이번에도 문제가 끝나기 무섭게 입을 열었다. 고양이. 발음만으로도 혀가 꼬이는 외국 이름이 셋이나 등장한 문제였다. 엘리엇은 귀에 설지 않은 인물이라고 쳐도 부부에게 슈뢰딩거와 덩샤오핑은 처음 듣는 인물이었다. 게다가 양자역학과 경제정책에 이어 브로드웨이까지 등장한 문제의 정답이 고양이라니.

고등학생들도 갖가지 동물을 쓰는 바람에 대거 탈락한 문제였다. 앞선 문제처럼 초등학생이 알 법한 단어가 정답이라는 게 다소 미심쩍긴 했다. 반신반의로 갸우뚱거리는 부부의 얼굴색이 서서히 바뀌고 있었다. 용어조차 생소한 문제를 딸이 알아들은 게 맞겠지, 하는 확신과 이것도 소 뒷걸음질 쳐서 잡은 생쥐일 거라는 의심이 팽팽히 맞섰다.

다음 보기와 공통적으로 관련이 있는 인물은 누구입니까? 통조림, 네 잎 클로버, 워털루.
정답은… 나폴레옹입니다.

사회자가 청아한 목소리로 정답을 말하기 전에 부부가 딸의 목소리로 이미 확인한 답이었다.

17세기 최고의 수학자로 손꼽히는 이 사람은 근대 정수 이론 및 확률론의 창시자로 알려져 있고, 좌표기하학을 확립하는 데도 크게 기여했습니다. 여백이 좁아서 적지 못했다는 메모로 유명한 이 사람의 마지막 정리는 수학 역사상 가장 유명한 문제 중 하나이며, 이를 증명하기 위해 수백 년 동안 많은 수학자가 노력했습니다. 이 사람은 누구일까요?
정답은… 페르마입니다.

문제는 차고 넘쳤다. 과학, 수학, 역사, 문학, 미술, 음악에 이어 시사와 교양에 이르기까지. 오십 개의 문제는 물 흐르듯 이어졌고 그만큼 정답도 다채로웠다. 팔관회, 혈소판, 눈썹, 미나스 왕, 봉황,

직지심체요절 등등.

신혜가 오십 문제를 다 맞힌 건 아니었다. 뾰족하게 내민 분홍색 혀로 아랫입술과 윗입술을 번갈아 핥으며 총명한 눈을 반짝거리다가 끝내 입을 앙다물기도 했다. 사회자가 정답을 발표하면 신혜는 미간을 찌푸리며 안타까워하는 표정을 지었다. 마치 알고 있었던 정답을 미처 말하지 못해 애석하다는 듯이. 때로 앙증맞은 주먹을 움켜쥐고 자기 무릎을 콩콩 두드리기도 했다. 그 모습이 너무 귀엽고 사랑스러운 나머지 딸을 품에 부둥켜안고 뽀뽀 세례를 날리고 싶었지만, 부부는 함부로 다가갈 엄두를 내지 못했다. 부부는 프로그램에 열중하고 있는 딸이 뿜어내는 광채에 눈이 부셔 그저 바라보기만 할 뿐이었다.

한 시간짜리 프로그램이 막바지에 이르렀다. 명예의 전당에 올랐지만, 마지막 문항에서 미끄러진 최후의 일인을 향해 친구들이 '괜찮아'와 '잘했어'를 외치며 헹가래를 쳤다.

고등학생도 어려워서 쩔쩔매는 문제의 정답을 척척 맞히는 딸이 궁금해서 미칠 지경이었다. 정말 뭘 알고 맞힌 것인지, 우연과 행운이 절묘하게 맞아떨어진 현상인지. 천재는 바라지도 않았다. 두 사람의 외동딸인 신혜가 수재만 되어도 가문의 영광일 터였다.

"저, 저기 말이다. 신혜야, 아빠 좀 봐. 아까 그 문제 말이다. 통조림, 네 잎 클로버. 마지막 한 개는 또 뭐였더라."

"어, 아, 음, 맞다. 워털루, 워털루 전쟁!"

더듬거리는 동규 씨의 구원 투수로 순정 씨가 나섰다. 그 단어를 용케 기억한 자신이 대견한 양 순정 씨는 의기양양하게 턱을 내밀면서 어깨를 쭉 폈다.

"그래, 참. 워털루. 그 세 개의 단어만으로 정답이 나폴레옹이라는 걸 어떻게 안 거니?"

신혜가 중학교 1학년만 되었더라도 맞힐 수 있는 문제였다. 웬만큼 기본 상식이 있는 사람이라면 앞선 두 개의 단어로는 감을 잡지 못하더라도 마지막 단어인 워털루에서 정답이 나폴레옹이라는 힌트를 발견할 법하니까. 그러나 신혜는 고작 초등학교 저학년생이었다. 물론 어떤 상황이든 예외는 있기 마련이다. 초등학생이 접할 수 있는 위인전은 차고 넘쳤다. 공교롭게 신혜가 나폴레옹의 일대기를 다룬 만화를 읽었을 수도 있었다. 거기까지 생각이 이른 동규 씨는 지레짐작으로 머리를 가로저었다. 그래도 딸의 입에서 나올 말은 궁금했다. 나폴레옹 위인전을 읽다가 워털루 전쟁을 알았다고 하면 게임 끝인 질문이었다. 예상과 달리 신혜는 머리를 십오 도로 기울이고 동규 씨를 지그시 쳐다볼 뿐이었다.

"아이, 신혜 아빠. 답답해 죽겠네. 그 문제는 됐고, 신혜야! 엄마 좀 봐. 그 문제 있었잖아, 뭐더라? 아, 맞다. 혈소판. 상처가 났을 때 응고되는 그거 말이야. 너 그건 어떻게 알고 맞힌 거니?"

순정 씨는 오만상을 찌푸리고 프로그램의 문제 중 하나를 떠올렸다. 평소에도 아이큐보다는 이큐가 뛰어나다고 말해왔던 순정 씨로서는 힘겨운 두뇌 싸움이었다. 순정 씨 마음에 희망의 불씨가 새롭게 불타고 있었다. 초등생을 위한 위인전만큼이나 과학만화도 차고 넘치는 세상이다. 만약 신혜가 그런 책을 읽고 이해하는 능력과 기억력을 두루 갖춘 거라면 수재가 분명했다. 십분 양보해서 수재가 아니더라도 뛰어난 학습 능력을 타고난 건 분명했다.

"으응, 맞네, 맞아. 그 문제도 있었다. 너한테는 혈소판이 꽤 어려운 말이었을 텐데. 신혜 엄마, 그거 우리 고등학교 생물 시간에 배운 거 맞지?"

동규 씨도 인상을 구기면서 아내에게 동의를 구했다. 앙증맞게 팔짱을 낀 신혜는 여전히 심각한 표정으로 먼 산을 바라봤다. 부부는 딸을 중심으로 햇살처럼 퍼지는 후광의 기운을 느끼고 있었다.

"으음, 그게 말이야 …."

신혜는 앙다문 입술을 열고 잠시 주춤거리다 말끝을 흐렸다. 결코 영악해서가 아니었다. 자신이 처한 상황이 낯설게 느껴져서였다. 비록 어려서 철이 없던 신혜였지만, 자신을 둘러싼 아빠와 엄마의 들숨과 날숨이 엉킨 공기가 심상치 않다는 게 어렴풋하게 느껴졌다. 눈에 보이진 않았지만, 신혜를 압박해오는 대기의 흐름과 분위기가 여느 때와 달랐으니까.

"그냥, 뭐 저절로 알게 된 건데 …."

신혜의 말에 순정 씨와 동규 씨는 환호성을 외치는 동시에 하이 파이브를 했다. '저절로'라는 말은 '날 때부터'와 이음동의어였다. 태생적으로, 혹은 천부적으로 축복받은 두뇌임을 인증하는 말이라고도 할 수 있었다. 신혜가 천재성을 타고난 아이라는 뜻으로 받아들여도 되는 걸까?

대한민국 만세! 고생 끝, 행복 시작이었다. 자식의 총명함을 확대 해석하는 건 금물이라고 해도, 부부에게는 획기적인 일이었다. 신혜의 조그마한 몸이 허공으로 붕, 하고 날아올랐다. 마치 〈도전! 골든벨〉에서 최후 승자를 헹가래 쳤듯이. 동규 씨는 신혜를 어깨에 앉히고 목말을 태웠다. 옆에서 순정 씨는 딸의 엉덩이와 다리를 떠받치면서 함박웃음을 터뜨렸다. 그날 부부의 가슴속엔 결심이 아로새겨졌다. 몸이 으스러지고 뼈가 가루가 되더라도 천재로 태어난 외동딸의 뒷바라지에 티끌 한 점의 소홀함도 없으리란 맹세였다.

동규 씨의 어깨에 양다리를 벋치고 앉아 있던 신혜의 머릿속은 혼란 그 자체였다. 엄마와 아빠는 왜 이렇게 호들갑을 떠는 걸까? 이게 그렇게 굉장한 일인 걸까? 앞으로 두 사람을 기쁘게 하려면 나는 무엇을 해야 하는 걸까? 그런 어렴풋한 생각이 두더지 게임의 두더지처럼 마구잡이로 튀어올랐다. 동시에, 혀끝에 솜사탕이 녹는 듯한 달콤함도 느껴졌다. 아빠의 어깨에 올라타니 갑자기 거인이 된 듯한 기분이 들었으니까.

그때까지는 세 식구 중 누구도 알지 못했다. 이듬해 모녀만 남기고 동규 씨가 홀연히 세상을 떠나리란 걸. 그래서 신혜의 뒷바라지가 오로지 순정 씨의 힘겨운 몫으로 남겨지리란 것도. 그리고 시간이 더 흐른 어느 날, 세계인이 열광한 〈오징어 게임〉을 보다 〈장학퀴즈〉이야기를 하던 아빠가 떠올라 신혜가 하염없이 눈물을 흘리리란 것도. 배우 이정재가 열연한 그 드라마에 하이든의 트럼펫 협주곡 3악장이 깔렸으므로.

신혜는 동규 씨를 추억하며 〈도전! 골든벨〉을 열심히 시청했고 정답을 맞히기 위해 최선을 다했지만 한계에 너무 빨리 맞닥뜨렸다. 정답을 맞히는 빈도가 현격히 떨어졌고, 종국에는 한 문제도 맞히지 못하는 날이 부지기수였다.

남편 없이 홀로 딸을 키우는 순정 씨에게 신혜는 세상 전부였다. 그만큼 딸의 뒷바라지에 몸과 마음을 다 바쳤다. 신혜 또한 순정 씨의 기대에 부응하기 위해 책상에 앉아 졸린 눈을 비비댔다. 그런 노력으로 중학생 때까지는 중상위권 성적을 유지할 수 있었지만, 그뿐이었다.

신당(神堂)에 들어선 순간 신혜의 안경에 뿌옇게 서리가 서렸다. 꽃샘추위로 영하권의 바깥 날씨와 실내 온도가 크게 달랐기 때문이다.

뿌연 안경 너머로 신상(神像)들이 굴절되어 보이자 신혜는 멈칫했다. 바깥에 버젓이 점집 간판이 붙어 있고 입구에는 '무속제례의식 공인지정의 집'이 나무 현판에 아로새겨져 있음에도, 울긋불긋하게 채색된 신상의 표정이 하나같이 얄망궂어서 어쩐지 기분이 오싹했다.

신혜가 머리털 나고 처음으로 신점(神占)을 보게 된 건 순전히 준호가 바람을 넣은 탓이었다. 준호는 신혜가 다니는 대학의 같은 과 친구였다. 군대를 다녀온 준호와 삼수해서 대학에 입학한 신혜는 학번은 달라도 학년은 같은 동갑내기였다. 1학년 마치고 군대를 다녀와서 복학한 준호도 반 학기 겨우 버티다가 휴학계를 제출했고, 신혜는 한술 더 떠 자퇴를 하는 바람에 두 사람은 급속도로 가까워졌다.

두 사람이 다닌 학과는 행정학과였다. 견고하고 딱딱한 철제 책상이 쉽게 연상되는 학과로, 신혜의 적성이나 흥미는 털끝만치도 반영되지 않은 학과였다. 그렇다면 신혜의 적성은 뭘까? 이 대목에 이르면 신혜는 할 말을 잃었다. 취미도 적성도 없을 뿐 아니라 하고 싶은 것도 딱히 없었다. 그런 신혜의 눈에 학과 수업마다 죽지 못해 괴로워하는 얼굴로 앉아 있던 복학생 준호가 들어왔다.

이른바 '존버' 정신은 한국 사회의 미덕이다. 한 우물을 파라, 버티는 사람이 결국 승리한다, 포기하지 않으면 실패는 없다….

학교 다닐 때도 성적 우수상을 타는 아이는 개근상이 기본이다. 성실함을 무기로 쟁취한 일등만 대접받는 사회에서, 그렇지 못한 사람들이 하나둘 손을 들고 자기 목소리를 내기 시작했다. 하나의 축에 힘이 실리면 다른 축은 기울어지는 게 세상 이치다, 정신과 육체를 깡그리 소진하면서까지 버티는 건 미련한 짓이다, 너무 버겁고 힘들면 그만두는 것도 길이다 등등. 신혜가 하는 말이라면 무조건 따르는 준호도 감동을 사발째 들이켠 표정이었다.

한 사람이 결심할 때보다는 두 사람이 연대할 때 힘이 실리는 법. 준호는 휴학을 결정했고, 신혜는 자퇴를 결심했지만 순정 씨가 거대한 벽이었다. 임시방편으로 자퇴를 휴학이라는 말로 속였다. 이 거짓말은 잠깐의 눈속임에 지나지 않고, 발각되는 날에는 날벼락이 떨어지리라는 것을 모르지 않았지만, 다른 선택지가 없었다. 휴학하는 동안 공무원 시험을 준비하겠다는 거짓말에 순정 씨는 꿈에 부풀었다. 졸업 전 공무원 시험 패스를 목표로 삼은 딸에게 지원을 아끼지 않겠다는 결의에 찬 표정으로.

엉겁결에 공시생이 된 신혜는 스터디 카페에 출퇴근하는 척하면서 자유를 만끽하고 있었다. 공교육 십이 년, 재수와 삼수, 그리고 대학 생활 이 년까지 총 십육 년 동안 신혜를 억압했던 공부의 족쇄에서 해방되어 처음으로 자연인이 된 셈이었다. 한편으로 몽글몽글 올라오는 불안감에 가슴이 옥죄어왔다. 하얀 거짓말이긴 했지만 언젠가 들통이 날 시한폭탄을 안고 사는 거였으니까. 어쭙

잃은 용기가 만용일지 모른다는 자책감은 준호도 마찬가지인 듯, 두 사람이 만나면 한숨만 나올 뿐이었다.

약속 장소에 먼저 와서 기다리고 있던 준호가 손을 번쩍 들었다. 준호의 표정과 목소리가 들뜬 것이 평소와는 사뭇 달랐다.

"신혜야, 나 이번 가을학기에 그냥 복학할까 하는데…."

준호의 뜬금없는 폭탄 발언에 신혜는 아연실색했다. 이런 배신자 같으니라고. 일 년도 버티지 못하고 학교로 돌아가다니.

"지금까지도 꾸역꾸역 다녔는데, 조금 아깝다는 생각이 들어서. 어떡하든 이 년 반만 버티면 졸업장은 받을 수 있잖아. 배신자라고 해도 할 수 없어. 너한테는 진짜 미안하긴 한데, 어차피 나는 대학 졸업장이 목표였던 사람이니까."

밝은 표정과 달리 준호의 목소리는 주눅이 들어 있었다. 준호의 말이 맞았다. 두 사람 모두 행정학과가 적성에 맞지 않는 건 같았지만 대학에 온 이유는 달랐다. 학교도, 학과도 엄마가 골라서 입학한 신혜와 달리, 준호는 스스로가 선택해서 대학에 진학했다. 준호의 내신과 모의고사 성적으로 이 학교가 가장 높은 레벨이었고, 전공은 아무래도 상관없었다. 입시생 준호의 최종 목표는 대학생이었고, 대학생 준호의 최종 목표는 대학 간판이었다. 대형 음식점을 경영하는 부모님을 둔 준호에게 취업은 또 다른 차원의 문제였다.

"야, 이 배신자야. 너는 대졸이고 나는 고졸이다. 이제 됐냐?"

신혜는 쿨하게 되받아쳤다. 어차피 신혜의 인생과 준호의 인생이 똑같을 수는 없는 법이었다.

"신혜야. 저기, 너도 한번 가봐."

준호는 눈치를 보며 입을 뗐다.

"어딜 가보라는 거야?"

준호가 복학을 결심하게 된 이유가 점(占) 때문이라니. 황당무계했지만, 준호를 타박하고 싶지는 않았다. 세상 사는 게 남녀노소 너나없이 팍팍한 까닭에 그런 데를 찾는 사람이 많다는 건 신혜도 알고 있었다. 지하철에서 휴대폰 대신 책을 들고 있는 희귀한 사람 중에, 사주 명리나 주역 같은 단어가 붙은 책을 읽는 경우를 본 기억이 있었다. 예전에는 비과학적인 미신이라는 이유로 등한시되기도 했지만, 요즘은 오히려 젊은 층이 더 찾는 모양이었다.

"그렇게 잘 맞혀? 족집게 과외 같았어?"

신혜는 수험생 시절 대학 맞춤형 족집게 과외를 받아본 적이 있었다. 순정 씨의 극성이기는 했지만 대학 입시에 많은 도움이 되었다는 사실은 부정하기 어려울 만큼 과외 선생은 귀신같이 시험 문제를 집어주었다. 선생의 가르침을 스펀지처럼 흡수하지 못한 신혜의 학습능력이 문제였지만.

"그게, 좀 그래. 족집게라고 하긴 그렇고. 그렇다고 아주 꽝은 아니고. 뭐라고 말을 해야 할지…"

준호는 모호한 말과는 달리 생기 도는 표정으로 말을 이어나갔다. 보통 점집이 잘 맞힌다고 하면 과거를 잘 맞힌다는 소리지만, 사실 점을 보러 가는 건 미래가 궁금해서가 아니냐는 것이었다.

"그야 그렇겠지. 그래서? 그 점집에서 준호 네 미래를 백 퍼센트 맞히기라도 했다는 거야?"

신혜가 던진 질문 자체가 모순이었다. 확인할 수 없는 미래를 잘 맞히는지는 당장에는 알 수 없을 테니까. 결국 점집이 잘 맞히고 못 맞히고는 지나온 인생사를 잘 맞히는지로 판가름날 수밖에 없다는 결론에 이르렀다.

"맞힌 것도 아니고 그렇다고 못 맞힌 것도 아니야. 그냥 나의 미래를 설계해줬다고 할까? 난 그런 생각이 들었어. 내가 앞으로 어떤 결정을 하고 어떻게 살아야 할지를 제안해주더라고."

준호의 말은 인생 카운슬링을 받고 왔다는 의미로 들렸다.

"거기가 어딘데?"

신혜도 솔깃해졌다.

"미스코리아."

준호의 입에서 또 한 번 황당무계한 단어가 불쑥 튀어나왔다.

점집 미스코리아의 신당에는 두 사람이 두툼하게 깔린 보료 위에 나란히 앉아 있었다. 쪽을 진 머리에 화장을 곱게 한 고 여사라는 여자와 아기 동자라고 불리는 커다란 덩치의 남자였다.

고 여사보다는 아기 동자의 옷차림에 눈길이 갔다. 연분홍 바지 저고리와 색동마고자에 금박 장식의 복건은 딱 돌잡이 한복 차림이었다. 우락부락한 인상과는 어울리지 않게 통통한 볼은 발그스레했고, 신혜를 한껏 귀여운 표정으로 말똥히 쳐다보고 있었다. 조폭 범죄 영화의 핫한 주인공으로 급부상한 어느 배우가 떠올랐다.

한편 아기 동자 곁에 앉아 있는 여자는 나이조차 가늠하기 어려웠다. 마흔? 삼십 대 중반? 여사님이라고 하니 설마 오십 대인가? 아직 어른들 나이를 가늠하기에는 대학생인 신혜의 사회 경험이 한참 부족했다. 나이가 어떻게 되었든 미스코리아라는 이름을 내걸 만한 인물은 아니라는 생각이 들었다. 정말 미스코리아 출신은 아닌 건가? 만약 준호가 이 자리에 함께 있었다면 물어봤을지도 몰랐다. 대체 점집 상호가 왜 미스코리아냐고.

"들어왔으면 앉지 않고 뭘 해?"

쭈뼛거리는 신혜에게 고 여사의 새된 목소리가 날아왔다. 신혜는 엉거주춤한 자세로 방석에 엉덩이를 들이밀었다.

"여기가 미스코리아 점집이 맞는 거죠?"

신혜는 신당을 둘러보면서 물었다.

"밖에서 간판 보고 들어온 거 아니야? 새삼스럽게 그건 왜 물어, 참!"

고 여사가 심드렁하게 대꾸했다.

"점집 이름치곤 대박이잖아요."

신혜는 개구리처럼 입을 부풀리며 구시렁거렸다.

"고 여사님 성이 고씨라 그렇습니다. 고 자를 코 자로 바꿔 미스코리아가 된 겁니다. 어때요, 점집 상호치고는 독특하지 않습니까?"

점집이 아니었다면 신혜는 뭐래, 하고 시큰둥하게 반응했을 것이었다. 아기 동자의 정중한 말투와 대비되는 천진무구한 표정과 차림새가 인상적이라 피식, 웃음이 나왔다. 준호가 킥킥거리면서 눈을 찡긋했던 이유를 알 듯도 싶었다. 한번 가봐, 재밌을 거야. 준호가 했던 말이 생각났다.

"자, 희떠운 소리 그만하고. 손님 이름하고 생년월일시를 여기에 적어줘봐요."

고 여사가 정색한 표정으로 메모지 한 장을 신혜에게 내밀었다.

"생년월일시요?"

신혜는 메모지를 받으며 물었다.

"점집 처음 와보십니까? 태어난 생년월일과 시간을 알아야지 점을 치든 밥을 하든 할 거 아닙니까."

생글생글 웃던 아기 동자가 표정을 굳히자 신혜는 흠칫했다. 만약 색동마고자가 아니라 위아래로 검은 정장을 쫙 빼입은 차림이었다면 꽤 위협적으로 들릴 만했다. 설마 점 대신 사람을 치고 다녔던 건 아니겠지. 슬금슬금 아기 동자의 과거가 궁금해지기 시작했다.

"아이고, 우리 애기씨 동자님 열 받지 말고 진정하셔."

고 여사가 워워, 하는 자세로 발끈한 아기 동자를 가라앉혔다. 두 사람이 신혜를 앞에 두고 어설픈 연기를 하고 있다는 생각이 들 정도로 우스운 광경이었다. 미닫이문을 열었을 때 마주친 험상궂은 신상들 때문에 섬찟했던 마음은 간데없이 오히려 느긋해지고 편안해졌다. 이것도 일종의 상술인 걸까?

신혜는 메모지에 생년월일까지만 썼다. 태어난 시간을 몰랐던 탓에, 잠깐 주춤거리며 두 사람의 얼굴을 번갈아 쳐다보았다.

"태어난 시간을 잘 모르겠는데요. 이걸 꼭 알아야 하나요?"

"애기씨 동자님, 손님이 태어난 시간을 모른다는데 괜찮을까?"

고 여사가 아기 동자를 향해 물었다. 언젠가 할머니와 접신한 젊은 무당이 노인의 목소리를 내는 영상을 본 적이 있었다. 댓글 창에서는 배우가 연기를 하는 거라는 둥, 저렇게 눈을 까뒤집었을 땐 진짜 신이 내린 거라는 둥 사람들이 옥신각신하고 있었다. 어린아이를 닮은 아기 동자의 천진무구한 표정이 과연 진짜일까? 신혜는 헷갈리기 시작했다. 태어난 시간 정도는 큰 문제가 되지 않는다는 듯, 아기 동자가 너그러운 얼굴로 머리를 위아래로 흔들자 볼살이 함께 출렁거렸다.

"애기씨 동자님이 납시어서 2003년 구월 열나흘 생 박신혜 님 좀 봐주십시오."

고 여사도 질세라 철 방울을 흔들며 둘둘 말고 있던 오방기 중 하나를 확 펼쳤다. 두 사람이 앞서거니 뒤서거니 하면서 축문인지 주문인지를 읊어댔다.

그때부터 짜고 치는 고스톱 같았던 분위기가 일시에 숙연해졌다. 우스꽝스러운 얼굴을 한 신상들도 엄숙해 보였고, 마치 향을 피운 것처럼 방안에 연기가 자욱해지더니 정말로 코끝에 향내가 감돌았다. 신혜는 아무렇게나 뻗어두었던 다리를 모으고 무릎을 꿇었다.

"놀랍게도 내 전생을 맞히는 거 있지."

준호는 누가 들을까 두려운지 손바닥으로 입을 가리고 신혜의 귀에 속살거렸다. 준호가 하도 진지한 모습으로 목소리를 죽이는 바람에, 신혜는 준호가 어마어마한 천기누설이라도 듣고 왔나 보다 했다.

"그래서 네 전생이 대체 뭐였다는 거야?"

신혜도 목소리를 낮추고 물었다. 과거를 척척 맞히는 점쟁이라도 미래를 잘 맞힌다는 보장은 없다고 했던 준호가 전생 이야기에 호들갑을 떠는 것도 모순이었다. 태어날 때 정해진다는 사주도 결국 통계와 확률에 따라 길흉화복을 점치는 거라던데. 그런 차원에서 성격 정도야 어느 정도 꿰맞힌다고 하더라도 전생이야말로 진짜인지 아닌지를 확인할 근거가 없었다.

"신혜야, 너 놀라지 마라."

"네가 전생에 놀랄 정도의 위인이기라도 했다는 말이야?"

"그럴 수도 있지. 음, 내가 전생에 조선시대에 살았는데, 좀 멋졌다나 봐."

준호는 기고만장한 태도로 어깨에 힘을 주고 얼굴을 빳빳하게 치켜들었다.

"퍽이나 그랬겠다."

"너는 은근히 나를 무시하는 경향이 있더라. 기분이 별로네."

자신감 백배로 뱉은 말에 신혜가 시큰둥해하자 준호는 뿌루퉁했다. 어느 부분에서 감탄하고 맞장구를 쳐야 하는 걸까? 신혜는 가능하면 준호의 비위를 맞추고 싶었다. 복학한다는 준호를 어떻게든 꼬셔서 자퇴 동지로 만들고 싶은 마음이 남아 있었기에.

자퇴서를 덜컥 내고 난 직후에는 머리가 지끈거리는 행정학개론, 공공조직 이론, 국가 기획론 수업에서 해방되어 좋았다. 그러나 곧 마음은 다시 울적해졌다. 순정 씨에게 공무원 시험으로 둘러대 당장의 위기를 모면하고는 있지만, 신혜의 미래는 여전히 오리무중이었다. 스터디 카페에서 공시 기출문제집 대신 펼쳐든 자기계발서도 신혜의 미래에 대한 정답을 속 시원하게 알려주지는 않았다. 맞지 않는 길을 포기할 용기를 독려하는 자기계발서에서 공통으로 하는 말이 있었다. 그만두는 것을 포기하는 것과 동급으로 보지 말라는 것이었다. 책에서는 억지로 가던 길에서 돌아서는 순간에 새로운 돌파구를 찾아야 한다고 강조했다. 신혜가 불안해하는 지점이었다.

"미안하다, 미안해. 그래서 네 전생이 도대체 뭐였는데?"

"전생이라는 게 현생과 크게 다르지 않대. 전생에서의 외모, 성향, 환경 등등. 심지어 직업도 비슷하대."

준호가 무슨 얘기를 하려고 전생 장광설을 늘어놓고 있는 건지 감을 잡을 수 없었다.

"내 전생이 정승 판서였다네. 어때, 놀랍지?"

준호가 놀라지 말라고 못을 박은 말에 신혜는 놀라기는커녕 코웃음이 나왔다. 준호는 현생의 자기 진로는 정해진 거였다면서 자신만만한 표정을 지었다. 어느새 팔짱을 끼고 있던 준호는 느긋한 눈빛으로 신혜를 내려다보고 있었다. 마치 자신이 현생에서도 정승 판서인 것처럼. 그래서 뭐 어쩌라고? 반발심이 소화되지 않은 밥알처럼 곤두섰다.

"내가 행정학과에 입학한 게 단지 우연은 아니라는 거지. 너도 알다시피 내가 우리 전공을 얼마나 진저리치게 싫어했게. 근데 내가 아무리 싫어해도 운명을 거스를 순 없는 거잖아."

신혜는 준호의 말에 계속 그래서, 그게 뭐? 하고 비아냥거렸다. 이번엔 신혜가 팔짱을 끼고 준호를 째려보았다. 준호의 헛소리가 어디로 흘러갈지 짐작이 갔기 때문이었다.

"복학해서 하루빨리 졸업장을 따야겠어. 어차피 괜찮은 학점

받는 건 물 건너갔고….”

준호의 입에서 흘러나올 말은 듣지 않아도 뻔했다. 노량진에 공
시생으로 입성할 게 자명했으니까. 준호가 가겠다는 그 길이 바로
순정 씨가 신혜에게 강요한 인생 행로였다.

“왜, 이왕이면 행정고시나 외무고시에 도전한다고 출사표를 던
져보시지 그래?”

신혜는 맘껏 빈정거리고 싶었다.

“어, 너 어떻게 알았어? 사실 나도 정말 그래볼까, 하는 마음도
있긴 해.”

준호는 눈을 반짝거리며 신혜에게 얼굴을 들이밀었다. 학사 경
고를 맞지 않고 제때 졸업하면 다행일 정도로 준호의 학점이 밑바
닥이라는 걸 신혜는 모르지 않았다. 준호를 무시하려는 게 아니었
다. 주제 파악 능력을 상실한 준호가 가련했다. 아니, 신혜 혼자 낙
동강 오리알 신세가 된 상황이 서글프다고 해야 정확한 표현일 것
이었다.

준호의 결심은 확고했다. 되든 안 되든 끝까지 해보고 후회해
도 늦지 않는다는, 자기계발서에나 나와 있을 법한 말을 늘어놓은
걸 보면. 무슨 일에든 의지박약이던 준호가 확고하게 자기 의지를
드러내자 왠지 달리 보이기도 했다.

신혜는 준호의 전생을 말해줬다는 점집이 궁금해졌다. 불확실
하고 불투명한 미래의 가닥을 잡을 수 있는 단서 하나만 건져도

다행이겠다 싶었다. 정말로 오랜만에 준호의 얼굴에 청춘의 특권이라고 할 만한 밝은 빛이 비치던 순간을 신혜는 놓치지 않았다.

"신혜 누나, 그만 갈팡질팡해! 애기씨 동자님도 누나가 길을 잃고 헤매고 있다고 하시잖아."

요란한 철 방울 소리가 멈추자 아기 동자의 입에서 터진 말이었다. 신혜의 눈이 휘둥그레지고 입도 저절로 떡 벌어졌다. 귀가 뻥 뚫리는 기분이었다. 정승 판서였다는 전생을 믿고 복학을 하겠다는 준호를 백 퍼센트 의심했던 게 사실이었다. 그런데 무당 아저씨, 아니 아기 동자의 점사를 듣는 순간 모든 불신이 단번에 사라졌다. 갈팡질팡하고 있다는 그 한마디가 신혜의 현재 상황을 정확히 꿰뚫고 있었기 때문이다.

"맞아요! 어떻게 아셨어요? 지금 제가 갈팡질팡하고 있는 거. 저는 앞으로 어떻게 살아야 할까요? 공부도 하기 싫고, 그렇다고 딱히 하고 싶은 게 있지도 않고…."

신혜는 울상을 하고 두 손을 모아 탁자로 내밀었다. 아기 동자의 손이라도 마주 잡고 싶은 심정이었다. 유일하게 마음을 알아주던 준호마저 제 갈 길을 가겠다고 선언하니, 신혜는 허허벌판에 홀로 남겨진 기분이었다. 그러던 차에 낯모르는 사람이 신혜가 처한 상황을 알아주니까 고마워서 눈물이 다 날 지경이었다.

"박신혜 님 신분이 학생이로군."

고 여사는 신혜가 학생인 것은 어떻게 안 걸까? 신통하기가 거의 족집게 수준이었다. 신혜는 조금 전 자기 입으로 공부하기 싫다고 말한 것은 새까맣게 잊은 채 감탄사를 연발했다.

"얼마 전까지 대학생이었지만 지금은 자퇴했어요."

"학교를 그만뒀다고? 왜?"

고 여사의 눈썹이 갈매기 모양으로 치켜올라갔다.

"고 여사님도 참! 물으나 마나 아냐. 누나가 공부하기가 죽어도 싫었겠지, 적성에 안 맞아서."

"응, 맞아! 내 적성에 너무 안 맞았어. 아니, 참. 네, 전공이 행정학이었는데, 그게 저하곤 도무지…."

신혜는 황급히 말투를 고쳤다. 대체 아기 동자가 강림한 아저씨한테는 반말을 해야 하는 건지 존대를 해야 하는 건지. 신혜의 머릿속은 복잡해져가는데, 아기 동자는 앙증맞은 표정으로 고개를 갸웃했다.

"고 여사님, 행정학과에선 무슨 공부를 해? 애기씨 동자는 아직 어려서 그런 거 잘 몰라."

"어어, 잘은 몰라도 나랏일 보는 법을 공부하는 학과 아닌가? 공무원 같은 뭐 그런 거. 맞지?"

"네네, 비슷해요. 요즘은 학과에 상관없이 공무원 취준생이 넘쳐나긴 하지만요."

주객이 전도된 느낌이 들었지만 그런 사소한 문제를 따질 계제가 아니었다. 신혜는 어느덧 점집 분위기에 흠뻑 빠져들고 있었다.

"박신혜 님은 공무원 사주가 아니야."

고 여사는 손을 휘휘 내저으며 말했다.

"맞죠, 맞죠! 진짜 잘 맞히시네요. 그럼 저는 앞으로 뭘 해야 할까요?"

신혜는 곧바로 맞장구를 치면서 무릎걸음으로 다가갔다. 마주한 두 사람이 이웃집 아줌마와 아저씨처럼 느껴질 만큼 친근감이 들었다. 처음 신당에 발을 들였을 때의 무섬증은 사라지고 찜질방에서 고민상담을 하는 듯한 편안함이 들었다.

"가만 좀 있어봐. 애기씨 동자님, 신혜 님이 앞으로 뭘 해야 좋을지 물어보네. 애기씨 동자님 어여 납셔주셔요."

고 여사는 방울이 오밀조밀 붙은 요령을 몇 번 흔들어댔다.

"고 여사님, 애기씨 동자님이 목마르시대."

아기 동자는 양 손바닥을 포개고 몸을 비비 틀며 응석을 부렸다. 신혜는 그 모양새가 우스워서 킥, 하고 실소를 터뜨렸다.

"어허! 여기가 어디라고 경박하게 웃음을 흘리나 흘리길! 부정 탄다, 부정 타."

고 여사가 신혜를 향해 눈을 흘기며 싸늘한 목소리로 경고했다. 신혜는 흠칫 놀라 자기 입을 틀어막고 다소곳이 무릎을 꿇었다.

"죄송해요, 애기씨 동자님."

신혜가 머리를 조아렸다. 자신의 입에서 어느 결에 흘러나온 애기씨 동자님 소리가 어색하지 않았다. 고 여사가 자리에서 몸을 일으키자 풍성한 한복 자락이 보료를 쓸었다. 그녀는 신당 한편에 있는 미니 냉장고를 열어 팩 우유를 꺼냈다. 아기 동자가 칭얼대며 보채던 것이 바로 이 초콜릿 우유였다. 팩에 사선으로 붙어 있는 빨대를 팩에 꽂자마자 아기 동자는 볼살이 움푹 파이도록 빨아댔다.

어린이 입맛을 정확히 저격한 달고 쌉싸름한 초콜릿 우유. 신혜도 익히 아는 맛이 입안에 느껴지는 듯했다. 세상 부러울 게 없는 것처럼 행복한 표정으로 초콜릿 우유를 마시는 아기 동자의 얼굴은 정말 천진난만하기 이를 데 없는 아이의 그것이었다. 아기 동자가 접신을 했든 빙의를 했든 최소한 사기는 아니겠다는 확신이 또 한 번 들었다.

"애기씨 동자님, 시원스레 목도 축였으니 이제 말씀 좀 해주셔. 신혜 님이 앞으로 어떻게 살면 좋을지."

우유 팩 내부가 진공상태에 들어가는 소리가 들릴 즈음 고 여사가 조심스레 점괘를 물었다. 아기 동자는 허공을 보며 쩝쩝 입맛을 다시더니 마침내 입을 열었다.

"으음, 신혜 누나의 인생은 지금껏 두 컷이었어."

"인생이 두 컷이라니, 그게 무슨 말이야?"

신혜의 궁금증을 고 여사가 대신 물었다.

"아이 참, 고 여사는 인생 네 컷 사진도 몰라?"

"인생 네 컷 사진?"

"그런 게 있어. 신혜 누나는 알지?"

평소 같으면 이 아저씨 또 뭐래, 하면서 비웃음을 흘렸겠지만, 점괘가 궁금해 속이 타들어갈 지경이었던 신혜는 열심히 고개를 끄덕이며 답을 보챘다.

"알기야 알지만 그게 무슨 뜻이에요?"

"신혜 누나는 앞으로 그렇게 살어, 인생 네 컷 사진처럼. 하하, 호호, 깔깔, 낄낄 하면서."

알 듯 모를 듯한 점괘였다. 지금껏 신혜의 인생이 두 컷이었다는 말은 틀리지 않았다. 두 컷 속에 신혜는 없었다. 엄마인 순정 씨의 희생과 아빠인 동규 씨의 추억의 두 컷이 신혜에게는 전부였다. 신혜는 그저 두 사람의 줄다리기 속에 놓인 존재였다. 아기 동자가 말한 하하 호호 깔깔 낄낄이라는 네 개의 웃음소리가 예사롭게 들리지 않았다. 네 컷짜리 즉석 사진처럼 신혜가 오롯이 주인공으로 등장하는 인생을 살라는 의미인 걸까?

"참, 전생은요?"

갑자기 생각이 난 신혜가 놓칠세라 재빨리 물었다.

"전생?"

고 여사와 아기 동자가 신혜에게 시선을 거두고 서로를 마주보았다.

"제 친구한테는 말씀해주셨다면서요? 여기가 전생을 보여주는, 아니 말해주는 점집으로 유명하다던데…."

"맞습니다, 맞아요. 가만 좀 있어봅시다. 우리 애기씨 동자님 좀 납셔주십시오!"

어느새 다시 존댓말로 돌아온 아기 동자가 두 손을 모아 주문을 외웠다. 자동인형처럼 머리를 흔들어대는 동작이 예사롭지 않았다. 그때 신당에 영험한 기운이 감돌았다. 어디선가 스산한 바람이 불었고, 다시금 향내가 진동하는 듯했다.

"오오! 신혜 누나 전생은 외국 사람이야. 와, 베르사유 궁전에서 파티가 열리고….."

엄숙한 분위기에 맞지 않게, 유치원생이 낼 법한 목소리가 아기 동자의 입에서 반말로 툭 튀어나왔다. 덩치와 어울리지 않는 목소리에 신혜는 저절로 웃음이 터졌다. 베르사유 궁전이라면 프랑스였다. 신혜의 전생이 프랑스 귀족이라는 말인 걸까? 준호처럼 전생 따라 현생에서도 귀족과 같은 삶이 펼쳐진다는 이야기로 해석해도 되는 걸까? 신혜는 가슴이 한껏 부풀어오르고 발이 구름 위를 걷는 기분이었다. 현생에서 대박이라도 터지려는 건지. 잠깐이지만 핑크빛 파노라마가 연이어 펼쳐졌다.

"애기씨 동자님, 어서 말씀을 해보셔. 그러니까 신혜 님 전생이 뭐라는 거야? 드레스 입고 궁전에서 열리는 파티에 참석하는 그런 귀부인이었다는 거야?"

"신혜 누나야는 여자가 아니라 남자야, 남자."

신분이 높다는 게 중요하지, 여자든 남자든 성별을 따질 일이 아니었다.

"우와, 누나 손재주가… 꼬불꼬불한 가발을…."

신혜는 아기 동자가 무슨 말을 하는지 도통 알아먹기 힘들었
다. 옆에서 그를 가만히 지켜보던 고 여사가 감탄하면서 머리를 끄
덕거렸다.

"아하, 보니까 딱 그거네. 왜, 그거 있잖아. 옛날 서양 귀족들이
하던 꼬불꼬불한 머리. 우리나라에서 쓰던 가체처럼! 전생에 가발
을 만드는 기술자였구만."

신혜의 입에서 탄식이 튀어나왔다. 가체를 뒤집어쓸 만큼 신분
이 높은 사람이 있다면 그 가체를 만드는 사람도 있었으리라는 것
은 당연했다. 준호는 점집에 다녀오더니 판서인지 판사인지 맞는
길을 찾았다는 듯 호들갑을 떨었지만, 신혜는 자신의 전생을 듣고
나니 더 갈피를 잡기 힘들었다. 점집에 발을 들여놓기 전이나 점
을 본 다음이나 갈팡질팡하기는 마찬가지라는 생각이 들었다. 곰
곰이 생각해보니 인생 네 컷으로 살라는 아기 동자의 점괘도 결
국 전생과는 아무런 연관이 없었다.

신혜의 자퇴가 들통나고 말았다. 순정 씨가 신혜의 학교에 전
화를 걸었다가 알게 된 것이었다. 충격을 받은 순정 씨는 휴무일

이 아닌데도 미용실 문을 닫고 신혜를 불러 앉혔다. 순정 씨는 신혜에게 다시 수능 시험을 쳐서 대학에 가든가 아니면 공무원 시험 준비를 전격적으로 해보라고 억지를 썼다. 신혜가 시종일관 묵묵부답으로 버티자 순정 씨는 목덜미를 잡고 제풀에 쓰러졌다.

신혜는 석고대죄하듯 무릎을 꿇고 상황을 변명하다가 점집 이야기를 꺼내고 말았다. 전생이 프랑스 고관대작이었다면서, 대학 졸업과 상관없이 귀한 신분으로 살 팔자라고. 새빨간 거짓이었지만 순정 씨의 마음을 푸는 게 급했다.

순정 씨는 머리를 동여매고 있던 끈을 풀더니 분연히 자리를 털고 일어났다. 순정 씨가 미스코리아 점집을 다녀오리란 건 신혜도 예상치 못한 일이었다.

"빌어먹을 여편네 같으니라고. 어디 감히 내 자식을 가지고 함부로 주둥이를 놀려, 놀리긴!"

미스코리아 점집을 다녀온 순정 씨는 들입다 욕을 퍼부었다.

"나보고 정신을 차리라나. 머리 만지는 게 적성에 맞는 너한테 머리 쓰는 일을 시키는 것부터가 잘못되었다잖아. 나 원 참 기가 막혀서."

순정 씨는 화를 참지 못해 씩씩거렸다. 신혜의 전생이 프랑스 귀족의 가발 만드는 사람이라고 했던 아기 동자의 점괘가 생각났다. 순정 씨한테도 헛소리를 늘어놓은 게 틀림없었다. 신혜가 공부에 재능이 없다는 건 점집에서 굳이 일깨워주지 않더라도 순정 씨도 진작에 간파한 일이었다. 신혜는 태생부터 천재와 거리가 멀었다는 걸. 아니, 수재 발뒤꿈치도 쫓아가지 못했다.

그날 미스코리아 점집에서 신혜는 많은 이야기를 털어놓았다. 적성에도 맞지 않는 행정학과에 입학하게 된 이유를 설명하다가 〈도전! 골든벨〉 이야기까지 거슬러올라갔다.

"진짜? 신혜 님이 그만큼 똑똑했다는 거야?"

고 여사는 사나워 보이면서도 매초롬한 태가 나는 눈을 치켜뜨며 물었다.

"네버, 절대 아니었죠!"

두 팔을 들어 큰 엑스 자를 만든 신혜가 소리쳤다.

"어라? 그럼 어떻게 맞히셨다는 겁니까? 그 어려운 문제를 척척 박사 모양."

초콜릿 우유를 두 팩째 쪽쪽 빨아대던 아기 동자도 흥미진진하게 물었다. 신혜가 미처 인식하지 못했을 뿐 아기 동자의 어린애 목소리는 어느새 바리톤의 남자 음색으로 돌아와 있었다.

신혜는 풋, 하고 웃음을 터뜨렸다. 일부러 그런 건 아니었지만 배우 뺨치게 연기를 했던 그때 일이 떠올랐기 때문이었다. 그동안 신혜한테 들인 수천만 원의 사교육 비용을 연기 학원에 쏟아붓는 게 올바른 선택이 아니었을까 싶을 정도로. 신혜가 일약 천재로 급부상한 〈도전! 골든벨〉 사건에는 꽁꽁 숨겨온 뒷얘기가 있었다.

"그게, 사실은 좀….."

신혜는 주저하다가 십수 년 동안 가슴속에 품고 있었던 비밀을 술술 풀어놓기 시작했다. 어처구니없지만, 낯모르는 사람한테 허심탄회해지는 게 사람의 속성이기도 했다.

본방송이 방영된 날에는 공교롭게도 신혜 혼자 집을 지키고 있었다. 평소에도 동규 씨가 즐겨 보던 프로그램이라 신혜도 습관적으로 시청을 한 것이었다. 한글 익히기에 흥미를 느끼고 있었던 신혜는 공책과 연필을 꺼내 글씨 쓰기를 연습하고 있었다. 아나운서의 낭랑한 음성이 귓속에 속속 박혀 어느새 정답을 공책에 적고 있는 자신을 발견했다. 세종대왕, 인어공주, 징크스, 나폴레옹, 혈소판….

받아쓰기 공부를 하듯 한글을 쓰고 정답이 화면에 뜨면 자신이 쓴 철자와 대조했다. 글자는 맞기도 하고 틀리기도 했다. 맞으면 신바람이 났고 틀리면 철자를 다시 썼다. 프로그램이 끝나자 공책에 오십 개 단어가 빼꼭했다. 한글 공부를 제대로 했다는 뿌듯함으로 신혜는 어깨가 으쓱해졌다.

그다음 날 그 프로그램이 재방송되었고 본방송의 문제들이 사회자의 입에서 판박이 스티커처럼 흘러나왔다. 재방송이었지만 정답이 까다로운 단어는 기억이 가물가물하기도 했다. 그럴 때면 이맛살을 구기며 기억을 떠올리려고 안간힘을 썼다.

단지 기억력 테스트를 한 것뿐이었는데, 동규 씨와 순정 씨의 반응은 폭발적이었다. 우리 딸 천재라고 치켜세우며 신혜를 보물단지마냥 받들었다. 이후로도 신혜가 해달라는 건 뭐든 사주고 뭐든 들어줬다. 신혜의 인생에서 재방송 퀴즈 프로그램의 여파는 생각지도 못한 급류가 되어 흘러갔다. 순정 씨는 그때부터 신혜를 끌고 다니며 영재 교육을 한답시고 극성을 떨었다. 신혜로서는 행복 끝, 불행 시작의 변곡점이 된 셈이었다.

대학 입시가 닥쳤을 때 신혜의 성적은 순정 씨의 기대에 미치지 못했다. 힘이 들 때마다 그날 그 정답 릴레이는 다 가짜였다고 이실직고하고 싶었지만 입이 떨어지질 않았다. 사실, 순정 씨도 신혜가 평범한 아이라는 걸 모르지 않았다. 대신 목표치를 낮추는 걸로 노선을 바꿨다. 영재 교육은 애당초 글렀다 치더라도 공부로 도전할 수 있는 차선책은 많았다. 사실, 최소한의 본전이라도 건지고 싶었던 순정 씨의 버둥질이었으리라. 단순히 사교육에 쏟아부은 돈의 문제가 아니었다. 유난스레 딸 교육에 열을 올리는 순정 씨를 뒤에서 씹어댄 사람들에게 최소한의 체면은 유지해야 했다.

공무원이 직업 선호도 일 순위로 급부상하던 시절에 발 맞춰 순정 씨도 신혜에게 행정학과를 강권했다. 아빠도 없는 너를 내가 어떻게 키웠는데, 라는 순정 씨의 눈물 어린 호소에 신혜는 찍 소리 한 번 할 수 없었다. 신혜는 공무원 시험에 행정학과 전공이 도움이 될 거라 여기지 않았다. 모르긴 몰라도 사 년 동안 주워들으면 보탬이 되지 않겠느냐는 순정 씨의 알량한 판단을 그대로 따랐을 뿐.

딸의 최종 학력이 고졸이 되었다는 강펀치에 머리 만지는 일을 시키라는 되먹지 않은 점괘의 잽을 연타로 먹은 순정 씨는 거의 녹다운이었다. 타이밍 한번 죽이는 이 시점에 신혜의 휴대폰이 요란스레 울렸다. 발신인은 '배신자'. 신혜가 준호의 이름을 지우고 다시 입력한 닉네임이었다.

"왜? 뭐?"

신혜는 순정 씨가 있는 안방을 나와 거실에서 목소리를 낮추고 전화를 받았다.

"갔다 왔어?"

비밀 결사대 요원이라도 되는 듯 배신자가 은밀하게 물었다.

"어딜?"

신혜는 시치미를 뚝 뗐다.

"미스코리아 점집."

신혜의 앙칼진 반응 때문인지 배신자의 목소리가 오그라들었다.

"짜증 나 죽겠어. 지금 우리 엄마 머리 싸매고 누웠어."

이게 다 배신자, 너 때문이라고 소리치고 싶은 걸 가까스로 참고 있었다. 따지고 보면 준호를 탓할 일도 아니었다. 준호는 아무래도 마음이 쓰였는지, 신혜를 불러내더니 밥을 사줬다. 앞일 걱정에 먹는 둥 마는 둥 식사를 마치고 밖으로 나오는데, 인화지 한 장에 사진 네 컷을 담아주는 셀프 포토 스튜디오가 보였다.

"기분도 엉망인데, 우리 저거나 한 방 찍자."

신혜가 준호에게 제안했다. 인생을 두 컷으로 살지 말고 네 컷으로 살라는 점괘가 생각난 탓이었다.

"여기서 그 아저씨 봤다. 아기 목소리 내던."

준호가 말하는 사람이 누구인지 감이 왔다. 험악한 인상으로 초콜릿 우유를 빨아대던 아기 동자. 하긴, 점쟁이라고 즉석 사진 찍지 말라는 법도 없으니. 아기 동자가 신혜에게 인생 네 컷을 운운했던 건 그저 그 무렵 찍은 즉석 사진에 심취해서 무심히 던진 혼잣말이었을 수도 있었다.

두 사람은 함께 부스로 들어가 사진을 찍었다. 하하 호호 깔깔 낄낄 콘셉트로. 무심히 던진 말이든, 사주에 근거한 점괘든 신혜가 지금껏 두 컷 인생을 살았다는 말은 틀리지 않았다. 이제 신혜에게 남겨진 두 컷 인생은 무엇일까? 신혜는 순정 씨의 결정 대신 스스로가 선택한 대로 흘러갈 인생이 궁금해졌다.

신혜는 침을 꿀꺽 삼키고 미스코리아 점집 앞에 섰다. 거실 게시판에 붙은 다섯 가지 안내사항 중 눈에 띄는 문장이 있었다. 미진한 부분이 있다면, 무료로 리터치도 해드리니 재방문해주십시오. 문신이나 타투도 아니고 점괘를 리터치해준다니. 미스코리아라는 점집 상호만큼이나 특이한 서비스였다.

"여기 리터치도 해준다면서요."

신당에 들어서자마자 신혜는 방석에 털썩 주저앉았다. 헤벌쭉 웃고 있는 신상도 두 번째 마주하니 만화 캐릭터와 별다를 게 없어 보였다.

"오호, 누군가 했더니 자퇴생 아가씨잖아? 어머니도 여길 다녀가셨는데, 생난리를 치다가 한바탕 울음을 쏟으시더라고!"

고 여사는 용케도 신혜와 순정 씨를 기억했다.

"어머니를 많이 닮으셨더군요."

아기 동자는 예의 걸걸한 목소리에 점잖은 말투로 추임새를 넣었다.

"우리 엄마한테 뭐라고 말씀하셨어요? 영업방침상 고객 사생활은 비밀입니다, 같은 말씀은 하지 마시고요."

"당차고 당돌한 것도 어머닐 쏙 빼닮았네. 그래, 어머니한테 들었을 거 아니야. 머리를 쓰지 말고 머리 만지는 일을 하라고 말이야."

고 여사는 하품을 쩍, 하며 심드렁하게 말했다.

"그러니까요. 그게 무슨 말이냐고요. 우리 엄마 며칠째 가게도 닫고 머리 싸매고 누우셨다니까요."

신혜는 그저 생트집을 잡고 싶은 사람처럼 시비를 걸었다.

"어머니께 학교 그만둔 걸 들켰다면서요. 오히려 잘된 일일지 모릅니다. 고름이 살이 될 수는 없는 거니까요. 곪은 살은 피가 나더라도 짜내야 합니다. 그래야 거기서 새살이 돋아나는 법입니다."

아기 동자는 귀여운 옷차림에 걸맞지 않게 산전수전 다 겪은 사람인 양 말했다.

"아, 참! 아저씨, 아니 죄송해요. 애기씨 동자님, 혹시 큰길에 있는 네 컷 즉석 사진 찍은 적 있으세요?"

아기 동자가 부리부리한 눈을 크게 뜨자 신혜는 조금 움찔했다. 당장이라도 벌컥 화를 낼 기세였다.

"찍었습니다. 찍었어요! 어쩔 건데요? 박수무당은 셀프 즉석 사진 찍으면 안 된다는 법이라도 있습니까?"

아기 동자가 정색한 채 달려들었다.

"다 시끄럽고, 손님 이름이 뭐더라. 아, 아니다. 이름이 중요한 건 아니지. 아무튼 리터치를 받고 싶은 점괘가 뭐야?"

고 여사가 팔을 뻗어 아기 동자를 진정시키고는 단도직입적으로 물었다.

"이제 저는 어떡해요? 저랑 동반 자퇴하기로 한 친구는 혼자 복학해서 공무원 시험을 준비한다는데, 저는 죽으면 죽었지, 진짜 못하겠어요."

신혜는 정말 죽을 맛이라는 듯 울상을 지었다.

"어릴 때 거울아 거울아 놀이를 좋아했다고 들었습니다."

아기 동자가 잽싸게 끼어들었다. 깜찍한 의상과 험악한 인상의 부조화는 여전했어도, '거울아, 거울아'를 듣는 순간 신혜의 마음에 따뜻한 기운이 스며들었다. 순정 씨가 여기서 그런 말까지 했다는 게 믿어지지 않긴 했지만.

거울아 거울아는 일명 백설공주 놀이였다. 신혜네 가족만 아
는 특별한 소통법. 잘 모르는 사람이 들으면 화장대 앞에 앉아 거
울만 하염없이 들여다보는 놀이라고 생각할지도 모른다. 전혀 상
관이 없는 건 아니지만, 신혜가 했던 것은 조금 다른 차원의 놀이
였다.

어릴 적 신혜는 유독 머리카락 만지는 걸 좋아했다. 거기서 더
나아가 머리를 예쁘게 꾸미는 재능이 남달랐다. 순정 씨의 긴 머
리칼을 곱게 빗고, 땋아서 묶거나 틀어올린 후 거울 앞에 세워놓
고 신혜는 물었다.

"거울아, 거울아! 우리 엄마 머리 어때? 이쁘지!"

"네, 주인님! 주인님 엄마 머리가 세상에서 제일 예쁩니다. 그렇
지만…."

이때쯤 동규 씨가 등장했다. 본래의 목소리보다 좀 더 굵직한
톤으로.

"그렇지만, 이라니? 내 머리보다 더 예쁜 머리를 한 여자가 세
상에 또 있다는 말이더냐?"

짐짓 화가 잔뜩 난 목소리로 순정 씨가 끼어들었다. 매번 하는
상황극이었지만 신혜는 손으로 입을 가리며 킬킬거렸다.

"있고 말고요. 주인님의 엄마 머리보다 주인님이신 공주님 머리
가 훨씬 더 예쁘답니다."

"아이 참, 속상해. 우리 예쁜 신혜 공주님 머리를 내가 어떻게 이기겠어."

신혜는 큰 소리로 깔깔거렸다. 거울 목소리 시늉을 하던 동규 씨 말처럼 묶고 땋아내려 맵시가 나는 신혜의 머리 스타일은 도저히 아이의 솜씨라고는 믿기지 않을 정도로 섬세하고 아름다웠다.

"당신 기억나? 우리 신혜가 아기 때 말이야."

이쯤에서 어김없이 등장하는 일화가 있었다. 신혜의 기억에는 없지만 동규 씨와 순정 씨를 통해 수없이 들었던 추억의 한 토막 같은 이야기. 신혜씨가 본격적으로 이야기를 시작하기도 전에 동규 씨는 얼른 알아듣고 웃음을 터트렸다.

신혜가 돌도 채 되지 않았을 때였다. 순정 씨가 신혜에게 이유식을 먹이다가 졸음이 쏟아져서 깜빡 잠이 든 날이었다. 육아에 지친 엄마가 그렇듯 누가 업어가도 모를 정도로 깊은 잠에 취해 있었는데, 동규 씨의 놀란 목소리에 잠이 깼다. 눈을 떠보니 신혜가 걸쭉한 이유식을 순정 씨 머리칼에 처덕처덕 발라대는 중이었다. 이유식을 헤어 무스처럼 뒤집어쓴 순정 씨는 세상 모르게 잠들어 있었고, 퇴근해서 돌아온 동규 씨가 이를 목격했다.

"우리 신혜가 그때도 머리는 끝내주게 만지더라고."

동규 씨는 그날의 장면을 떠올리며 껄껄 웃었다. 이유식 범벅인 순정 씨 머리칼을 주무르던 신혜의 표정이 세상을 다 가진 듯 환해 보였다고 동규 씨는 회상했다. 아기들이 흔히 하는 촉감놀이

로는 최고의 재료였을 거라면서 순정 씨도 한바탕 웃었다. 생각해
보면 그때가 가장 행복했던 시절이었다.

"그 얘길 우리 엄마가 했단 말이에요?"

신혜가 찡그리며 말했다.

"덕분에 우리도 배꼽 잡고 웃었으면 됐지, 뭘! 아무튼 내 말 좀
들어봐."

고 여사는 웃음을 거두고 정색한 낯빛으로 말했다.

"사람 생김새가 제각각인 것처럼 타고난 재능도 다 다른 거야.
머리를 쓰면서 사는 사람이 있고, 머리를 만지면서 사는 사람도
있다는 거지."

"그럼 제가 머리를 만지면서 살아야 한다는 말씀이잖아요."

미스코리아 점집에 처음 왔을 때 들었던 전생이 생각났다. 베
르사유 궁전 파티에 초대받은 귀족인 줄 알고 좋아했다가 가발을
만드는 기술자라는 말에 실망했다. 신혜는 두 사람이 반쯤 엉터리
라고 생각했다. 그런데 묘하게도 아귀가 맞아떨어진다는 생각이
들었다. 삼십 년 가까이 미용사로 살아온 순정 씨의 이력과 재능
을 무시할 수 없었다. 신혜의 타고난 손재주가 순정 씨의 재능을
물려받은 걸지도 모른다는 생각은 한 번도 하지 않았던 게 더 이
상했다. 그렇다면 미스코리아 점사가 완전히 맹탕은 아닐지도 몰
랐다.

"난들 아나, 아가씨 인생인데. 그거야 본인이 알아서 결정할 일이지. 어머니도 곧 털고 일어나실 거야. 여길 나갈 때쯤엔 반쯤 포기한 상태셨으니까."

"근데요, 애기씨 동자님한테 궁금한 게 있는데 물어봐도 돼요?"

"물어보시든가…."

아기 동자가 입을 비쭉거렸다. 큰 머리통에 씌워진 금박 복건이 비뚜름했다.

"오늘은 왜 계속 존댓말만 하세요?"

"리터치잖아. 서비스 차원. 복채도 받지 않는데 애기씨 동자님도 접신을 하러 오시겠어."

고 여사의 그럴싸한 말이 일리 있게 들렸다.

"아, 네…. 그럼 또 놀러 올게요. 아니, 점 보러 올게요."

신혜는 인사를 하고 점집을 나섰다. 머릿속은 실타래처럼 마구 엉켰다. 그래도 최소한 지금까지의 진로 설정이 어긋났다는 건 깨달은 셈이었다. 신혜는 준호에게 전화를 걸어 얼굴이나 보자며 불러냈다. 동맹이 깨지기는 했어도, 머리 싸매고 누운 순정 씨보다는 준호와 말이 통할 거 같아서였다.

"너도 나랑 같이 공무원 시험 준비하자. 학교 그만둔 마당에 할 것도 없잖아."

"야, 짜식아. 네 인생이랑 내 인생이랑 같냐? 나는 죽으면 죽었지, 이제 공부는 못하겠다. 내 능력으론 힘들어. 아니, 내가 안 하고 싶어."

신혜가 단호하게 선을 긋자 준호는 머리를 설레설레 흔들며 휘파람을 불었다.

"그나저나 이제 너희 엄마가 큰일이다. 얼마나 근심 걱정이 많으시겠냐."

준호도 신혜를 위한 순정 씨의 희생과 기대를 모르지 않았다.

"야, 너는 내 걱정은 안 되냐? 나야말로 어떡하면 좋을지 모르겠다. 답답해 죽겠어."

신혜는 자신의 가슴을 손으로 두들겼다. 젊을 때 겪는 방황은 당연한 거라지만, 발에 물집이 왕창 잡혀도 좋으니 다음엔 어디로 걸음을 내디뎌야 할지만이라도 알았으면 좋겠다는 생각이 들었다.

"지금 네 마음이 시키는 건 뭔데? 나는 네가 아니잖아. 지금 네 마음을 가장 잘 아는 건 바로 너 자신이야."

"아아, 나 정말 모르겠어."

신혜는 한숨을 내뱉고 고개를 떨어뜨렸다. 준호는 말없이 일어나 신혜의 어깨를 토닥이고는 음식 값을 계산했다. 준호 앞에 놓였던 파스타가 반이나 남은 채 식어 있었다. 먹성이 좋은 준호가 음식을 남기는 건 처음 보는 일이었다. 쟤도 나 모르게 마음 쓰이는 일이 있나, 하는 생각이 들자 괜시리 마음이 무거워졌다.

음식점을 나와 나란히 걷다가, 신혜는 문득 어깨 한쪽에 기척을 느끼고 고개를 휙 돌렸다. 뭐지, 아무 것도 없는데? 순간 반대편에서 걷던 준호가 팔을 황급히 차렷 자세로 몸통에 붙이는 게 눈에 띄었다. 준호는 고개를 돌리고 딴청을 피우느라 바빴다. 실패로 돌아가기는 했지만, 조금 좁혀진 준호와의 거리가 싫지 않았다. 가슴 밑바닥이 간질간질, 심장 뛰는 소리가 좀 더 커졌다.

"야, 신혜야. 한번 물어봐. 아니면 내가 물어봐줄까? 거울아 거울아, 세상에서 가장 예쁜 우리 신혜가 할 수 있는 일이 뭐가 있을까요?"

"뭐야, 바보같이."

"거울이 혹시 대답해줄지도 모르잖아. 우리 신혜가 할 수 있는 일이 아주아주 많은데, 하나만 딱 정해주세요!"

쑥쓰러운 마음에 괜히 밀어내기는 했지만, 준호의 재치 있는 한마디에 신혜는 오래간만에 큰 소리로 웃음을 터뜨렸다. 오래전 들려준 아빠와의 추억을 준호는 용케도 기억하고 있었다. 별 생각 없이 대해온 준호의 옆얼굴이 어쩐지 달라보였다.

"어서 오세요. 여기서 드실 건가요, 테이크 아웃인가요?"

"여기서 마실 건데요. 음, 아메리카노 하나에 바닐라…."

남자 손님은 신혜의 얼굴을 바라보다 매장 전면에 붙은 메뉴판으로 고개를 쳐들었다. 어깨가 사선으로 기울어진 손님은 자세도 삐딱해 보였다. 그 때문일까? 왠지 손님의 말투도 어눌한 듯 답답하게 느껴졌다.

"네, 아메리카노와 바닐라 라떼, 각각 한 잔씩 준비해드릴까요?"

신혜는 또박또박한 말투로 확인했다. 남자의 뒤에서 기다리는 손님이 늘어나고 있었다. 처음 아르바이트를 시작했을 때는 주문이 오래 걸리는 손님 때문에 신경이 곤두서고는 했지만, 이제 신혜도 이력이 붙었다.

"아, 근데요. 아메리카노는 차게…."

커피 전문점 로고가 찍힌 앞치마 주머니에서 휴대폰 진동음이 울렸다. 확인하지 않아도 누군지 알았다. 어떻게 꼭 손님이 많을 때만 골라서 재촉하는지 신기할 따름이었다. 에어컨을 빵빵하게 틀어 서늘하게 식혀둔 카페의 공기가 갑자기 후텁지근하게 느껴졌다.

"네. 바닐라 라떼는 따뜻하게, 아메리카노는 아이스로 드릴게요. 사이즈는 어떻게 할까요?"

녹음해두기라도 한 것처럼 말이 술술 나왔다. 남자의 주문이 더딜수록 신혜의 목소리는 점차 빨라졌다. 휴대폰이 다시 웅웅 울렸다. 짜증을 한 바가지 퍼붓고 싶은 걸 꾹꾹 눌러 참았다.

남자는 바닐라 라떼에 시럽을 추가했다. 음료 자체도 달달한데 거기에 시럽까지 추가하면, 마시는 순간 윽, 할 정도의 단맛일 터였다.

"네네, 바닐라 라떼에 헤이즐넛 시럽 두 번 추가하신다고요. 더 필요한 건 없으신가요?"

손님은 머리를 끄덕거렸다. 머리를 움직였을 뿐인데 몸 전체가 까딱거리는 것처럼 보였다. 마치 양팔 저울이 균형을 잡지 못해 요동치는 모양새였다.

"주문 확인 도와드리겠습니다."

신혜는 앵무새마냥 주문 내역을 토씨 하나 빼먹지 않고 그대로 읊었다. 주문받은 내용을 잘못 기억해 곤란을 겪었던 초짜 시절에 이를 악물고 연습한 결과였다. 결제를 마친 남자가 옆으로 비켜서자 다음 손님이 앞으로 나섰다. 테이블로 돌아가는 남자의 걸음걸이가 눈에 들어왔다. 몸이 앞으로 고꾸라질 듯했고 다리가 휘청거렸다. 오른쪽보다 왼쪽 다리가 짧아서 걸음이 절뚝거렸다. 남자의 걸음걸이를 본 신혜는 살짝 미안한 마음이 들었다. 그의 어눌한 행동이 내심 성가시다고 생각했기 때문이었다.

남자가 앉은 테이블의 맞은편에 낯익은 할아버지가 보였다. 곽씨 할아버지. 순정 씨가 그렇게 불렀다. 신혜도 동네에서 파지를 실은 손수레를 끌고 가던 할아버지를 몇 번 마주친 적이 있었다. 미장원에서 나오는 폐지와 상자라는 게 뻔했다. 편의점도 아니고 기껏해야 염색약과 파마약 상자와 철 지난 여성 월간지가 다였다.

할아버지는 그것도 놓칠세라 쌓이기 무섭게 수거해갔다. 다리를 저는 남자가 할아버지의 아들인 걸까? 시럽을 추가한 라떼는 할아버지 몫인 것 같았다. 어르신들은 대부분 단 걸 좋아하니까.

손님이 뜸한 틈을 타서 신혜는 남자의 테이블에 주문한 커피를 직접 서빙했다. 커피 주문 알림벨이 울리길 기다리고 있던 남자는 엉거주춤 몸을 일으키며 쟁반을 받았다.

"주문하신 커피 나왔습니다."

신혜는 테이블에 쟁반을 놓으며 말했다.

"고마워요, 학생. 이렇게 직접 갖다줘서."

남자가 웃었다.

"아니에요. 저도 계속 가만히 서 있어서, 다리를 좀 움직여줘야 되거든요."

"그렇지 않아도 좀 걱정이 되긴 했어요. 가져오다가 쏟으면 어쩌나 하고."

신혜가 넉살 좋게 대답하자 남자는 어색하게 목덜미를 쓰다듬었다. 남자의 입에서 나온 학생이라는 호칭이 인상에 남았다. 휴학생도 아니고 자퇴생인 신혜가 누군가에게 학생이라고 불릴 수 있는 걸까?

자리로 돌아와서 자동 응답기와 같은 목소리로 주문 접수 멘트를 시작하려는데, 세 번째 진동음이 울렸다. 짜증을 부릴 여유도 없었다. 점심시간은 정말 눈코 뜰 새가 없었다. 카페 창 너머로 파란색 목줄에 플라스틱 사원증을 맨 직장인들이 테이크 아웃 종이컵을 들고 삼삼오오 종종걸음을 치는 게 보였다. 서울에서 한참 먼 경기도 외곽이긴 했지만, 그래도 이 부근은 사방으로 트인 번화가였다. 관공서가 밀집해 있고 큰 사무용 건물 여럿이 모여 있어 직장인들이 많았다. 지난 십육 년 동안 신혜도 그들이 쟁취한 일상을 갖기 위해 고군분투했었다. 하지만 언제부터인가 그들이 부럽지 않았다. 카페에서 목소리를 죽여가며 회사에 대한 불만을 늘어놓고 상사 흉을 보는 그들의 얼굴에 덕지덕지 붙은 피로와 권태를 엿본 탓인지도 몰랐다.

오후 한 시가 넘자 거짓말처럼 손님이 확 줄었다. 목줄 부대가 건물 안으로 재빠르게 자취를 감추는 시간이었다. 신혜도 한숨을 돌리고 카페를 둘러보았다. 다리를 저는 중년 남자와 할아버지는 아직 자리를 지키고 있었다. 남자의 몸은 테이블에 쏠려 있었고, 의자 등받이에 몸을 붙인 할아버지는 왠지 거드름을 피우는 자세였다. 신혜는 두 사람의 테이블로 걸음을 옮겨 쟁반을 치웠다. 남자는 고개를 까딱여 신혜에게 고맙다는 인사를 했다.

"내가 보증금 천만 원씩 받아서 쓸 데가 없어서 그래. 요즘 은행 이자도 시원찮고."

"그러면 보증금 오백에 월 육십만 원으로 하면 어떨까요. 미스코리아가 중개인 역할을 해준 덕분에 부동산 수수료도…."

두 사람의 대화 중에 미스코리아라는 말이 귀에 박혔다. 신혜가 알고 있는 점집이 맞는 것 같다는 생각이 들었다. 이제 부동산 중개까지 하시나? 고 여사와 아기 동자의 모습이 자연스레 떠올랐다. 오지라퍼 기질이 다분한 두 사람이라면 가능할 터였다. 신혜가 점을 치고 온 지도 벌써 서너 달이 훅 지났다. 꽃샘추위가 한창이던 계절에서 매미 소리가 극성을 떠는 계절로 넘어온 걸 보면.

"엄마는 점집에다 무슨 그런 쓸데없는 수다까지 떤 거야?"

점집에 리터치를 다녀온 지 한 달쯤 지났을 무렵 신혜는 순정 씨에게 따져 물었다.

"아이고, 진짜 똥 싼 놈이 성낸다더니. 내가 무슨 수다를 떨었다고 생트집이니?"

"엄마가 말을 안 했으면 그 점집에서 내가 아기 때 엄마 머리에 이유식을 바른 걸 어떻게 알았겠어?"

순정 씨는 그런 말은 한 적 없다고 딱 잡아떼다가 이내 미간을 찌푸리고 눈을 가늘게 떴다. 그러고는 아아, 하고 탄식을 내뱉었다. 미용실 손님을 붙들고 거울아 거울아 놀이와 이유식 소동에 관해서 말했던 걸 기억해낸 것이었다.

"네가 얘기하니까 인제 생각이 난다. 그 사람이 그 사람이었어?"

순정 씨는 목욕탕에서 '유레카'를 외친 수학자처럼 손뼉을 마주쳤다. 조폭 우두머리를 방불케 하는 외모의 손님 머리를 커트하면서 웃자고 한 얘기였다. 순정 씨가 점집에 직접 찾아가기 전부터 모녀 관계도 미리 알았던 게 아닐까 하는 합리적인 의심이 들었다. 넓지도 않은 동네에서 오다가다 부딪치다 보면 그리 어렵지 않게 알았을 수도 있었다.

신혜는 개수대에 쌓여 있는 컵을 서둘러 씻어 정리한 다음 휴대폰을 확인했다. 부재중 전화 세 통 모두 순정 씨였다. 신혜의 예상은 역시 빗나가지 않았다. 이 시간대면 카페 알바를 한다는 걸 알고 있으면서도 전화를 몇 번이나 한 걸 보면 순정 씨가 어지간히 다급했던 모양이었다.

"야, 신혜야! 전화할 시간 있으면 빨랑 좀 와라! 엄마 숨 돌릴 새도 없어."

전화를 받은 순정 씨는 조금 전 신혜가 커피 주문을 받았을 때만큼 속사포처럼 말을 쏟아냈다.

"네네, 원장님. 지금 막 끝났어요! 총알같이 튀어 가겠습니다!"

신혜는 휴대폰을 턱과 어깨 사이에 끼고 한 손으로 앞치마를 풀면서, 다른 쪽 손을 번쩍 치켜들어 막 카페 문을 열고 들어오는 오후 타임 아르바이트생에게 알은체를 했다.

미용실에 들어서자마자 신혜는 빗자루부터 챙겼다. 순정 씨는 딸이 들어온 것도 알아차리지 못하고 손님 머리를 드라이하느라 여념이 없었다. 신혜는 머리칼 한 뭉텅이를 쓸어 담고 대기하고 있는 손님 머리를 감겼다. 신혜의 손으로 머리를 감긴 손님들은 하나

같이 순정 씨보다 딸 손끝이 더 야무지다고 칭찬했다.

머리 쓰는 일보다 머리 만지는 걸로 적성을 살리라고 했던 미스코리아 점집의 점괘를 다 믿은 건 아니었다. 작정한다고 만사가 풀리는 게 아니듯, 작정하지 않아도 흘러가는 게 세상이었다. 며칠 머리를 싸매고 누워 있던 순정 씨는 다시 미용실 문을 열었고, 신혜는 미용실에 나와 자연스레 순정 씨 일을 돕기 시작했다. 순정 씨는 머리칼을 말았던 파마 롤 종이를 정리하는 신혜의 손에서 바구니를 빼앗아 패대기치기도 했다. 누가 너더러 이런 일 하라고 했느냐고. 내가 너를 이런 일 시키려고 학원에 사교육비로 수천만 원을 갖다 바친 줄 아느냐고.

"엄마 나, 돈 좀 줘."

"돈은 뭐 하게?"

"학원에 등록하려고."

"학원?"

순정 씨의 얼굴에 오래간만에 화색이 돌았다.

"그래, 잘 생각했다. 대학 졸업은 물 건너갔다고 하더라도 공무원 시험은 볼 수 있으니까 다시 한번 해봐. 안정적인 직업으로는 공무원이 최고야."

신혜는 순정 씨의 밝은 목소리에 귀를 닫고 눈을 질끈 감았다. 딸 뒷바라지하느라 다리가 퉁퉁 부었지만, 신혜만 보면 늘 환하게 웃던 순정 씨였다. 그걸 외면하지 못해 질질 끌려왔던 터였다.

"그런 학원이 아니고…. 엄마, 나 말이야, 미용학원에 등록하고 싶은데…."

준호 앞에서는 당당했던 신혜지만, 순정 씨 앞에서는 한없이 쪼그라들었다. 순정 씨는 또 한 번 목덜미를 잡았지만 쓰러지지는 않았다. 순정 씨는 자기 눈에 흙이 들어가기 전까지 신혜가 미용 가위 드는 꼴은 절대 볼 수 없다고 소리쳤다.

신혜는 하는 수 없이 미용실에서 일을 거들면서 순정 씨의 미용 기술을 곁눈질했다. 손님들 머리칼을 자르는 순정 씨의 가위질을 지켜보다 어느 결에 엄마의 손짓을 따라 하고 있었다. 미용 기술을 알려주는 영상을 찾아보기 시작했고, 헤어디자이너라는 직업의 전망도 샅샅이 훑었다. 공부만 하면 머리가 깨질 듯 아팠었는데, 미용의 세계는 들여다볼수록 흥미진진했다. 전문적인 학원에서 기초부터 배워보고 싶다는 마음이 날로 커졌다.

순정 씨로부터 일언지하로 거절을 당한 신혜는 준호한테 에스오에스를 칠까도 고민했다. 준호라면 신혜가 선택한 일을 지지해 줄 뿐 아니라 학원비도 선뜻 빌려줄 것이었다. 그런데 그런 도움에 기대게 될까 덜컥 두려운 마음이 들었다. 이십 년 넘게 살았지만 순정 씨한테 모든 걸 맡긴 삶이었다. 신혜의 의지와 판단은 조금도 없이 입시생 기계로 살았다. 대학이나 학과 선택도 순정 씨의 결정이었고, 공무원이 되려고 했던 것도 순정 씨의 강요 때문이었다. 그랬던 신혜에게 처음으로 자신이 좋아하는 일, 하고 싶은 일이 생긴 것이었다. 이 시점에서 또 다시 남에게 의지할 수는 없었다. 커피 전문점과 편의점의 최저 시급 아르바이트를 뛰고, 시간 나는 대로 미용실에서 김순정 원장님 조수 노릇도 게을리 하지 않았다.

손님이 뜸해지자 순정 씨와 신혜는 믹스 커피를 마시면서 뭉친 종아리를 탕탕 두드렸다.

"신혜야. 엄마는 말이야, 우리 딸이 아직 늦지 않았다는 생각이 드는데. 지금 너는 뭘 시작해도 다 해낼 수 있는 나이거든. 그러니까 다시 한번 생각해보는 건 어떠니, 응?"

순정 씨는 틈만 나면 신혜를 회유하려 들었다.

"어, 엄마도 그렇게 생각했어? 나도 그렇게 생각했는데."

신혜는 순정 씨가 무슨 말을 하려는지 알고 있었다. 그런 순정 씨를 이기려면 반은 능구렁이처럼 대처해야 한다는 것도 진작에 터득했다.

"네가 그렇게 생각한다니까 듣던 중 다행이다. 너도 몸 쓰는 일이 여간 고되지 않다는 걸 이제 알겠지?"

순정 씨는 반가운 얼굴로 신혜에게 바짝 다가앉았다.

"몸이 힘들긴 해도 마음이 편한 게 정말 중요하다는 걸 깨달았다니까. 엄마 말대로 내 나이는 뭘 시작해도 늦지 않은 거 같아. 지금부터 열심히 미용 기술을 배워서 자격증 따고 엄마 가업을 물려받을 생각이야. 그동안 알바해서 저축한 돈이면 미용학원에 등록할 수 있을 거야. 엄마야말로 우물쭈물하다가 나 같은 고급 알바 놓칠 수도 있으니까 빨리 잡는 게 나을걸. 원장님, 생각 잘하셔요."

천연덕스럽게 넉살을 부리는 신혜를 향해 눈을 하얗게 흘기는 순정 씨는 한숨인지 웃음인지 모를 신음을 내뱉었다. 순정 씨가 미련을 쉽게 떨치지 못하리란 건 신혜도 알고 있었다. 어쩌면 순정 씨의 머리칼이 하얘지고 틀니를 끼는 나이가 되어도 신혜를 향한 기대를 저버리지 못할 것이었다. 그렇기에 미용실을 찾아온 험상궂은 손님에게 머리칼이 이유식 범벅이 되었던 날이나 퀴즈 프로그램 하나에 울고 웃었던 날을 술술 털어놓으며 추억을 되새김했으리라.

"난 우리 딸이 정말 천재라고 믿어 의심치 않았다니까요. 고등학생도 쩔쩔매는 그 어려운 문제를 눈 하나 깜짝하지 않고 척척 맞히는데, 하! 내가 천재를 낳았구나. 김순정 드디어 해냈다. 대한민국 만세. 우리 똑똑한 딸 뒷바라지에 한 치의 소홀함도 없어야겠구나, 했죠."

순정 씨는 그 누구한테 입도 뻥긋하지 않을 것이었다. 〈도전! 골든벨〉이 사실은 재방송이었고 신혜가 본방송을 미리 시청했다는 걸. 자식의 일이라면 새빨간 거짓말도 하얗다고 우기고 싶은 게 부모의 마음일 것이다. 다른 아이들과 비슷하게 옹알이하고, 뒤집고, 기고, 걷는데도 자기 자식은 어딘가 다르게 보이는 게 세상 모든 부모의 눈인 것처럼.

　미용실 문을 닫고 모녀는 나란히 집을 향해 걸어갔다. 신혜가
순정 씨의 손을 잡았다. 숱한 가위질 때문에 박힌 굳은살과 염색
약과 파마 약으로 망가진 엄마의 손. 신혜는 가슴이 먹먹했다. 신
혜도 알았다. 순정 씨가 자신의 거친 손과도 같은 고단한 인생만
은 딸에게 결코 물려주고 싶지 않았다는 것을. 그리고 그게 이 세
상 모든 엄마의 마음이라는 것도.

　신혜는 팔을 뻗어 순정 씨의 굵은 허리를 감쌌다. 순정 씨도 신
혜를 얼싸안았다. 깊어진 매미 소리는 이 여름도 끝자락이라는 신
호였다. 선선한 가을이 오면 신혜는 순정 씨한테 준호를 인사시킬
생각이다. 어쩌면 순정 씨는 준호를 썩 달가워하지 않을 수도 있
다. 공무원 시험 준비로 몇 년을 탕진할지 모르는 삼류 대학생이
니까. 하지만 결국은 못 이기는 척 눈감아주리라는 것을 신혜는
알았다. 세상에서 가장 귀한 딸이 선택한 사람이 가장 귀하게 보
이는 것이 모든 엄마의 눈에 씐 콩깍지일 테니까.

허균의 댕의보감?

"거기가 좀 특이하다네요."
"뭐가 특이한데요?"
"전생을 맞힌대요."
"전생을 보여준다는 건가?"
"아니요. 전생을 맞힌다나 봐요."

병원 문을 열자마자 노인들이 득달같이 문을 밀고 들어섰다.

"여봐, 밀지 좀 마."

"순설 지켜, 순서를. 이놈의 영감탱이야!"

"어, 이거 왜 이래? 내가 맨 먼저 왔다니까."

앞서거니 뒤서거니 줄이 엉켰다.

"어르신들, 차례차례 들어오세요. 어차피 두 분밖에 안 되니까, 뒤에 오신 분들은 번호표 받고 기다리셔야 해요! 안마의자는 딱 십오 분이니까 시간 엄수하시는 거 잊지 마시고요!"

김 간호사의 목소리에 짜증이 배어나왔다. 그렇지만 짜증이 치솟기로 따지면 진료실에서 파리를 날리는 닥터 강수환이 김 간호사보다 열 배는 더했다.

만만치 않은 가격의 안마의자 두 개를 들여놓은 게 마케팅 측면에서 신의 한 수가 될 줄 알았다. 노인이 밀집한 동네라서 환자 끌기에 적합한 아이템이 될 것이라고 확신했다. 안마의자 공짜 서비스를 받은 노인들이 통증 클리닉 의원의 단골로 이어지리란 건 닥터 강의 아이디어였다. 그것이 신의 한 수가 아니라 악수(惡手)로 작용하리란 건 예측하지 못한 변수였다. 공짜로 안마의자 서비스를 받을 수 있다는 발 없는 말이 동네에 쫙 퍼졌고, 노인들은 병원 문이 열리기도 전에 길게 줄을 섰다. 속 모르는 사람은 대박 난 병원이라 여길 것이었다.

새치기하거나 말싸움이 일어나는 걸 방지하기 위해 번호표를 나눠주는 것은 김 간호사의 아이디어였다. 그 역시 영양가 없기는 매일반이었다. 아침나절부터 병원 앞은 북새통을 이뤘고, 십오 분 안마가 끝나면 노인들은 덧정도 없다는 듯 병원을 빠져나갔다. 내일 아침에는 조금 더 몸을 재게 놀려 기다리지 않고 공짜 안마 단물을 빨아먹겠다는 결의를 다지면서.

혹시 노인들이 닥터 강의 자질이나 실력을 알아보고 얕잡는 건 아닐까 싶은 자격지심이 들기도 했다. 닥터 강은 전문의가 아닌 일반의였고 수련의 과정을 거치지 않은 터라 솜털도 보송보송한 삼십 초반의 애송이였다. 의대 다니면서 유급을 세 번이나 먹은 터라 삼십을 넘긴 것이지 그렇지 않았으면 이십 대에 개원한 의사가 될 뻔했다.

의사라고 다 같은 의사가 아니다. 병원 간판부터 다르다. 종합 병원이나 입원실이 있는 병원이 아닌 동네 병원은 의원으로 분류된다. 동네 의원이라도 전문의는 외과나 내과 등의 진료 과목을 병원 이름과 함께 큼지막하게 드러내는 것과 달리 일반의는 작은 글씨나 괄호 안에 진료 과목을 명시하는 게 원칙이다. 그래서 닥터 강도 '강수환 의원(진료 과목 통증 클리닉)'으로 간판을 걸었다. 일반인에게는 다 고만고만한 병원으로 보이겠지만, 의사 실력 차이는 크다. 전문의가 되려면 수련의 과정을 거쳐야 하지만, 일반의 자격요건은 의사국가고시를 통과하는 게 다니까.

예과 이 년과 본과 사 년 과정을 이수하면 모든 의대생은 의사국가고시를 치르게 되는데, 시험에 응한 구십 퍼센트가 통과한다. 결국 의대생한테는 으레 주어지는 졸업장과도 같은 라이선스다. 닥터 강의 의사 자격은 그 기준에 딱 턱걸이한 GP, 일반의였고, 개원은 가능했다. 보통 이런 경우에는 수련 과목 및 전문 과목이 없는 탓에 피부 미용 및 통증 진료가 대부분이다.

인턴과 레지던트를 거친 전공의가 선택할 수 있는 길은 두 가지가 있다. 소위 의대 노숙인이라 불리는 과정을 거친 후 교수 겸 전문의가 되는 길이 그 첫 번째다. 두 번째는 집안 재력을 담보로 병원을 열어 원장이 되는 길이다. 첫째가 의사로서 명예를 지키는 길이라면 둘째는 부를 축적할 수 있는 지름길이다. 물질만능주의

시대에 맞춰 굳이 어렵게 의대 노숙인 생활을 하느니 개업을 해서 돈을 버는 길을 택하는 추세가 된 지도 오래다.

대다수의 의대생이 이렇게 명예와 돈의 갈림길에서 고민하는 반면 닥터 강은 이도 저도 아닌 케이스였다. 혹독한 전문의 과정을 버텨낼 능력도 없었고 하루빨리 개업의가 되고 싶은 마음도 없었다. 의대 합격을 기점으로, 닥터 강은 자신의 능력이 고갈되고 있음을 느꼈다. 의대 졸업과 의사국가고시 합격만으로도 닥터 강은 숨이 찰 지경이었다.

부모님 성화에 등 떠밀려 엉겁결에 서울에서 뚝 떨어진 경기도 외곽에 개원했지만, 열정도 포부도 없었다. 아무리 그렇다곤 하더라도 개원할 때 지원받은 부모님 노후 자금과 은행 대출은 갚아야 했다. 이러한 현실적 상황을 십분 고려한 진료 과목이 바로 통증 클리닉이었다. 동네 특성상 노령층 인구 비율이 절대적으로 높다는 걸 감안해서 내린 결정이었다. 아무려나 결과는 신통치 않았다. 환자 유치를 위해 들여놓은 안마의자로 공짜 이용객만 늘어났을 뿐.

하루에 환자 몇 명 얼씬거리고 마는 진료실을 지키고 앉은 닥터 강의 귀에 시끌벅적한 대기실 소음이 들려왔다. 노인들의 대화는 어쩌면 그토록 하나같이 진부한 걸까? 그걸 귀 기울여 듣고 있으면 닥터 강도 그들과 한통속으로 진부해지는 기분이었다. 입만 열면 입맛이 없고, 잠이 오지 않고, 아프다는 푸념을 경쟁하듯 쏟아냈다. 그리고 마침내 다다른 결론은 결국 늙으면 죽어야겠다는 것이었다. 사십오 도 각도의 비스듬한 안마의자를 용케 차지한 노인이 시원하다는 말을 연발하다가 운을 띄웠다.

"아픈 몸뚱어리가 갈 데는 한 구덩이밖에 더 있겠어. 올해 넘기고 내년 봄에는 죽어야지."

"누가 아니래. 나도 내년 봄에는 그냥 죽었으면 좋겠어."

옆의 안마의자에 반쯤 누워서 천장을 바라보던 노인이 맞장구를 쳤다. 이제 막 봄이 시작되고 있는데 내년 봄이라면 일 년을 유보한다는 뜻이다. 누가 들어도 죽고 싶다는 얘기가 아니었다. 내년 봄이 돌아오면 또다시 후년 봄을 기약할 노인들이었다. 결국 죽고 싶다는 푸념은 생에 대한 애착이 아직 강렬하다는 반증이었다.

"흥! 죽고 싶다면서 내년 봄까지 기다릴 건 뭐람. 그냥 지금이라도 콱 죽으면 될 텐데…."

"의사 선상님, 시방 뭐라고 하셨수?"

어느 틈에 진료실로 들어온 노파 환자가 스툴에 엉덩이를 걸치며 눈을 동그랗게 떴다.

"앗! 아닙니다. 혼잣말이에요. 황말녀 님, 어디가 불편해서 오신 겁니까?"

"그게요, 어깻죽지하고 여그 팔뚝이 돌멩이처럼 딱딱해서 물컵 하나 들려고 해도 힘이 뚝 떨어지는 거이…."

노파는 주저리주저리 아픈 데를 읊어댔다.

"아, 네. 됐습니다."

닥터 강은 노파의 말을 단칼에 자르고 어깨와 팔뚝을 손으로 꾹꾹 눌렀다. 노파가 아프다고 신음을 내뱉거나 말거나. 손의 감각으로 진단한 병증은 회전근개 파열증이었다. 어깨 관절을 이루는 네 개의 근육 중 하나에서 두 개가 손상되어 어깨와 팔에 통증이 생기는 병이었다. 염증이 심하면 수술을 하기도 했다.

"황말녀 님, 오늘은 물리치료만 받고 가세요. 이 병은 한 번으로 낫질 않습니다. 그러니까 다음에 오셨을 때 주사 치료와 약물을 병행하도록 하겠습니다."

"선상님, 그럼 다음에 오면 주사 좀 꼭 놔줘요. 그러면 훨씬 덜 아플랑가…. 저기, 그럼 안녕히…."

환자의 눈도 마주치지 않는 닥터 강의 냉정한 태도에 노파는 주눅이 드는지 연신 머리만 조아렸다. 노파가 진료실을 나간 후에도 노인들의 중구난방인 대화는 계속되었다.

"나는 어젯밤에 한숨도 못 잤잖아. 당최 삭신이 쑤셔서 잠이 와야지 말이야."

"나도 꼬박 밤새웠잖아. 한숨 자고 나면 도통 잠이 안 와. 온몸이 두들겨 맞은 거처럼 아파서. 아이고, 이렇게 다 망가진 몸으로 더 살면 뭐해. 얼른 죽어야지."

당장 목숨이 끊어져도 아깝지 않다는 투의 넋두리는 끝이 없었다. 잠을 통 못 잔다고 하소연하다가도 어느새 코를 골며 자는 노인도 심심치 않았다. 낮잠을 자니까 밤잠이 안 오는 건 당연했다. 닥터 강은 노인들 엄살에 넌덜머리가 났다. 마음 같아서는 몸을 벌떡 일으켜 진료실 문을 박차고 나가서 소리치고 싶었다.

'그러니까요, 어르신들! 공짜 안마만 받지 말고 진료실에 들어와서 진료를 좀 받으시라고요. 아프다는 타령은 그만 좀 하시고요! 병원 간판 좀 보라고요! 한글 읽을 수 있잖아요. 여기가 바로 통증 클리닉이라고요. 어르신들 아프다는 곳이 어딘지 나한테 물어보면 연골 주사도 놓고 물리치료도 받고 처방전도 써준다니까요. 어르신들은 몸이 안 아파서 좋고 나는 돈 벌어서 좋고요. 그러면 내년 봄에 돌아가시든 후년 봄에 돌아가시든 내 알 바 아니거든요. 제발 공짜 안마의자에만 앉아 있다 가지 말라고요!'

닥터 강은 노인들을 향해 삿대질하며 버럭 소리치는 자신이 어렵지 않게 그려졌다.

"에이, 씨! 내가 말을 말아야지."

닥터 강은 팔짱을 끼고 씩씩거렸다. 노인들의 대화는 다른 화제로 이어지고 있었다.

"난 요즘 도통 입맛이라곤 없어."

"나도 그래. 맛있는 게 없더라고. 입맛 도는 것 좀 없으려나."

"난 육 고기는 질겨서 씹을 수가 없어. 그래도 회는 좀 연해서 씹지 않아도 꿀떡 넘어가려나."

조금 전까지 몸이 너무 아파서 당장 내일이라도 황천길에 들어

설 듯 엄살을 떨더니 이젠 입맛 타령이었다.

"회? 이 사람이 큰일 날 소리 하고 있네."

"왜?"

"일본 놈들이 후쿠시마에 오염수를 계속 버린다잖아. 오죽했으면 작년에 소금 파동으로 소금이 금값이었을까."

"아이고, 맞네 그려. 이놈의 정신머리하고는. 바다에서 나는 거 먹으면 골로 가기 십상이야."

노인들은 오염수 한 방울이라도 튀면 큰일이 날 것처럼 몸을 사렸다. 죽음을 의연하게 받아들이겠다는 각오로 무장했던 사람들 맞나 싶은 정도였다. 닥터 강은 머리를 절레절레 흔들었다. 완전 급발진에 급정거에 급반전이 따로 없었다. 앞뒤가 안 맞는 말들이야 차치하더라도 도저히 그 감정선을 종잡을 수 없는 부류가 노인이었다. 노인들의 죽고 싶다는 소리가 세계 삼대 거짓말 중 하나인 건 시대를 불문한 절대 진리인 게 맞았다. 닥터 강은 이번에야말로 진짜 몸을 일으켰다. 회전의자가 빙그르르 돌았다. 오줌이 마려워서 참고 있을 수가 없었다.

"아이고, 강 원장님 나오셨네. 원장님 덕분에 늙은이가 호사를 매 맞듯 합니다, 그려. 아주 시원하네요."

닥터 강이 진료실을 열고 대기실에 모습을 드러냈을 때였다. 안마의자에 비스듬히 누워 있던 노인이 자세만큼이나 거들먹거리는 목소리로 닥터 강에게 알은체했다. 닥터 강은 노인이 앉아 있는 안마의자 쪽으로는 눈길도 주지 않은 채 화장실로 발걸음을 옮겼다. 안내 매대를 힐끗 쳐다보니 김 간호사도 휴대폰에 머리를 박고 있었다. 한가하게 휴대폰이나 들여다보고 있는 김 간호사의 월급은 이번 달도 여지없이 빠져나갈 것이었다.

"낼모레면 저승길 잡아놓은 우리한테 이렇게 안마 서비스를 해주니 원장님은 복 받을 거야."

닥터 강의 등 뒤에서 입바른 치하가 다시금 들렸다. 죽고 싶다면서? 그러면 죽으면 되겠네. 그냥 콱 죽으세요! 속엣말이 닥터 강의 목울대를 근질거렸다.

"오매! 원장님이 우리덜 보고 쭉쭉쭉 하라시네. 감사하구먼."

"원장님요! 망가진 사지육신이 젊은 사람맨치로 쭉쭉쭉 펴지려면 십오 분 갖고는 택도 없어요. 시간 쪼까 늘려주면 쓰겄는디…."

능청스러운 노인들 반응에 닥터 강은 화들짝 놀랐다. 속으로 한 말이 입 밖으로 튀어나온 거였다. 하품을 쩍쩍 해대던 김 간호사도 닥터 강을 향해 눈을 가늘게 뜨고 입술에 손가락을 갖다 댔다. 그나마 귀가 어두운 노인들이라 '죽'을 '쭉'으로 알아들은 게 천만다행이었다. 만약 제대로 알아들었다면 병원에 파리 날리는 게 문제가 아니라 당장 병원 문을 닫을 수도 있는 실언이었다. 닥터 강은 냉큼 화장실로 내뺐다.

화장실에서 나와 접수 데스크를 지날 때 김 간호사가 손짓으로 닥터 강을 불렀다. 김 간호사의 얼굴에 '당신 미쳤어?'라고 쓰여 있었다.

"원장님, 왜 그러세요? 말조심하세요."

김 간호사는 표정보다는 훨씬 사근사근한 말투로 경고했다. 두 번째 말실수였다. 첫 번째는 환자한테 들켰고, 두 번째는 김 간호사한테 들킨 셈이었다.

맥락도 없이 막무가내인 노인들을 상대하다 보면 저절로 입이 거칠어졌다. 닥터 강 나름대로 그런 본심을 감춘다고 감췄는데도 최근에 그 속엣말이 마구잡이로 튀어나오는 빈도가 부쩍 늘었다. 스트레스 탓일 것이었다. 오늘 아침 일만 생각해도 화가 머리 꼭대기까지 치밀어올랐다. 역시 또 노인 때문이었다.

닥터 강은 아침에 주차할 때마다 어김없이 신경을 곤두세워야 했다. 지하 주차장이 협소한 까닭에 의원이 있는 건물 앞 대로변이 닥터 강의 주차 지정 구역이었다. 비교적 저렴한 보증금과 권리금에 혹해서 건물 상태도 제대로 살펴보지 않고 이층을 덜컥 계약해버린 게 문제라면 문제였다. 엘리베이터가 없는 건물이라서 어떻게든 낮은 층에 자리 잡아야 한다는 것에만 신경이 쏠렸다.

인도와 차도가 명확하지 않아 행인과 차가 혼잡하게 뒤섞인 탓에, 주차 문제로 시비가 붙거나 경미한 접촉 사고가 심심치 않게 발생한다는 걸 개원하고서야 알았다. 그 때문에 매일 건물 벽에 바싹 붙여 수차하느라 닥터 강은 땀을 삐질삐질 흘려야 했고,

수시로 범퍼나 사이드미러 상태를 살피는 게 일상이 되었다. 그나마 닥터 강의 차가 소형인 덕분에 지금껏 스크래치 한 번 나지 않은 것인지도 몰랐다.

색감도 쟁하기 이를 데 없는 블루 BMW 미니 쿠퍼. 닥터 강이 난생처음 뽑은 차였다. 누가 보면 '에계계' 소리를 연발할 만한 소형 해치백이었다. 차를 사준 닥터 강의 어머니 역시도 '에계계' 하는 표정이기는 마찬가지였지만 건물 주차 입지를 살피고는 안성맞춤이라고 했다. '에계계'든 '저계계'든 미니 쿠퍼는 닥터 강에게 세상에 다시 없는 애마였다. 아침저녁으로 쓸고 닦으며 사랑해 마지 않는.

아무튼, 아침에도 차와 건물 외벽 사이에 손가락 하나 비집고 들어갈 틈도 없이 기예에 가까운 주차를 마치고 돌아서던 순간이었다. 심상치 않은 마찰음이 닥터 강의 뒤통수를 잡아당겼다. 미미하지만 날카롭고 치명적인 느낌이 쎄했다. 몸을 틀어 닥터 강의 애마 옆구리를 박은 낡은 손수레를 보는 순간 닥터 강의 입에선 '오 마이 갓'이 터져나왔다. 주머니에 쏙 집어넣고 싶을 만큼 귀엽고 예쁜 애마의 옆구리에 가해졌을 치명상을 생각하자 혈압이 치솟았다.

'내 새끼! 나의 애마!'

손수레 주인은 멈칫거리다가 손잡이를 비틀고 앞으로 나아가려 했다. 손수레 위에는 나일론 끈으로 얼기설기 엮은 파지와 고

물이 켜켜이 쌓여 있었다. 건빵바지 포켓인 양 손수레 측면에 매달린 비닐봉지에 깡통과 병 등속이 부딪히는 소리가 났다. 쌍시옷이 붙은 욕설이 닥터 강의 잇새로 비어져나왔다.

구부정한 허리와 좁은 어깨의 손수레 주인은 척 봐도 남자 노인이었다.

"아이 씨, 할아버지!"

얼굴을 찌푸린 닥터 강은 허리춤에 손을 짚고 노인을 크게 불렀다. 노인이 마지못해 머리를 돌렸다. 행색이 추레한 노인은 칠십줄을 훌쩍 넘겨 팔십에 가까워 보였다.

"뭐? 왜?"

행색과 달리 목소리는 카랑카랑했다. 대뜸 반말로 응대하는 걸 보니 적반하장도 유분수다 싶었다. 공짜 안마의자에 줄을 서는 노인들만으로도 신물이 난 닥터 강이었다. 이제는 노인들 뒤태만 봐도 경기를 일으킬 지경이었지만, 손수레 주인도 잠정 고객임은 분명했기에 화를 꿀꺽 삼켰다. 쓱 보기에도 노인의 관절 병증은 하나둘이 아니었다. 오랜 노동의 흔적으로 어깨와 허리와 다리에 이르기까지, 성한 곳을 찾기가 힘들 정도였다. 병명 견적서가 닥터 강의 머릿속에 주르르 출력되고 있었다.

"할아버지 리어카가 제 차를…."

닥터 강은 허리를 짚고 있던 팔을 내렸다. 잠정 고객의 눈에 자칫 건방지게 비칠 수 있겠다는 생각이 들었다. 노인은 눈을 찡긋거리며 닥터 강을 일별했다. 깜빡이는 눈의 속도가 부자연스러웠다. 틱 장애가 분명했다. 틱 장애는 과도한 스트레스를 비롯한 심리적인 요인으로 소아에게 나타나는 질환이기는 하지만, 성인에게도 심심치 않게 발병한다.

턱걸이로 의사국가고시에 붙었지만 의대 육 년, 아니 유급한 시간까지 합쳐 구 년의 의대 짬밥은 무시하지 못할 시간인 걸까. 닥터 강은 겉으로 나타나는 증상만으로 병을 곧잘 진단하는 편이었다. 환자를 보면 머릿속이 감전이라도 된 듯 번쩍하는 느낌이 딱 왔다. 전두엽 기능이 유독 발달된 걸지도 몰랐다.

"아이쿠, 이게 누구셔? 나 몰러?"

노인은 닥터 강을 향해 손을 내밀며 악수를 청했다. 원래 피부색이 까만 것인지 쓰레기를 뒤지느라 지저분한 건지 알 수 없는 손이었다. 닥터 강이 어설픈 손동작으로 노인의 손가락을 스치려는 찰나 노인이 와락 닥터 강의 손을 끌어당겼다. 닥터 강은 온몸에 오물이라도 뒤집어쓴 듯 찝찝해서 몸을 비틀었다. 코앞에 마주한 노인에게서 특유의 쾨쾨한 냄새가 물씬 풍겼다. 신선한 액젓과 같은 향이랄까, 습기가 눅진한 걸레 냄새랄까.

"아, 전 잘…. 누구신지?"

닥터 강은 노인의 손아귀에서 손을 간신히 빼면서 뒷걸음질을 쳤다.

"나, 거그 단골!"

아니나 다를까 노인은 검지를 치켜세우고 건물 외벽에 붙은 의원 간판을 가리켰다.

"아, 예. 근데 그건 그렇고 그 리어카가 제 차를 긁은 거 같습니다만."

닥터 강은 손으로 이마를 짚으며 미간을 좁혔다. 노인은 끄응, 하는 신음과 함께 손수레의 손잡이를 잡아당겼다. 무게가 만만치 않은 손수레가 기우뚱하면서 닥터 강의 애마를 한 번 더 세게 긁는 소리를 냈다.

"아악!"

할아버지고 나발이고 이 늙은이가 미쳤나, 하는 욕설이 닥터 강의 입에서 터지기 직전이었다.

"이봐요. 어여, 좀 밀어봐. 늙은이가 앞에서 힘을 쓰는데 새파랗게 젊은 양반이 어찌 그리 뻣뻣해. 거그 단골이라는데도 거시기 참!"

닥터 강은 쌍욕을 잇새로 누르면서 손수레를 밀었다. 파란 차체에 스크래치가 허옇게 남았다. 애마의 상처를 보는 순간 닥터 강의 속은 쓰리다 못해 아팠다. 차라리 닥터 강 몸의 어딘가가 찢어지거나 부러지는 게 낫겠다 싶었다.

"허어! 이런, 기스 쬐매 났네 그려. 파란색 뺑끼로 두어 번 붓질하면 감쪽같것네. 글씨, 덧칠한 태는 조까 날려나…."

"아니, 할아버지! 그렇게 넘어갈 문제가 아닌데…."

"어떻게 할까? 파란 뺑끼를 좀 사다줄까나? 그기 몇 푼이나 할라나. 쩝!"

밀어붙이기 대마왕 급인 노인의 눈이 옆으로 째지면서 닥터 강의 눈치를 살살 살폈다. 그 와중에도 눈이 계속 찡긋거리는 틱 증상이 나타났다. 아무렇지 않은 척하지만, 노인도 나름대로 스트레스를 받고 있다는 걸 알 수 있었다. 닥터 강은 할 말을 잊은 채 한숨을 쉬었다.

"좁아터진 동네서 눈만 뜨면 볼 사이에 그냥저냥 넘기세. 글고 거그 병원 참 됐습디다. 내가 원체 공사다망해서 자주는 못 댕겼지만 삭신이 쑤실 적이면 거그 뭐시냐, 잉 그 안마의자 거그서 마사지 한 번 받고 나면 몸이 아주 개운혀."

아니나 다를까, 노인 역시 안마의자 공짜 손님이었다. 닥터 강이 '아니'를 연발하며 차 수리비를 언급하려 하자 노인이 손수레 손잡이를 가슴팍으로 끌어올리고는 낑낑거리면서 몇 발자국을 급히 옮겼다. 노인의 행색과 태도로 보아 애마의 치료비를 제대로 불렀다가는 동네가 떠나가라 호통을 칠 게 분명했다.

손수레 뒤꽁무니를 멀거니 바라보다 닥터 강은 손바닥으로 미니 쿠퍼의 옆구리를 애무하듯 살살 쓰다듬는 걸로 마음을 누그러뜨렸다. 누구를 원망하겠는가. 이렇게 후지고 짜증 나는 동네에 병원을 개원한 자신의 무능력을 탓하는 수밖에. 망할 영감쟁이 같으니라고. 늙어 죽을 때까지 파지나 줍고 살라지. 분통이 치민 닥터 강이 분명 속으로 구시렁거린 욕설이었다. 그런데 그게 속엣말이 아니었는지, 무거운 손수레를 끄느라 낑낑거리던 노인이 주춤하던 모습이 선명했다.

"이 동네서 곽 씨 모르면 간첩인 겨. 파지 줍는 늙은이 있잖여. 으떻게나 욕심이 많고 구두쇠인지, 동네 파지는 죄다 쓸어가는 걸로 아주 호가 났다니께."

"파지 줍는 늙은이가 한둘인가 어디."

"아니, 그 왜 있잖아. 눈 깜빡거리는 노인네. 어깨도 움찔거리고."

"아, 그니! 그니가 성이 곽가였어?"

노인들 대화 속 인물이 예사롭게 들리지 않았다. 닥터 강의 애마를 긁은 노인과 동일 인물이라는 직감이 들었다. 파지를 가득 실은 손수레와 틱 장애.

"그 곽 씨가 땅이 있다네."

"웬 땅? 땅이 있으면 부자 아닌감? 근데 왜 그렇게 극성맞게 파지는 줍는 거래."

"난들 아나. 있는 것들이 더 지독한 법이여."

닥터 강은 노인들의 대화에 귀를 쫑긋 세우고 있는 자신을 발견했다. 있는 것들이 더 지독하다는 노인의 말에 백 퍼센트는 아니더라도 오십 퍼센트는 공감이 갔다. 부동산 자산이 있든 없든, 파지를 줍든 말든 닥터 강이 알 바 아니었다. 그저 애마의 옆구리에 치명적인 생채기를 내고도 스리슬쩍 넘어간 게 괘씸했다. 행색이 너무 초라해서 불우이웃 돕는다는 마음으로 더는 따지지 않은 거였는데, 곽 영감이 자기보다 부자일지 모른다고 생각하니 울화가 치밀었다.

안마의자 또 공짜로 쓰기만 해봐라. 내가 우리 애마 치료비를 몇 배로 받아내고 말 테니까. 염치는 밥을 말아 드신 노인네들, 내가 아주 지긋지긋해. 이놈의 꼰대들은 모조리 개짜증이라니까! 닥터 강은 주먹을 꽉 움켜쥐었다.

"원장님, 지금 욕하시는 거예요?"

김 간호사의 말에 닥터 강은 정신이 번쩍 들었다.

"김 간호사, 내가 지금 뭐라고 했나요?"

"이놈의 꼰대 개짜증이라고…."

김 간호사가 뜨악한 표정으로 말끝을 흐렸다. 얼굴이 화끈 달아오른 닥터 강이 차트를 보는 척하자 김 간호사가 닥터 강을 다시 불렀다.

"왜요? 뭐요?"

"원장님, 점심 뭐 시킬까요? 짬뽕 아니면 자장면?"

오전에 회전근개 파열증 환자 한 명 진료한 게 다였는데 벌써 점심시간인 모양이었다. 노인들로 북적거리던 대기실도 조용했다.

"김 간호사가 시키는 걸로 아무거나 먹을게요."

닥터 강은 힘이 쭉 빠졌다. 짜증을 부리는 것도 이제 지쳤다. 오후에도 안마의자 손님들만 줄을 설 것이었다. 저놈의 안마의자를 당근 마켓에 팔아버리든지 해야지.

"어머머, 원장님! 안마의자 파신다고요?"

김 간호사의 대구에 진저리가 쳐졌다. 숫제 속엣말 따위는 생각조차 하지 말아야겠다. 안마의자 처분에 맞춰 병원 폐업도 임박할지 모른다는 생각에 이르면 머리가 온통 지뢰밭이었다.

어릴 적 닥터 강은 머리가 총명했다. 식구들도 닥터 강을 똘똘이라고 불렀다. 하나를 가르쳐주면 열을 깨친다는 말은 닥터 강에게 딱 맞는 속담이었다. 한글도 저절로 깨쳤고, 구구단과 사칙연산도 어느 아이보다 빨랐다. 그런 닥터 강을 훈육하는 두 부모의 입장은 정반대였다. 부친이 채찍을 휘두르는 격이라면 모친은 당근을 주는 식이었다.

"사람이 뭘 몰라도 한참 몰라. 우등생한테는 자꾸 더 잘하라고 채찍질을 해야 하는 거야."

"당신 교육 방법은 전근대적이라 위험해요. 칭찬은 고래도 춤추게 한다는 말도 있잖아요. 나는 우리 수환이한테 칭찬을 아끼지 않는 엄마가 될 거예요."

닥터 강의 교육 방식을 놓고 중학교 때까지 부모의 언쟁은 계속되었다. 채찍과 당근의 절묘한 조화 덕분이었는지 닥터 강의 성적은 늘 전교 일등을 찍었다. 훈육 방침은 상반되었지만 두 사람이 우려하는 지점은 같았다. 일반적으로 학년이 바뀌고 상급학교에 진학할 때마다 성적이 우하향하는 건 정해진 순서였으니까. 그러나 부모의 높은 기대에 부응한 닥터 강은 고등학교 때까지 수재의 영역에서 벗어나지 않았다. 스카이 급의 의대 진학 커트라인을 넘기는 모의고사 성적에, 채찍을 고수하던 부친도 당근 요법을 썼다. 닥터 강은 부모의 성원에 힘입어 의대 합격 고지를 점령하기에 이르렀다.

십이 년의 파란만장한 학창 시절 동안 한 번의 위기와 침체기도 없이 줄기차게 달려온 닥터 강이었다. 옆에서 지켜보는 사람에게는 쉬워 보일지 몰라도 닥터 강은 숨이 턱까지 차올랐다. 부모는 아들이 의대 합격으로 앞으로 탄탄대로를 보장받은 양 달떴고, 닥터 강 자신도 이제 고생은 전부 끝났다고 생각했다.

하지만 인생은 늘 반전의 연속이고, 끝났다고 한시름 돌릴 때 또 다른 막이 열리는 법이다. 입학 오리엔테이션에서 선배들이 들려준 혹독한 의대 생활기는 듣는 걸로도 기가 질렸다. 지옥의 본과 사 년 이전의 예과 이 년이 마지막 천국이라는 소리를 귀에 못이 박히도록 들었다. 닥터 강은 그 시간이라도 원 없이 놀라는 선배의 말을 금언처럼 받아들였다.

익히 듣던 대로 예과 이 년은 낭만적인 대학 생활을 만끽하는 태평성대의 시간이었다. 초중고 십이 년은 아니더라도 최소한 고등학교 삼 년의 입시생 시절에 억눌렸던 스트레스를 한꺼번에 방출하겠다는 각오로 임했다. 학문의 세계가 제아무리 넓고 깊다 해도 환락의 세상에 견주지 못한다는 걸 몸소 체험했다고나 할까.

사이키델릭한 조명 아래 온몸을 불살랐고 청춘의 특권인 연애 본능에 충실했던 만큼 수확도 컸다. 클럽 죽돌이. 닥터 강이 그때 얻게 된 별명이었다. 강수환을 찾으려면 의과대학 강의실보다 홍대와 이태원 클럽 몇 군데를 돌아보는 게 더 빠르다는 말이 친구들 사이에서 널리 통했을 정도였다.

거의 미친 듯 놀다가 올라간 본과는 해부학 시간부터 몽둥이 찜질이었다. 해부학 실습실에서 울렁증으로 구토를 쏟으면서 깊은 고민에 빠졌지만, 닥터 강도 모든 의대생처럼 달리는 말안장에서 내려올 순 없었다. 허랑방탕에 최적화된 몸을 다시금 책상물림에 적응시키는 건 액체가 고체가 되는 화학 작용만큼이나 힘겨웠다. 실험과 실습의 연속이었던 첫 이 년은 유급의 연속이었고, 병원 실습을 했던 3학년은 산 넘어 산, 강 건너 강이었다. 의대 합격이 '의사 선생님' 타이틀을 가져다줄 황금 티켓이라 믿어 의심치 않았던 부모도 공부에 찌들어가는 아들을 심히 걱정스런 눈으로 바라봤다. 수재의 대명사로 불리던 수환은 교수들에게 걸핏하면 정강이를 까이는 지진아로 추락했다. 자괴감, 허탈감, 무기력증 및 자기 혐오에 빠져 허우적거리던 닥터 강이 의사국가고시를 통과한 것은 거의 기적이었다.

닥터 강은 거기서 멈췄다. 아니, 멈추고 싶었다. 태산과도 같은 전공의 수련 과정에 비하면 자신이 통과한 시험은 동네 뒷산 정도에 불과하다는 걸 안 순간 회의감이 밀려들었다. 골절 및 찰과상을 감수하더라도 달리는 말에서 뛰어내리는 수밖에 없었다. 그대로 내달리다간 결국 정신병동으로 내몰릴 듯한 위기감이 닥터 강의 목을 졸랐다.

수련의 과정 포기를 선언하자 부친은 불같이 화를 냈고 모친은 누가 죽기라도 한 것처럼 대성통곡했다. 부모가 자식을 통해 느끼는 보람, 희망, 자랑에는 좌절, 분노, 걱정도 딱 그만큼 뒤따르는 걸까?

"그럼, 의사도 안 하겠다는 거냐?"

한차례 푸닥거리가 지나간 후 부친은 닥터 강에게 물었다. 부친이 닥터 강에게 부정어로 질문을 한 것은 처음이었다. 부친은 항상 긍정적인 미래를 전제로 질문했다. 우리 아들, 해낼 수 있지! 해내리라 믿는다 등등. 닥터 강이 단 한 번도 못 하겠다거나 그건 조금 어렵겠다는 말을 하지 않은 것도 그 때문이었다.

"수환이 얘가 지금 의사 공부를 더는 못 하겠다고 하잖아요."

방바닥이 꺼져라 한숨을 내쉬는 모친도 절망하긴 마찬가지였다. 부모가 내뱉은 부정어가 닥터 강에게 묘한 반발심을 불러일으켰다.

"의사는 할 거예요."

닥터 강의 입에서 엉겁결에 튀어나온 말이었다.

"전문의도 아닌데."

"대학병원에서 근무도 못 하잖아."

닥터 강의 능력을 의심하는 발언이 부모의 입에서 동시다발로 쏟아졌다.

"개원은 할 수 있다니까요!"

닥터 강은 자신 있게 외쳤다.

"정말?"

"진짜?"

반신반의하는 부모의 표정을 읽으면서 닥터 강은 판도가 기울어지고 있음을 감지했다.

수련의 과정을 포기하겠다는 닥터 강의 선언은 의사의 길을 포기하겠다는 말과 다르지 않았다. 그만큼 병원을 상징하는 에탄올 냄새조차 신물이 났던 터였다. 사실, 닥터 강은 일이 년쯤 쉬다가 지방의 보건소에 자리가 나면 가볼까 하는 생각이었다. 히포크라테스 선서에 맞춰 헌신하는 직업이 의사라고 생각하는 사람은 거의 없다. 의대를 가겠다는 결심이 자본주의의 단맛과 무관하다고 생각하는 사람이 얼마 안 되는 것처럼. 의대에 합격하기 위해 이를 악물고 공부한 시간과 의사국가고시를 통과하기 위해 지새운 밤들을 떠올리며 지방 보건소 자리에 만족할 의대생이 없는 것처럼.

"네네, 정말이요! 진짜라니까요!"

닥터 강은 애써 결연한 표정을 지어 보였다. 부모는 입을 벌린 채 서로를 마주 바라보았다. 닥터 강의 자신감에 부모의 얼굴에는 폭죽이 터지기 직전의 기대가 한껏 엿보였다. 이때다 싶어 닥터 강은 기회를 놓치지 않았다.

"개원을 하려면 돈이 좀 들기는 해요. 물론 대출도 받겠지만."

부모는 다시 닥터 강에게로 시선을 돌렸다. 닥터 강은 어느 때보다도 느긋하고 신중하고 믿음직한 표정과 목소리로 말했다. 일반의와 전문의도 일종의 선택이다. 수련의 과정을 거치느라 대학병원에서 몇 년 개고생하느니 현장에서 직접 환자를 대하는 게 실리적인 면에서 유리할 수 있다. 실제로 수련의 과정을 거친 전문의보다 일찌감치 동네에서 개원한 일반의가 돈을 쓸어 담는 경우도 허다하다. 닥터 강은 의대를 다니면서 주워들은 출처불명의 정보를 그럴싸하게 부풀렸다. 개원하겠다고 선언한 마당에 최대 물주인 부모의 환심을 사야 했다.

"오, 그래?"

"돈을 쓸어 담아?"

닥터 강의 개원 사업설명회가 먹힌 걸까. 풀이 죽어 있던 부모의 얼굴이 한층 밝아졌다. 닥터 강의 성적표를 받아 볼 때마다 함박웃음을 짓던 예전의 얼굴이 되살아나고 있었다. 그때의 보람과 행복을 되찾을 수 있다면 부모는 자신들의 노후 자금도 기꺼이 내놓을 게 틀림없었다. 감언이설로 부모의 주머니를 탈탈 털고 대출까지 받았지만, 서울에 개원하기란 쉽지 않아 타협을 본 게 경기도 외곽이었다.

개원을 코앞에 둔 시점에 모친은 닥터 강에게 통장을 슬쩍 내밀었다.

"너희 아빠 모르는 돈이다. 차 한 대 뽑아."

이게 뭐냐고 묻는 닥터 강에게 눈시울이 붉어진 모친은 사뭇 억울한 낯빛이었다. 자식에게 줘도 줘도 아깝지 않다는 건 반은 맞고 반은 틀린 말이었다. 모친에게 통장의 비상금은 남편이나 자식보다 훨씬 더 든든한 버팀목이었을 테니까. 통장을 내놓는 모친의 손끝이 떨렸다. 살점 한 귀퉁이를 잘라내는 듯한 모친의 심정이 고스란히 느껴졌다.

"명색이 의사가 뚜벅이면 체면이 말이 아닐 테고…."

행여나 모친의 마음이 바뀔까 두려워 닥터 강은 통장을 잽싸게 낚아챘다. 모친 말처럼 의사 체면을 차 한 대로라도 세우고 싶은 알량한 자존심일지 몰랐다. 닥터 강도 알고 있었다. 구겨질 대로 구겨진 자존심이 차 한 대로 펴지는 건 아니라는 걸. 그 무렵 여기저기 들려오는 의대 동기들 소식도 한몫했다. 어떤 놈은 대학병원 수련의로 갔다느니, 어떤 새끼는 유학길에 올랐다느니, 그도 저도 아닌 어떤 녀석은 이름만 대면 알 만한 집안의 사위가 됐다느니 등등.

모친의 통장에는 중형 세단 한 대 값이 찍혀 있었다. 개원한 건물의 주차 공간을 살펴보니 경차 이상은 무리였다. 국산 경차를 뽑고 나머지는 모친한테 돌려주는 게 맞았다. 하지만 닥터 강의 눈을 돌아가게 한 범인이 바로 미니 쿠퍼였다. 색감도 산뜻한 블루. 젊은 세대에게 선풍적인 인기를 끌었던 꿈의 차였다. 클럽 죽돌이 시절에 스치듯 만난 부잣집 여자애들이 '간지' 나게 끌고 다니던 소형 수입차. 주차 공간이 협소해서 중형 세단이 가당치 않을 바에는 차라리…. 닥터 강은 눈 딱 감고 미니 쿠퍼를 확 지르고 말았다.

출고된 차를 보고 부친은 채신머리가 없다며 혀를 찼다. 모친은 홀라당 사라진 당신의 비상금이 외제차로 돌아오자 씁쓸한 미소를 지었다. 부친이 닥터 강에게 무슨 돈으로 차를 뽑았느냐고 캐묻지 않은 게 다행이었다. 부친의 눈에 애들 장난감처럼 생긴 차가 몇 푼이나 하겠느냐고 지레짐작한 걸 테지만.

돈을 쓸어 담을 거라는 호언장담은 부모의 노후 자금을 끌어오기 위한 낚시밥이긴 했지만 최소한의 생활비는 챙겨드릴 요량이었다. 그런 닥터 강의 계산과 달리 병원 돌아가는 꼴을 보면 대출금 갚기도 빠듯했다.

공짜 안마의자 손님이 빠져나가자 밀려온 적막을 뚫고, 의사 가운 포켓에서 휴대폰 진동이 울렸다. 종합병원 수련의로 지내는 녀석이었다. 너무 바빠서 연애할 시간도 없다고 엄살을 부린 게 언제였는지 까마득했다.

"야, 클럽 죽돌이!"

전화를 받자마자 건네는 인사말부터 재수가 없었다.

"새끼는 꼭 말을 해도."

닥터 강도 좋은 말이 나올 리 없었다.

"뭐 어떠냐? 너처럼 한때 그래보지 못한 것도 지금은 졸라 후회된다."

"그런 말은 됐고. 하늘 같은 종합병원 수련의 선생님이 나같이 촌구석에 박혀 있는 GP한테 웬일이냐?"

"새끼가 꽈배기를 처먹었나. 나도 너처럼 개원이나 해볼까 하고. 울 아빠도 그러라고 하시네."

녀석의 폭탄 발언에 기분이 이상했다. 녀석도 결국 펠로우 과정을 포기한 걸까? 축하한다는 말이 얼른 나오지 않았다. 그냥 어, 하고 짧게 대꾸했을 뿐이었다.

"넌 개원한지 좀 됐지? 어떠냐?"

"뭐, 그냥 그런대로."

대출금 갚기도 빠듯하다는 말은 죽기보다 하기 싫었다. 닥터 강은 녀석에게 개원은 어디서 할 거냐고 물었다.

"알아보는 중이야. 야, 너는 뭐 좀 물어보고 개원한 거냐?"

"물어보다니 뭘?"

"자식, 모르는 척하기는."

녀석이 멋쩍게 웃는 소리가 들렸다.

"내가 뭘 모르는 척하는 건데. 뭐야? 말을 해야 알지, 이 미친놈아."

녀석은 이 새끼 정말 모르나 보네, 하면서 피식 웃었다.

"풍수지리까지는 아니더라도 점은 치고 개원했냐고."

이게 무슨 고생대 풀 뜯어 먹는 잡소리일까? 닥터 강이야말로 실소가 터졌다. 십분 양보하더라도 의학도 입에서 나올 말은 아니었다.

"야, 우리 아빠 말씀이 과학이 고도로 발달할수록 미신도 덩달아 발달하는 거라더라. 현대인이 사주팔자에 목숨 거는 거랑 비슷한 거겠지."

녀석은 우리 아빠 가라사대를 내세웠다.

"그래서? 진짜 점집에다 병원 자리를 물어보겠다고?"

닥터 강이 빈정거리는 투로 말했다. 그때부터 녀석은 얘기를 풀어놓기 시작했다. 의대 몇 학번 선배는 강남에 개원하면서 풍수지리 선생을 모셔왔고 어느 의사는 병원 상호 작명에 몇백만 원을 썼다는 둥. 그렇게 차린 병원이 대박이 났다고 얘기하는 녀석은 흥분의 도가니에 빠져 있었다.

생각해보니, 녀석은 학교 다닐 때도 부모 재력을 공공연히 떠들어대며 아빠 가라사대를 남발하고 다녔다. 개원할 때에도 아빠

로부터 무한 지원을 받으리라는 건 불 보듯 뻔했다.

잠깐이었지만 평범하고 건실한 부모를 둔 닥터 강은 녀석이 부럽기도 했다. 부모의 노후 자금에 대출을 끼고도 경기도 외곽에 개원할 수밖에 없었으니. 한번 만나자는 녀석의 말을 건성으로 흘려들으며 전화를 끊었다. 전화 받을 때부터 기분이 별로였는데 끊고 나니 기분이 더 별로였다. 녀석의 자랑질은 대학 때와 변함이 없었다. 닥터 강과 자신을 비교하면서, 지금 위치를 확인받고 싶었던 건지도 몰랐다.

노크 소리에 이어 진료실 문이 열리고 김 간호사가 얼굴을 반쯤 내밀었다.

"원장님, 퇴근 안 하세요?"

'안'이나 '못' 같은 부정어를 들으면 이상하게 신경이 곤두섰다. 닥터 강의 능력이 임계점에 이르렀다는 걸 상대에게 들킨 느낌이랄까, 아무튼 그랬다.

"할 겁니다. 해야죠! 내가 여기서 살겠습니까?"

닥터 강은 과격하다 싶을 정도로 언성을 높였다. 휴대폰 시계를 보니 다섯 시 오십오 분이었다. 여섯 시 퇴근 시간에서 오 분이 남아 있었다. 성질 같아서는 뭐라고 한마디하고 싶었지만 여기서 더 했다가는 갑질하는 걸로 비쳐질 수 있었다. 내가 참고 말지. 이렇게 참다가는 닥터 강 몸에서 사리가 한 움큼 나올 수도 있을 거 같았다.

김 간호사가 놀란 듯 토끼 눈을 뜨고 냉큼 진료실 문을 닫았다. 닥터 강은 책상을 정리하고 진료실을 나와 김 간호사를 불렀다. 조금 경직된 표정이었다.

"김 간호사는 이 동네에서 산 지 좀 됐다고 했죠?"

"한 십 년쯤 됐나. 학교 졸업하고 바로 여기로 이사했으니까요."

"내가 뭐 하나 물어보고 싶은 게 있는데…."

닥터 강은 말끝을 흐렸다. 김 간호사가 떨떠름한 낯빛으로 닥터 강을 쳐다보았다. 성질 더러운 인간은 건드리지 않는 게 상책이라는 생각이 그녀의 얼굴에서 읽혔다. 닥터 강은 혀로 입술을 축이며 뜸을 들였다.

"말씀하세요, 원장님."

"저기 그게요, 점 말입니다."

"점이라고요? 왜요? 원장님 점 빼시게요? 그럼 피부과를 알아봐야겠네요. 가까운 데 피부과가 어디 있나…."

김 간호사의 말에 화가 벌컥 치밀었지만, 꾹꾹 눌렀다. 정말 분노 조절에 문제가 있나? 아니면 욕구불만인 걸까? 그도 저도 아니면 무기력증의 증상일까? 닥터 강은 세 가지가 뒤섞여 '섞어 짬뽕'처럼 곤죽이 된 기분이었다. 설마 일도 별로 없는데 번아웃 증상일까? 그렇다면 너무 억울한데? 아무튼 조급한 마음과 달리 의욕은 없고, 나락으로 가라앉는 것처럼 계속 힘이 빠졌다.

"아니, 그 점이 아니라, 사주팔자 같은 거 있잖아요. 그런 점 말이에요. 이 동네에 잘 보는 점집이 있나 하고….”

“원장님이 점을 보시겠다고요? 의사도 그런 거 봐요?”

“의사는 사람도 아니에요? 김 간호사도 머리가 있으면 생각 좀 해봐요. 환자가 이렇게 없어서 병원이 유지가 되겠냐고요? 지금 상태로는 김 간호사 월급 주기도 벅찰 지경이에요.”

간신히 누르고 있던 짜증이 들썩거리더니 폭발물처럼 팡 터졌다. 결국은 또 속사포처럼 쏟아내고 말았다.

“미스코리아….”

김 간호사의 입에서 생경한 단어가 흘러나왔다. 이 여자가 사람을 놀려도 분수가 있지. 김 간호사, 당신 당장 해고야. 내일부터 출근하지 마! 분명 속으로 한 말이었다.

“원장님, 무슨 그런 심한 말씀을…. 이 동네 점집을 알려달라고 하셨잖아요. 점집 이름이 미스코리아라니까요.”

김 간호사가 제법 앙칼진 목소리로 쏘아붙였다. 아차, 또 속엣말이 불쑥 튀어나오고 만 것이었다. 닥터 강이 정말 찾아가야 할 곳은 점집이 아니라 신경정신과인지도 몰랐다.

“무슨 점집 이름이 그래요, 미스코리아라니.”

겸연쩍었던 닥터 강은 혼자 중얼거렸다. 과거 미스코리아였던 여자가 신내림을 받은 건지도 모르겠다는 생각이 들었다. 그러고 보니 닥터 강도 출퇴근하는 길에 그 상호를 얼핏 본 적이 있었다. 붉은 천에 점(占) 자가 쓰인 글씨가 펄럭거렸고, 분명 ‘미스코리아’

간판이 붙어 있었다. 아무런 생각 없이 무심하게 지나쳤는데 김 간호사 말에 떠오른 것이었다.

"거기 잘 맞힌대요. 그리고 저희 엄마가 그러는데 점치는 사람이 미스코리아인 건 아니래요."

김 간호사는 닥터 강이 궁금해하던 점을 시원하게 답해주었다. 그래도 자꾸 화가 치밀어오르는 건 어쩔 수 없었다.

"워이 워이! 애기씨 동자님이 접신하러 납신다."

고 여사가 카랑카랑한 목소리로 외쳤다. 그녀에게선 제법 범접하지 못할 기운이 뿜어지고 있었다. 김 간호사로부터 미스코리아 점쟁이를 고 여사라고 부른다고 들었다. 회칠한 듯 파운데이션을 진하게 뒤집어쓴 얼굴에 빨간 입술만 동동 뜬 고 여사의 나이를 가늠해 보았다. 화장 때문인지 앞모습은 마흔도 넘어 보였지만, 고개를 돌릴 때 언뜻 마주한 옆모습은 그보다 열 살은 어려 보였다. 미스코리아는 가당치 않지만 매끈한 이마와 잘 정리된 눈썹은 매력적이었다.

고 여사와 나란히 앉아 있는 사내에게도 눈길이 갔다. 연분홍 바지 저고리와 색동마고자에 금박 장식의 복건은 딱 돌잡이 한복 차림이었다. 우락부락한 인상과는 어울리지 않게 통통한 볼은 발그스레했고, 닥터 강을 한껏 귀여운 표정으로 말뚱히 쳐다보고 있었다. 영락없는 중년 아저씨겠지만, 표정과 스타일 때문에 몸만 커다란 아기로 보였다.

"오오, 이름이 강수환이야? 아저씨? 아니면 형님?"

닥터 강이 이름과 생년월일을 적은 메모를 내밀자 천진난만한 사내가 헤벌쭉 웃었다.

"뭐라고? 아니지. 네? 뭐라고 말씀하신 거예요?"

아기 동자가 나이에 맞지 않게 귀여운 말투를 쓰니 온몸에 닭살이 돋는 기분이었다.

"애기씨 동자님이 아저씨인지 형님인지 물으시잖아요."

클럽 죽돌이 시절 뭇 여성들한테 무던히 들은 질문이었다. 아저씨예요, 오빠예요? 닥터 강은 공부에 너무 치인 탓인지 실제 나이보다 들어 보이는 편이었다. 클럽에서 듣는 것도 화가 났는데 점집에서까지 노안을 확인받아야 하나? 짜증이 부글부글 끓었다.

"내가 아저씨면, 아저씨는 할아버지 아녜요? 내가 어딜 봐서 아저씨로 보인다는 겁니까?"

"아니면 말지, 왜 그렇게 성질을 내, 애기한테."

사내는 어린애가 지을 법한 뚱한 표정으로 중얼거렸다. 연기를 하는 건 아닌 것 같으니, 아기 동자가 정말 신내림을 받기는 한 모양이었다.

"잘 맞히는 것도 아니고 그렇다고 아주 못 맞히는 것도 아니고….”

김 간호사의 평은 애매했다. 잘 맞히지도 못하는 점집을 왜 소개하는 걸까? 그때도 짜증이 났다. 닥터 강의 기분은 진폭이 컸다. 마치 스위치가 고장난 듯 활화산같이 화가 치밀어오르다가도 추락할 때는 해저 몇만 리로 곤두박질쳤다. 스스로 생각해도 조울증이 확실했다.

“근데 점 보러 오는 사람은 많다고 하더라고요, 울 엄마가.”

김 간호사는 걸핏하면 ‘울 엄마’를 들먹였다. 아빠 가라사대를 외치는 닥터 강의 친구가 파파보이인 것처럼 김 간호사는 마마걸이었다. 주변에 효자 효녀가 어쩜 이렇게 넘쳐나는지. 닥터 강은 속으로 혀를 찼다.

“용하지도 않은데 사람이 많다는 게 말이 돼요? 거기 점쟁이가 진짜 미스코리아 뺨 칠 정도라도 되나….”

김 간호사도 점집 상호가 왜 미스코리아인지는 모르는 모양이었다. 빨대 꽂은 우유를 쪽쪽 빨고 있는 아기 동자 역시 김 간호사한테 듣지 못한 정보이긴 마찬가지였다.

“초코 우유는 참 맛있어. 형님도 좀 먹을래?”

조금 전 화를 낸 것도 잊은 양 아기 동자는 응석받이 시늉으로 자기가 먹던 우유 팩을 불쑥 내밀었다. 닥터 강은 뜨악한 표정으로 얼굴을 돌렸다. 닥터 강이 아기 동자에게 할아버지냐고 일침을 놓은 덕분인지 깍듯이 형님이라고 불렀다. 사실 닥터 강 입장에선 형이라는 호칭도 엄청 억울했다. 아기 동자는 어린애가 빙의한 것이라 해도 닥터 강보다 열 살은 더 들어 보이는 생김새였다. 아기 동자를 어떻게 대할지 난감했다.

"워워. 애기씨 동자님 뗵! 손님한테 그러면 못써요."

고 여사가 아기 동자를 애 다루듯 얼렀다. 말도 안 되는 풍경 앞에서 헛웃음이 저절로 나왔다.

"수환 형님, 지금 웃으셨습니까? 지금 애기씨 동자님을 비웃는 겁니까? 애기씨 동자님 노하십니다."

아기 동자는 별안간 굵은 목소리로 닥터 강을 꾸짖으며 닥터 강을 노려보았다. 형님이라는 단어가 예사롭지 않게 들렸다.

"야, 나 안 웃었…. 아니 참, 아니에요. 진짜 비웃지 않았거든요. 그러니까 오해하지 마세요."

닥터 강은 반말과 존대를 섞어가며 변명했다. 귀신이든 잡신이든 신내림 받은 사람을 함부로 대하는 게 아니라고 하던 모친 말이 생각났다. 외할머니의 어머니가 살던 동네에 당골네, 그러니까 무당이 살았는데 동네 사람에게 해코지를 당한 일이 있었다. 그런데 당골네가 동네를 떠난 뒤에 그 집이 저주를 받은 것처럼 쫄딱 망했단다. 고리타분한 옛날이야기라고 여겨 닥터 강은 코웃음을 쳤다. 그런데 갑자기 모골이 송연해졌다. 두 사람 심기를 건드려서 좋을 건 없다는 생각이 들었다.

"애기씨 동자님 화 푸셔! 비웃지 않았다잖아요. 자, 강수환 님의 점괘를 한번 볼까나."

고 여사는 아기 동자의 넓은 등짝을 토닥거리고는 닥터 강의 생년월일을 적은 메모지를 들여다보았다.

"수환 님 몇 시에 태어났어요? 태어난 시간을 안 적었네. 연월일시 중 시가 말년에 해당되는 거거든요."

닥터 강은 고 여사로부터 메모지를 넘겨받았다. 닥터 강은 생년월일 옆에 태어난 시간을 써넣었다. 고 여사가 닥터 강에게 메모지를 받아 탁자에 올리고 오른손으로 오방기를 둘둘 말고는 그중 하나를 확 펼쳤다. 왼손으로는 방울이 포도송이처럼 매달린 요령을 흔들었다. 방울 소리가 방정맞게 찰랑거렸다.

"천지신명이시여. 어서 애기씨 동자님이 납시게 해주십시오. 여기 불쌍한 중생이 제 갈 길을 몰라 읍소하나이다…."

고 여사는 마치 랩을 하듯 빠르게 주문을 외웠다. 아기 동자도 예의 그 바리톤 음색으로 알아듣기 힘든 주문을 읊조렸다. 오묘하고 신비스러운 기운이 두 사람을 중심으로 신당에 퍼지는 느낌이었다. 공연히 닥터 강의 등이 오싹해지고 머리에선 식은땀이 배어났다.

"오호라, 수환 형님은 짱이야. 일등! 최고!"

아기 동자는 엄지를 들어 보이며 크게 외쳤다. 간단명료한 점사였다. 뭐가 짱이고 일등이고 최고란 말인가. 닥터 강은 의대에서도 꼴찌였고 졸업하고도 계속 바닥을 기는 처지였다. 잘 맞히지도 못하는 점집이라는 말을 들었으면서도 미스코리아를 찾아온 이유는 따로 있었다. 계속 툴툴거리는 통에 신경질이 났는지, 김 간호사는 부루퉁한 표정으로 말을 덧붙였다. 점집을 다녀간 사람들이 이상하게 위로를 받고 용기를 얻고 온다고. 그 말에 닥터 강도 내심 흔들린 것이었다.

"강수환 님, 학교 다닐 때 공부 좀 제법 했나, 어쨌나⋯."

닥터 강을 비스듬히 째려보던 고 여사의 말투는 의문형도 추측형도 아니었다. 그제야 아기 동자가 말한 일등과 최고의 의미를 깨달았다. 중고등학교 시절 줄곧 일등을 놓치지 않은 닥터 강이었다. 김 간호사가 점집을 추천하면서 사주팔자도 어느 정도 본다고 했던 말이 생각났다.

"그, 그렇죠. 공부는 뭐 그런대로⋯."

닥터 강은 어정쩡한 태도로 대답했다. 점집도 반은 눈치로 때려맞힌다는 말을 익히 들어왔다. 애당초 신상을 까발릴 생각은 없었다.

"맞네, 맞아. 진술축미 중 술에 해당하니까 머리가 비상하고⋯ 오행으로 풀어볼 때 금과 토에 합이 들었네. 하, 손재주도 기가 막히게 좋은 사주고⋯. 공부 잘했고, 공부 잘했으면 좋은 대학교에 척 붙었을 테고. 사회에 나와서도 전공을 살리고 있을 테고⋯."

고 여사가 주르르 읊는 닥터 강의 사주팔자를 듣다 보니 틀린 말이 하나도 없었다. 닥터 강은 자신도 모르게 머리를 끄덕였다. 어쩌면 닥터 강 인생의 절정은 스무 살 전후, 예과 시절이었을지도 몰랐다. 그 파릇파릇한 시기에 평생에 누릴 기쁨과 환희와 영광을 다 소진해버려 이젠 고갈된 건지도. 운명을 관장하는 절대자 같은 존재가 닥터 강을 향해 검지를 뻗어 획 긋는 제스처로 당신은 여기서 끝이야, 라고 외치는 소리가 들리는 것만 같았다.

"애기씨 동자님은 수환 형님을 보고 있자니 속이 아주 답답해서 말이 아니야."

아기 동자가 입을 오리주둥이처럼 쑥 내밀고는 팔짱을 꼈다.

"지금 쟤가, 아니 저분이 뭐라고 하시는 거예요? 왜 저 보고 속이 답답하대요?"

"아이, 참! 애기씨 동자님이 속이 많이 상하신 모양이네. 머리 좋아, 공부 잘해. 뭐가 문제라서 여길 찾아왔는지 어서 이실직고 하라시네. 입을 꾹 다물고 버티니까 속이 많이 타셨나 봐. 똑똑하신 양반이 왜 그렇게 눈치가 없어요?"

고 여사가 곱지 않은 눈으로 닥터 강을 흘겨보았다.

"아, 예. 요 앞 사거리에 병원을 개원했는데, 환자가 별로 없어서…."

닥터 강은 얼결에 말을 하고는 아차, 싶었지만 이미 엎질러진 물이었다.

"오호라! 의사 선생님이셨군요. 큰길 사거리라면 어디?"

고 여사가 눈을 빛내며 상체를 들이밀었다.

"강수환 통증 클리닉 의원인데, 아실는지….'

"거기 원장님이시구나. 어쩐지 낯이 익다 싶었어요."

고 여사의 얼굴에 반가움이 스쳤다.

"수환 형아가 의사 선생님이야? 우와! 의사 형아가 애기씨 동자님 팔에 주사를 놓으면 아파도 꾹 참을 거야."

아기 동자가 검지로 제 팔뚝을 찌르고는 눈가를 깜찍하게 찡그리자 닥터 강도 덩달아 눈살이 찌푸려졌다.

"애기씨 동자님, 뭐가 좀 보이셔? 이 젊은 의사 양반 전생이 뭐였나?"

"거기가 좀 특이하다네요."

"뭐가 특이한데요?"

"전생을 맞힌대요."

"전생을 보여준다는 건가?"

"아니요. 전생을 맞힌다나 봐요."

전생이 맞는지 틀리는지는 알 수 없는 일이다. 닥터 강이 김 간호사에게 물었다. 김 간호사는 또다시 '울 엄마가 그러는데요'로 입을 열었다. 김 간호사의 어머니는 불교 신자인데, 부처님 말씀 중에 자신의 과거와 미래를 알고 싶다면 현재의 자신을 보라는 구절이 있단다. 그와 마찬가지로 현생이 알고 싶다면 전생에서의 업

114

보를 알아야 한다고 했다.

"그것도 불경에 나온 말이에요?"

"아니요. 미스코리아 점집에서 그랬대요. 그래서 현생을 잘 살려면 전생이 중요하다고 했대요."

일개 점쟁이 말이었지만 일리가 있었다. 그래서 사업운이나 학업운 따위를 물어보러 왔다가 생각지도 않게 전생으로 인생의 답을 찾은 덕에 잘 맞히지도 못 하는 점집이라고 입소문이 날 만큼 유명해진 거 아닐까? 닥터 강이 알고 싶은 건 과거도 먼 미래도 아니었다. 지금 당장 병원이 잘 되면 바랄 게 없었다.

"수리수리 마하수리 수수리 사바하…. 애기씨 동자님, 수환 형아의 전생을 보여주세요. 허…허 뭐라구요? 허어어규·우·운… 형아의 전생이 허어규운이라고요!"

아기 동자의 입에서 정말 아기처럼 혀 짧은 소리가 흘러나왔다. 그 순간 신당으로 스산한 바람이 휙 부는 듯했고 묘한 기운이 감돌았다. 어디선가 희미한 향 냄새도 불어왔다. 등골이 오싹해진 닥터 강의 머릿속은 일순간 암전 상태가 되었다. 잘 모르긴 해도 한 인간의 전생이라고 하면 좀 더 드라마틱할 줄 알았다. 어느 시대의 무사였다면 갑옷을 입고 전쟁터에서 맹활약을 펼쳤든지, 어느 왕가의 통치자였다면 한 나라를 쥐락펴락했다든지. 터무니없는 이름 하나 툭 던져주고 전생이라니, 이걸 믿어, 말아? 다행히 이번에는 속엣말이 밖으로 새지 않았다. 영험한 기운에 눌려 숨을 죽이고 있던 덕분이었다.

"허어규운? 그게 누군데?"

고 여사도 닥터 강이 궁금해하는 지점에서 걸렸는지 아기 동자에게 물었다.

"동의보감이 뭐야? 애기씨 동자는 너무 어려서 그런 어려운 건 몰라몰라."

아기 동자가 머리를 좌우로 흔들자 볼살이 함께 출렁거렸다.

"아아, 동의보감! 이제 알겠네. 우리 애기씨 동자님은 진짜 용하시다니까. 맞네, 맞아! 원장님이 현생에서 의사가 된 게 다 전생에서의 업보였던 거였네. 원장님은 의사가 천직이셔. 그러니까 암말 말고 잘하셔. 그러면 만사형통으로 풀릴 거예요."

고 여사와 아기 동자가 탁구를 치듯 정신없이 주고받는 말에 닥터 강은 혼이 나갔다.

"잘하라면 어떻게…?"

"동의보감 쓴 그 명의 양반이 어떻게 했게요. 성심성의껏 환자를 돌본 걸로 유명하잖아요. 손끝의 재주 말고 심성으로다."

"수환 형님은 의대에 입학해서 의술을 공부하신 분입니다. 그 손과 그 머리를 가지고요. 애기씨 동자님 말이 맞지요? 그런 기술로만 환자를 살피지 말고 이제부터는 여기 가슴으로 하는 인술을 펼치라고 하십니다…."

아기 동자는 다시 굵고 낮은 목소리로 깍듯한 존대를 했다. 고여사와 아기 동자는 주거니 받거니 쿵짝이 기가 막히게 잘 맞았다. 만담 쇼를 보는 기분이 들 만큼.

"아, 맞다. 원장님 병원에 가면 안마의자를 무료로 쓸 수 있다면서."

고 여사는 손뼉을 마주치며 말했다. 갑자기 등장한 안마의자였다. 어쩌면 고 여사도 무료 안마의자 손님 중 한 명이었을지도 모른다는 생각이 스쳤다.

"그건 왜 설치하신 거예요?"

"아, 예 뭐. 동네 어, 어르신들 고, 공경하는 마음이랄까, 뭐 서비스 차원으로…."

어르신 공경이라니. 닥터 강의 사전엔 없는 오글거리는 단어였다. 개원 이후 닥터 강한테 노인이란 존재는 혐오의 대상이었다. 그런데 동의보감을 집필했던 조선 최고의 명의가 자신의 전생이라는 말을 들은 직후라서 그런지 머쓱했다. 환자 유치를 위한 마케팅 활동이었다는 말을 차마 할 수 없었다.

"수환 형님 정말 명의십니다. 어르신들 공경하는 마음이 기특합니다."

아기 동자가 눈을 찡긋하며 다시 한번 엄지를 곧추세웠다.

"원장님도 애기씨 동자님 말씀 가슴팍에 잘 새기세요. 동의보감을 쓴 허균처럼만 하면 만사가 탄탄대로, 꽃길이라는 말씀! 이

117

제 됐으니까 가봐요."

고 여사와 아기 동자는 금세 심드렁한 얼굴로 닥터 강을 멀뚱히 바라보았다. 볼일 다 봤으면 속히 꺼지라는 뜻으로 보였다. 닥터 강은 쫓기듯 점집을 나왔다. 이렇다 할 점괘를 들은 것 같지도 않은데 삼사십 분이 훅 지났다. 신경을 집중하고 앉아 있었던 탓인지 다리가 저렸다. 침을 묻혀 코끝을 문지르면서 뭔가 이상하다는 생각이 들었지만 정확히 꼬집어 말할 수 없었다. 닥터 강은 고 여사가 마지막에 강조한 말을 다시금 떠올려보았다.

분명 동의보감을 쓴 허균이라고 했다. 허균의 동의보감. 단어의 순서를 바꿔서 혀를 굴려보니 입에 착 감기지 않을 뿐 아니라 어딘가 어색했다. 생각해보니 동의보감을 쓴 사람은 허'균'이 아니라 허'준'이었다. 이걸 왜 지금 알아차린 걸까? 동의보감은 허준이 썼고, 허균은 홍길동전을 쓴 사람인데. 정신이 깜박깜박하는 노인도 아니고 의사 면허증에 잉크도 안 마른 닥터 강이 헷갈렸다는 거 자체가 기막혔다. 틀림없이 고 여사와 아기 동자한테 휘둘린 탓이었다. 복채가 큰돈은 아니었지만, 고스란히 날렸다는 생각이 들었다. 이런 사기꾼들 같으니라고. 내 전생이 동의보감 쓴 허준이라고? 왜, 이왕이면 히포크라테스라고 해보시지. 의술이 어쩌고 인술이 어쩌고 하던 말에 잠시 양심이 찔렸던 게 어이가 없었다.

엉터리, 사이비, 돌팔이, 순 사기꾼 같은 점쟁이…. 닥터 강은 길을 걸어가면서 계속 혼잣말하다가 움찔 놀라 입을 틀어막았다.

신을 모시는 사람을 건드리면 경을 친다는 경고가 생각나서가 아니었다.

"어허, 애기씨 동자님이 노하신다!"

서릿발 같은 목소리가 죽비처럼 닥터 강의 등짝을 후려친 탓이었다. 닥터 강은 일순간 얼어붙은 몸을 달래 엉거주춤한 자세로 뒤를 돌아보았다. 예상했던 것과 달리 고 여사의 눈은 반달이었고 입술이 살짝 벌어져 이가 보였다. 환한 웃음이 아니라 민망하고 어색한, 한마디로 뻘쭘한 표정이었다.

"우릴 막 욕했죠?"

"아니, 뭐 그런 건 아니고요….'

닥터 강은 다급히 손사래를 쳤다.

"뭘, 욕하더구만. 엉터리, 사이비, 돌팔이, 사기꾼이라고. 내 귀로도 분명 들었는데."

"아니, 뭐 그냥 혼잣말로….'

"괜찮아요. 욕할 수도 있지. 허준이지, 허준. 허균은 홍길동전 쓴 사람이고. 애기씨 동자님도 말실수를 하셨대요. 원장님 말대로 순 엉터리지. 어린애잖아요. 애가 뭘 알겠어요. 그렇다고 해도 원장님 말처럼 우리가 사이비나 사기꾼은 아니에요."

이제 보니 고 여사가 닥터 강을 쫓아온 것도 그 때문이었나 싶었다. 허준을 허균이라고 실언한 걸 바로잡기 위해서. 재밌는 사람들이었다. 닥터 강은 대꾸할 말을 찾지 못해 멀뚱히 고 여사를 바라보았다.

"원장님은 그 버릇부터 고쳐야 해. 겉 다르고 속 다르잖아요. 어쨌든 사람 본질은 변하지 않는 거예요."

"본질이요?"

닥터 강은 정작 궁금한 건 뒤로 하고 고 여사의 말을 되받았다.

"허균이든 허준이든 간에 인술로 환자를 보살펴야 하는 건 바뀌지 않는다는 말이에요. 짐작했겠지만 나도 그 병원 안마의자에서 마사지 받은 적 있었어요. 이왕지사 동네 어르신들한테 무료로 서비스할 거면 좋은 마음으로 친절하게 하면 좀 좋아요. 원장님 얼굴에 다 쓰여 있더라고, 어르신들 무시하고 하대하는 게. 그런 마음보를 가지고 아무리 무료 안마의자 서비스를 하면 뭐해요. 인술이 별게 아니에요. 그런 마음부터 뜯어고치는 게 인술인 거지."

자근자근 밟아대는 듯한 고 여사의 일장 훈계가 닥터 강의 뼈를 때렸다. 그런데 이상하게 반발심이 일지 않았다. 허균이고 허준이고 전생 이름이 대수가 아니었다. 의사로서 닥터 강의 마음가짐이 문제였다.

"고 여사님, 애기씨 동자님 목마르시답니다. 초콜릿 우유를 빨리 사다 주십시오."

어느새 따라 나온 아기 동자가 발을 동동 구르면서 고 여사를 재촉했다. 고 여사는 허균을 허준으로 바로잡으려고 밖으로 나온 게 아니었다. 아기 동자의 초콜릿 우유를 사러 나온 참이었다.

"아, 참! 내 정신 좀 봐. 애기씨 동자님 얼른 들어가 계셔. 내가 얼른 초코 우유 사서 들어갈 테니까."

고 여사는 닥터 강의 곁을 쌩하니 지나 큰길 편의점을 향해 뛰어갔다.

"어라, 수환 형님, 아직 안 가셨습니까? 아, 참. 허균이 아니고 허준이 맞죠? 애기씨 동자님의 실수입니다. 그럼 안녕히 가십시오."

아기 동자는 입술을 꽈리 모양으로 쫑긋거리고는 유치원생처럼 공손하게 두 손을 앞으로 모아 배꼽 인사를 했다. 굵직한 목소리에 어울리지 않는 아기 동자의 행동거지는 적응이 쉽지 않았다. 닥터 강은 머리를 절레절레 흔들며 큰길로 들어섰다. 병원 쉬는 날 모처럼 찾은 곳이 동네 점집이라니. 왕년의 클럽 죽돌이 강수환 위신이 완전히 바닥을 치는 형국이었다. 닥터 강도 이제 별 볼 일 없는 아저씨라는 생각에 기분이 울적해졌다.

이튿날, 병원 대기실에는 노인들이 안마의자 쟁탈전을 벌이는 소리가 여전했다. 노인들 넋두리를 듣는 데도 어느새 타성이 붙었는지 닥터 강은 아무렇지 않았다. 마치 백색소음기라도 틀어둔 것 같았다. 닥터 강은 노인들 대화를 한쪽 귀로 흘려들으면서 몇 명 되지 않는 환자 진료 기록을 살폈다. 닥터 강의 눈에 황말녀 환자 차트가 들어왔다. 닥터 강이 회전근개 파열을 진단했던 게 기억이 났다. 진료 차트를 살펴보니 처음 진료를 받은 지 한 달이 훌쩍 넘었다. 닥터 강이 서너 번에 걸쳐 치료해야 한다고 진단했던 환자였다. 팔이 아파서 컵 하나 들기도 힘들다고 상을 찌푸리던 노파의 얼굴이 눈에 선했다. 닥터 강은 김 간호사를 불러서 황말녀 노파의 건강보험을 조회해달라고 했다.

"원장님, 황말녀 님 건강보험을 조회해보니까 자격이 정지되었다네요."

김 간호사의 말을 듣는 순간 등골이 서늘했다.

"그게 언젠데요?"

"우리 병원에 다녀간 후 일주일 만인데요."

김 간호사도 눈치를 챘는지 얼굴에 그늘이 드리워졌다. 건강보험 자격 정지는 사망을 알리는 메시지였다.

김 간호사가 진료실을 나간 후 닥터 강은 의자에 털썩 주저앉았다. 가슴에 뜨거운 무엇이 울컥 올라왔다. 다음에 오면 주사를 맞을 수 있느냐던 황말녀 환자의 목소리가 아직도 귀에 쟁쟁했다. 이럴 줄 알았다면 조금만 더 친절하고 상냥하게 진료할걸. 진료실 바깥에서 입맛도 없고, 잠도 자지 못하고, 아파서 죽고 싶다고 노래를 하는 노인들에게 진짜 '다음'이나 '내일'이 오지 않을 수 있다고 생각하니 가슴이 철렁했다. 다음에 올 때는 꼭 주사를 놔달라고 말했지만, 저세상으로 훌쩍 떠나버린 황말녀 환자처럼.

닥터 강은 손가락을 머리칼에 쑤셔 넣고 한참 멍하니 앉아 있었다. 노인 목소리만 들리면 귀를 틀어막고 싶어하면서도 노인 환자를 끌어모아 병원 수입 올릴 궁리에만 혈안이 되어 있었던 날들이 눈앞을 스쳐갔다. 여느 날과 다를 것 없는 대기실 노인들의 잡다한 수다가 예사롭지 않았다. 말 한마디 토씨 하나까지 철 지난 유행가처럼 애틋하고 절절하게 느껴지는 것이 순전히 기분 탓만은 아닌 듯 가슴이 아렸다.

"강 원장 그거 아나 몰라? 성공한 인생 시리즈 말여."

닥터 강만 보면 퀴즈를 내지 못해 안달이 난 환자는 골판지 같은 주름이 켜켜이 쌓인 배를 드러냈다.

"글쎄요, 난 모르겠네. 그게 뭔데요? 뜸 들이지 마시고 어서 말씀해보셔. 우리 아버님, 퀴즈 내고 싶어서 입이 근질근질하셨구나."

"헤헤헤, 우리 강 원장도 모르는 게 있구먼. 내가 가르쳐줄까?"

닥터 강은 대답 대신 빙긋이 웃었다. 통증 클리닉에 진료를 받으러 오는 단골 환자들에게 백만 불짜리 미소로 통하는 닥터 강의 트레이드마크였다.

"아버님! 배가 아니고 등, 등!"

"아이구, 내 정신 좀 봐. 헤헤헤."

퀴즈 환자는 비현실적으로 가지런하고 하얀 의치를 드러내며 히죽, 웃었다. 심하게 휘어진 환자의 등허리가 비딱했다. 퇴행성 척

추관협착증이었다. 노환의 일종으로 통증이 심한 병증인데 수술이 가장 빠른 치료 방법이었다. 하지만 노인이 무리하게 수술을 받으면 회복이 어려울 수도 있기 때문에 물리치료로 살살 달래는 수밖에 없었다. 환자의 상태로는 통증이 심해서 미소보다는 울상을 지어야 맞았다. 잇바디가 다 드러날 만큼 웃고 있는 환자가 닥터 강은 안쓰러웠다.

닥터 강이 허리를 살핀 후 환자의 다리를 펴자 아구구, 하는 신음이 자동 반사처럼 튀어나왔다. 허리 통증이 다리로 이어지고 있었다. 퇴행성 척추관협착증의 일반적인 병증이었다.

"강 원장, 삼십 대에 성공한 인생이 뭔 줄 알아?"

환자는 내복과 바지를 한꺼번에 끌어내리면서 물었다.

"삼십 대라면 제 나이네요. 내 나이에 성공이라면 뭘까?"

"응, 가만있자…. 맞아, 삼십 대는 좋은 직장에 다니면 성공한 거라네."

환자는 하나, 둘, 서이, 하고 중얼거리며 투박하고 옹이진 손가락을 꼽았다.

"에이, 그럼 저는 아니네요. 의사한테 좋은 직장이라면 대학병원일 텐데, 동네 의원에서 의사 노릇이나 하고 있으니까요."

닥터 강이 하하하, 웃으며 대꾸했다. 좋은 일이 생겨서 웃기를 바라는 대신, 먼저 웃으면 좋은 일이 뒤따라 생긴다는 말을 들은 후였다. 물론 고 여사가 한 말이었다. 왜, 예전에 TV에 '웃으면 복이 와요'라는 프로그램도 있지 않았느냐고.

"에잇, 아니지. 여기만큼 좋은 직장이 어딨다고? 우리 늙은이들은 강 원장 덕분에 안 아파서 좋고, 강 원장은 우리 덕분에 돈 벌어서 좋고. 일거양득 아닌감."

환자는 닥터 강의 어깨를 툭 치며 너스레를 떨었다.

"그럼 아버님 연세에 성공한 건 뭔데요?"

"응, 거시기 내가 올해로 딱 팔십이잖여. 마누라가 밥만 차려주면 성공이라네."

닥터 강도 환자의 아내를 알고 있었다. 그분 역시도 걸어 다니는 종합병원이라고 할 만큼 아픈 데가 많은 통증 클리닉의 단골 환자였다.

"아, 참! 어머님한테 인공관절수술 받아야 한다고 말씀 좀 꼭 전해주세요. 자꾸 수술이 늦어지면 그만큼 회복도 더디니까 하루라도 빨리 수술하시는 게 좋다고요."

"잉, 나도 마누라한테 다그치는 참이여. 내가 마누라한테 밥을 얻어먹는 성공한 인생을 살려면 마누라 다리가 멀쩡해야 하잖여."

"에이, 아버님도. 어디 꼭 그래서뿐이겠어요. 어머니도 다리가 아프면 안 되죠. 아버님, 구십 세, 백 세 성공한 인생 시리즈도 있나요?"

닥터 강은 환자의 흥을 돋우기 위해 질문을 던졌다.

"잉, 아침에 눈만 떠지면 성공이랴."

환자는 자신이 말해놓고 뭐가 그렇게 우스운지 껄껄거렸다. 닥터 강도 따라서 허허거렸다. 올해 초까지만 해도 닥터 강은 노인이라면 학을 뗐다. 미스코리아 점집의 엉터리 전생 이야기 때문인 걸까, 아니면 황말녀 할머니의 죽음이 준 충격으로 심경에 변화가 생긴 걸까? 둘 다 아니면 병원 쉬는 날마다 클럽에 가서 나이에 맞지 않게 온몸을 불살라 충전하고 오는 덕분일까? 셋 중 하나가 먹힌 걸 수도, 우연히 겹친 세 가지가 조금씩 작용한 걸 수도 있었다. 어쨌건 그 덕분에 화가 누그러졌고 혼잣말이 줄었다.

육체를 앞지르는 게 정신이다. 심인성 질환이라는 것도 있듯이, 마음이 병들면 육체가 덩달아 아픈 법이다. 마음을 여는 순간 닥터 강은 자신에게 남다른 재능이 있다는 걸 깨닫게 되었다. 환자의 환부를 만지는 순간 스파크가 터지듯 '필'이 왔다. 말로 설명하기 어려웠지만, 손으로 느껴지는 감각이었다. 연골 주사와 신경 주사 한 대를 놓더라도 환부의 어디쯤이 적당한지 저절로 감이 왔다. 닥터 강에게 치료를 받고 간 환자들은 통증도 한결 덜하고 아픈 데가 훨씬 부드러워졌다고 입을 모았다. CT 촬영이나 엑스레이 사진보다 정확하게 병증을 짚어내는 게 닥터 강의 손이라는 말도 돌았다. 결국 '신의 한 수'는 안마의자가 아니라 닥터 강의 손이었던 셈이다.

이상하게 생각하면 한없이 이상한 현상이었지만 자연스럽게 여기면 물 흐르듯 자연스러운 현상이었다. 닥터 강이 환자를 부르는 호칭도 '아버님', '어머님'으로 바뀌기 시작했다. 환자 이름 끝에 님 자를 붙이거나 어르신이라고 부르는 것보다 정감 어렸다. 환자들도 닥터 강을 무람없이 아들이나 손자 대하듯 했다.

퀴즈 내기를 좋아하는 환자가 진료실을 나가자 대기하고 있던 환자가 문을 열고 들어섰다.

"원장님, 그동안 안녕하셨어요?"

여자의 음성이 귀에 설지 않았다. 카랑카랑하고 톤이 높은 목소리. 닥터 강은 컴퓨터 모니터에 떠 있는 환자의 건강보험 기록에 눈길을 줬다. 통증 클리닉에 처음 방문한 환자였다. '고리아'라는 환자의 이름에 시선이 박혔다.

"저 모르시겠어요?"

쪽머리를 푼 민낯의 여자에게선 영험한 기운과 신기가 좀체 느껴지지 않았다. 대신 화장이 지워지자 숨어 있던 맑은 피부가 고스란히 드러나 점집에서 봤을 때보다 훨씬 더 어려 보였다. 이제야 원래 나이대로 보이는 것 같기도 하고. 점을 볼 때는 일부러 나이 들어 보이게 꾸미는 걸까? 닥터 강은 모니터와 환자의 얼굴을 번갈아 보며 씩 웃었다.

"하하하. 고 여사님 아니세요? 그나저나 이름이 정말 리아셨네요?"

닥터 강은 천장을 향해 얼굴을 들고는 웃음을 터뜨렸다. 꽤 세련된 이름인 것과 별개로 어릴 적에 놀림깨나 받았을 법했다. 고릴

라라고 불리지 않았으면 다행인 이름을 활용해 점집 이름에 코리아를 넣은 것이 기가 막힌 한 수였다는 생각이 들었다. 정말 미스인지 아닌지 내심 궁금했지만, 궁금증을 고이 접어두고 어디가 불편하냐고 물었다. 고 여사는 손바닥이 저리고 아프다고 호소했다. 닥터 강이 나무 봉으로 고 여사의 손목을 두들기자 고 여사가 이맛살을 찌푸렸다.

"찬물에 손을 넣으면 심할 정도로 시리고 저려서 아파 죽겠어요."

고 여사는 자신의 손목을 주무르며 덧붙였다.

"손목터널증후군이네요."

"듣던 대로 명의시네. 엑스레이도 안 찍어보고 어떻게 바로 알아요? 진짜 신기하다."

고 여사가 높은 목소리로 호들갑을 떨었다.

"동자님이 말해주신 전생 덕에 제가 명의 소릴 다 듣네요. 제 전생이 동의보감 쓴 허균이라고 알려주셨잖아요. 이게 다 그분처럼 의술이 아닌 인술로 환자를 대하라고 해주신 덕이에요. 하하하!"

닥터 강은 고 여사의 손목에 주사를 놓고 처방전을 써주었다. 고 여사의 말대로 명의까지는 아니더라도 근방에서 강수환 통증 클리닉 의원은 유명해지고 있었다. 소개를 받고 왔다는 타지역 환자도 심심치 않게 있었다. 입소문이야말로 발보다 더 빠르고 그 어떤 마케팅 전략보다도 강력했다. 진료 시작 시간을 삼십 분 앞당겨 오전 여덟 시 반에 병원 문을 여는데도 은행처럼 대기 번호표를 뽑는 환자가 줄을 이었다. 즐거운 비명이 저절로 나올 판이었다.

고 여사가 물리치료실에서 대기실로 나오자 그녀를 알아본 노인들의 반기는 소리가 들렸다.

"아니 이게 누구래? 미스코리아 아니여?"

"어머, 절 알아보시네요."

"알다마다. 근데 여기는 어쩐 일로 오셨수?"

우연히 만난 사람과도 죽마고우와 하듯이 반가운 대화가 이어지는 사람들이 바로 노인들이다. 고 여사가 손목터널증후군으로 왔다고 말하자 노인들이 앞다투어 자신들의 아픔을 호소했다. 아프다는 사람한테는 일단 호의를 보이는 것 또한 노인들의 특성이었다. 대화를 듣다 보면 재밌기도 했고 뜻밖의 건질 지혜도 있었다. 노인 한 명이 사라지는 건 도서관 하나가 없어지는 것과 같다는 아프리카 속담이 틀리지 않았다.

"강 원장이 명의야 명의! 다리가 쑤셔 통 잠을 잘 수가 없었는데 요즘은 꿀잠을 잔다니까. 여기 다니면서부터 불면증이 싹 나았어."

칠십 대 초반 노파가 다리를 번쩍 들면서 입에 침이 마르도록 칭찬을 했다.

"그러니까 어머님, 오래오래 사셔. 제발 죽겠다는 말씀 좀 하지 마시고."

닥터 강은 평소보다 목소리를 두 배 높여 소리를 질렀다. 노파의 청각이 많이 떨어진다는 걸 알고부터 노파를 진료할 때마다 거의 악을 쓰다시피 했다. 노파의 진료 기록 차트 특이사항에 '청각저하'라고 메모를 해둔 터였다.

"에고, 강 원장! 귀 따가워. 나 아직 그 정도는 아녀!"

노파는 자신의 귀를 양손으로 틀어막으며 소리를 키웠다.

"아이고, 어머님 죄송해요! 어린놈이 목소리만 커서요. 이젠 좀 작게 말씀드릴게."

너스레를 떨던 닥터 강은 불현듯 대통로 사거리에서 귀가 어두운 노인과 부딪힌 일이 생각났다. 몸이 부딪자마자 닥터 강은 몸을 푹 숙였다. 언제부턴가 동네에서 노인을 만나면 자동으로 허리를 굽혀 인사하는 습관이 생겼다. 웬만한 노인치고 통증 클리닉 단골 환자가 아닌 사람이 없었기 때문이다.

노인의 모습이 낯익었지만, 도무지 생각이 나지 않았다. 누굴까? 굽은 어깨와 허리를 보는 순간 닥터 강의 예리한 감각이 발동했다. 노인의 환부에 맞힐 주사와 처방전 등이 머릿속에 하나둘 떠올랐다. 뒷모습이 저만치 사라지자 그제서야 기억이 났다. 리어카를 끌고 다니며 파지를 줍는 노인이었다. 안마의자 마사지를 받던 노인들이 곽 영감이라고 부르던 할아버지. 동네 파지를 싹쓸이한다는 곽 영감은 땅 부자라고 했다. 하지만 행색으로 보면 부자이기는커녕 끼니도 챙기기 힘든 형편으로 보였다.

닥터 강이 병원 단골 환자 노인들에게 노인의 생김새를 말하자 곽 영감이 맞는다고 했다. 먼지를 뒤집어쓴 낡고 해진 벙거지와 회색인지 검정인지 알아볼 수 없는 군화 차림이라면 틀림이 없다는 것이었다.

"곽 씨가 왜?"

환자 중 한 사람이 호기심 어린 눈빛으로 닥터 강에게 물었다.

"올해 초봄이었나, 그 어르신 리어카가 제 차를 긁었거든요."

닥터 강은 망설이다가 실토했다.

"보나 마나 뺑소니를 친 거군 그래."

누군가 그릇 깨지듯이 쨍한 목소리로 추임새를 넣었다.

"아버님, 그건 아니구요."

닥터 강은 당황한 얼굴로 손사래를 쳤다.

"그놈의 영감쟁이는 그러고도 남을 인사여. 원체 좀 그려."

"하이고, 완전 자린고비라니까."

"에구, 자린고비면 양반이야. 늙은이가 경우라고는 찜 쪄먹을 인간이여. 자기 돈은 자기 돈이고 남의 돈은 휴지로 안다니까. 그 인간은 공짜라면 양잿물도 마실 거여. 근데 어쩐 일인지 몰라. 공짜 안마의자 마사지라면 환장을 할 텐데, 여기선 통 얼굴을 못 보겠네."

곽 영감을 향한 노인들의 통렬한 성토대회가 벌어졌다. 김 간호사도 웃음을 참는지 입을 가렸다. 몇 달 전만 해도 닥터 강의 눈치를 슬금슬금 보던 김 간호사였다. 걸핏하면 신경질을 내던 닥터 강의 등 뒤에서 욕도 여러 차례 했을 테지만, 지금은 우리 원장님이 백팔십도 달라졌다면서 최고라고 추켜세웠다.

"삭신 쑤신다고 노래를 불러 싸서 여그 병원에서 치료 좀 받아보라고 하니까 질색을 하더라고."

"왜?"

"왜는 왜겠어. 돈 든다 이거지."

"아이쿠, 건강보험으로 하면 몇 푼이나 든다고."

"약값이라도 들 거 아니냐고 하는데 두 손 두 발 다 들었어. 근데 지금 강 원장 말을 들어보니까 여기 오지 못하는 이유가 따로 있었던 거로군. 여기 강 원장 차를 긁어놓고 뺑소니를 친 일 때문에 얼씬도 안 한 게야. 참, 도둑이 제 발 저린다더니."

곽 영감한테 자식이 있는지 없는지 생전 찾아오는 걸 보지 못했다는 둥, 마누라 죽고 홀아비가 된 지 몇 년이 흘렀다는 둥 쑥쑥 자라나는 나뭇가지처럼 곽 영감의 이야기가 중구난방으로 뻗어갔다. 마침내 곽 영감이 절벽이라는 말이 대화에 종지부를 찍었다.

"절벽이라뇨?"

웃기만 하던 김 간호사가 대화에 끼어들었다.

"귀머거리란 말이여. 그 정도면 보청기를 하면 될 텐데도 어디 돈이 아까워서…. 끌끌끌."

귀가 어둡다는 노인들의 말은 맞았다. 며칠 전에도 퇴근하려다가 병원 앞에서 만난 곽 영감을 제법 크게 불렀지만 노인은 아랑곳하지 않았다. 닥터 강은 곽 영감에게 불편한 데가 있으면 자기 병원에 내원하라고 할 참이었다. 진료 몇 번 받으면 훨씬 부드러워질 거라는 말과 함께. 곽 영감은 닥터 강이 노인을 부르는 소리가 들리지 않는지 뒤도 돌아보지 않고 쏜살같이 달아났다. 청각 저하가 분명했다. 닥터 강은 곽 영감의 뒷모습을 망연히 쳐다보다가 발길을 돌려야 했다.

오전 진료를 마치고 점심시간이 되자 닥터 강도 한숨을 돌릴 수 있었다. 닥터 강이 쉬는 걸 귀신같이 알았는지 휴대폰 벨이 울렸다. 파파보이 녀석이었다. 올봄에 병원 자리를 알아보고 있다는 자랑을 실컷 늘어놓은 이후 처음이었다. 서로 바쁘니까 무소식이 희소식이겠거니 하고 지냈다.

"야, 클럽 죽돌이. 어떻게 지냈냐?"

녀석이 지난봄이나 다를 바 없이 닥터 강을 불렀다. 닥터 강을 대하는 녀석의 태도는 변함이 없었지만, 그때와는 백팔십도 달라진 닥터 강의 상황을 녀석은 알 턱이 없었다.

"어이, 파파보이. 오래간만이다."

닥터 강도 만만치 않게 일격을 가했다.

"야, 새끼야! 너는 무슨 인사가 그러냐."

제 녀석이 먼저 닥터 강을 얕잡아 부른 건 생각도 않는지 까칠하게 받아쳤다.

"어, 기분 나빴다면 미안하다. 잘 지냈냐? 병원 개업은 했고?"

닥터 강도 가진 자 특유의 여유가 생긴 것인지도 몰랐다. 매사에 짜증이 나고 신경이 곤두섰던 일들이 이제는 다 사소해 보였다. 한 번 허허 웃고, 두 번 껄껄거리면 만사가 오케이였다. 녀석은 파파보이답게 아빠의 지원으로 병원을 개업했지만, 생각만큼 병원 수입이 신통치 않아 걱정이라고 했다. 닥터 강은 알고 있었다. 녀석이 엄살을 부리고 있다는 것을. 강남 중심가에 휘황찬란하게 개원한 피부과가 벌어들이는 수입이 만만치 않다는 것도.

"너는 어떠냐? 틀딱들 상대하려면 너도 골치깨나 아프겠다."

틀딱은 노인들의 틀니 소리를 조롱하는 노인 비하 표현이다. 격에 맞지 않게 비속어를 동원하는 녀석의 속내가 훤했다. 중심가가 아닌 변두리에서 노인을 진료하는 닥터 강의 상황을 무시하려는 투가 역력했다.

"야, 자식아. 너 그거 진짜 위험한 발언인 줄은 아냐? 백발이 인생의 면류관이라는 말도 모르냐. 무식한 놈 같으니라고. 우리도 늙어. 네가 그렇게 받들어 모시는 너의 파파도 늙으신다. 사람 돌보는 게 직업인 놈이 말하는 본새하고는."

닥터 강은 작정하고 면박을 줬다. 클럽 죽돌이라고 비아냥대던 녀석에게 소심한 복수를 한 방 날린 거 같아 통쾌했다.

"아이, 새끼 되게 뭐라 하네. 알았어. 내가 실언한 거다. 됐냐?

그건 그렇고 너는 요즘 어떠냐고?"

"나는 우리 동네 어르신들 덕분에 자루에 돈을 쓸어 담고 있다. 어쩔래?"

"뭐?"

녀석은 믿지 못하겠다는 투였다. 닥터 강은 환자가 너무 밀려와서 오줌 누고 뭐 털 시간도 없다는 얘기를 넋두리처럼 늘어놓았다.

"그렇게 바쁘면 새끼 닥터 쓰지 왜 생고생을 하냐?"

닥터 강의 말이 허세인지 아닌지 확인하려는 게 엿보였다. 페이 닥터. 닥터 강도 생각하지 않은 건 아니었다. 내년쯤엔 건물 아래층을 확보해서 병원을 넓힐 계획이라고 했더니, 김 간호사도 의사와 간호사를 한 명씩 더 뽑아야 하는 거 아니냐고 했다. 말은 쉽지만 닥터 강 입장에서는 난감했다. 환자를 진료할 때 스파크가 터지듯 찌릿 하고 느껴지는 닥터 강만의 탁월한 감각은 남달랐다. 전문의가 아니라 교수라고 할지라도 닥터 강의 감각을 쫓아오는 게 쉽지 않을 것이었다. 그런 까닭에 로봇처럼 진료만 보는 의사를 구할 수는 없었다. 종합병원에 다녔던 노인 환자들이 닥터 강한테 왔을 때 늘어놓는 푸념은 한가지였다. CT와 MRI를 찍고 비싼 의료기기로 치료를 받았지만, 통증 클리닉만큼 효험이 없었다는 것이었다.

어쩌면 닥터 강의 능력은 육 년의 의과대학 수업과 수련의 과정에서 달달 외운 지식과 상관없는 걸지도 몰랐다. 고 여사와 아기 동자 말처럼 닥터 강의 전생이 정말 허균, 아니 허준이었던 건 아니었을까? 이번 생에서도 의술보다는 인술로, 첨단화된 의학 기술보다는 맨손으로 아픈 곳을 짚어내는 진정한 명의의 길을 걷는 걸 보면, 점집에서 닥터 강의 전생을 정말 맞힌 걸지도.

점심시간이 지나자 숨 쉴 틈도 없이 환자가 진료실로 들이닥쳤다. 어깨와 목덜미도 뻣뻣하고 눈도 침침할 정도의 피로가 밀려왔다. 의대 합격하고 의욕 상실로 허방에 빠졌던 이십 대 때의 기분이 되살아났다. 닥터 강은 퇴근 후 오래간만에 미스코리아 점집에 가봐야겠다는 생각을 들었다. 자신의 전생이었던 허준 선생한테도 번아웃 같은 증상이 있었느냐고 물어볼 참이었다. 만약 그랬다면 허준 선생은 그걸 어떻게 극복했느냐고도 물어봐야지.

"우리 어머님, 오랜만에 오셨네. 이번엔 손가락 관절이 아프시다고? 쯧쯧쯧, 고생 많으셨겠어요. 자, 어디 한번 봅시다. 제가 주사한 방으로 싹, 낫게 해드릴게요."

닥터 강은 아픔을 호소하는 환자를 향해 미소를 활짝 지어 보였다.

신윤복, 나이팅게일, 그리고…

"울 엄마가 그러는데, 고기도 씹어야 맛을 아는 거처럼
인생도 희극인지 비극인지 살아봐야지 아는 거라고 하시더라.
그러니 별수 없잖아, 각자 주어진 인생을 살아내는 수밖에."

영희는 하릴없이 유튜브에 빠져 있었다. 알고리즘을 통해 영희가 서치하지 않은 영상까지 비엔나 소시지처럼 줄줄이 엮여 나왔다. 썸네일에 이끌려 영상을 보다 보면 한두 시간이 후딱 흘러 시간 죽이기에는 그만이었다. 연예인 가십이 대부분이었고 알아도 별로 쓸데없는 정보와 지식이라 머릿속에서 휘리릭 휘발되곤 했지만 묘한 중독성으로 끊질 못했다.

　남편인 철수는 오늘도 늦는다. 영희 친구들은 철수가 요즘 대세로 떠오르는 인공지능 챗봇 관련 회사에 다니는 줄 안다. 백 퍼센트 틀린 말도 아니고 백 퍼센트 맞는 말도 아니다. 사람의 미세한 감정에도 대응할 수 있는 AI와 음식점 서빙 로봇의 차이를 친구들에게 일일이 설명하기도 귀찮았다. 철수는 로봇 개발 부서나 생산 팀도 아니었다. 그러한 부서와 팀에서 개발하고 생산한 물건을 판매하는 영업부 소속이었다. 잘만 하면 인센티브도 있고 괜찮을 거야. 영업직을 불안해하는 영희를 안심시킨 철수의 말이었다. 잘만 하면 괜찮지 않은 일이 어디 있겠는가. 하지만 잘하는 것이야말로 쉽지 않은 일이다. 그래서 조금 못해도 괜찮다는 말에 위로를 받은 적도 있었다. 평균에 미치지 못해도 그에 정당성을 부여하며 유보해왔던 많은 일들. 그게 쌓이고 쌓이니까 인생이 점점 괜찮지 않은 쪽으로 흘러가다가 마침내 고인 물에 잠겨버린 기분이었다.

지난주에 미처 보지 못한 TV 프로그램 하나를 요약본으로 볼까 하는데 전화가 왔다. 친정엄마였다.

"나다."

"어, 엄마."

"김 서방은?"

"아직."

"무슨 일 있니? 목소리가 왜 그래?"

엄마는 영희의 기분을 단박에 알아차렸다.

"내가 뭘. 아무렇지도 않아."

영희는 재빨리 연막을 쳤다. 끌끌끌, 엄마의 혀 차는 소리가 듣기 싫어 휴대폰을 귀에서 멀리 떨어뜨렸다. 아이가 있어야 한다는 엄마의 잔소리는 들으나 마나였다.

"엄마, 몇 번을 말해! 우린 아이 안 낳기로 했다니까."

"아이 낳아 키우는 것도 다 시기가 있는 거다. 너는 마냥 젊을 거 같지. 이것아, 사십 되는 거 순식간이다."

흥, 소리가 절로 나왔다. 두 사람 살기도 빠듯한 형편이라 계절이 바뀌어도 변변한 옷 한 벌 사기 힘든 처지였다. 친정에 일일이 우는소리 해봤자 부모님 한숨만 깊어진다는 걸 알았다. 시댁 형편도 친정과 별반 다르지 않았다. 구차한 소리는 하지도 않고 듣지도 않고 사는 게 서로의 정신 건강에 좋으리라 여겼다.

삼십 대 중반의 영희는 결혼 사 년 차 주부다. 철수와 영희. 두 사람이 연애하던 시절에 양가 부모님은 약속이라도 한 듯 두 사람 이름을 꼭 붙여서 불렀다.

"너희가 그 유명한 철수와 영희 커플이구나. 바둑이만 있으면 되겠네."

정작 영희 부부는 그 의미를 알아차리지 못했다. 영희가 아빠한테 물었다. 철수와 영희가 뭘 어쨌다는 거냐고.

"국어 교과서 단골 캐릭터를 모른단 말이냐?"

아빠는 어리둥절한 표정으로 되물었다.

"아이, 참. 이이는! 영희 때 교과서에선 없어졌다니까요."

엄마는 아빠를 타박할 절호의 기회를 얻은 양 목소리를 키웠다.

"아니, 그럼 바둑이도 없단 말이야? 철수야 놀자, 영희야 놀자도 없고, 세상에나 바둑이도 없다니, 원!"

아빠는 마치 세상 한 귀퉁이가 허물어진 것처럼 서운해했다.
영희는 현대인의 백과사전인 네이버 검색창에 키워드를 입력했다.
아빠 말이 맞았다. 철수와 영희, 그리고 바둑이는 수십 년 동안 초
등학교 1학년 국어 교과서에 등장해온 캐릭터였다.

말이 좋아 국어 교과서 찰떡 커플이지, 두 사람은 가난한 연인
이었다. 형편 뻔한 양가 부모한테 손을 벌리지 않고 결혼을 하면서
빚을 너무 많이 졌다. 이십 평 남짓의 신혼집도 반전세로 얻었지
만, 그 보증금도 만만치 않았다. 두 사람 능력의 한계치를 넘어선
빚이었다. 당분간 아기 낳는 것을 미루고 맞벌이를 하면 보증금 빚
과 월세, 생활비는 그런대로 계산이 맞춰졌다. 그러한 경제 상황을
세세히 알지 못하는 양가 부모는 아기를 재촉했고, 영희는 딩크족
이라는 허울 좋은 명분으로 버티는 중이었다.

영희는 자기 반 철수 반 닮은 아기를 낳고 싶었고, 티를 내진
않았지만 철수도 영희와 같은 마음이라는 걸 모르지 않았다. 하
지만 아이 한 명 낳고 키우는 데 수억 원이 든다는 대한민국에서
엄두가 나지 않았다. 양가 부모의 노후도 간당간당한 마당에 영희
부부한테 보탤 형편이 아니라는 것도 유리알 들여다보듯 알고 있
었다.

이러저러한 이유로 예전 국어 교과서의 영원한 단짝인 철수와
영희 커플은 바둑이도 없이 지루하고 가난한 결혼 생활을 이어가

는 중이었다. 엎친 데 덮친 격으로 코로나가 터지면서 영희가 다니던 회사의 매출이 확 줄었다. 그 와중에 코로나 확진자가 나와서 회사 전체에 병이 크게 도는 바람에 운영에 큰 차질이 빚어졌다. 그 무렵 영희도 코로나에 걸리고 말았다. 이래저래 타격을 입은 회사는 손실을 메꾸기 위해 직원을 대폭 감축했고 영희도 그 무리에 끼었다.

이후 편의점과 음식점 서빙 알바를 전전했지만, 코로나가 지속되면서 알바 자리도 구하기 어려웠다. 쉬는 날이 이어지면서 영희는 아기를 갖고 싶은 마음이 간절해졌다. 하지만 그건 희망 사항일 뿐 현실에서는 요원한 일이었다. 철수의 외벌이로 매달 빠져나가는 대출 상환금과 월세를 간신히 내고 나면 생활비는 마이너스 통장에 의지할 때가 많았다. 남들 앞에서는 딩크족이니 욜로족이니 허세를 부렸지만, 영희의 타들어가는 심정은 아무도 몰랐다. 시집을 잘 간 동창 얘기를 들을 때면 어쩔 수 없이 한숨이 저절로 나왔다.

엄마와 시답지 않은 대화 몇 마디를 주고받다가 전화를 끊은 영희는 라면 한 개를 끓여서 예쁜 그릇에 옮겨 담고 인스타그램에 올릴 사진을 찍기 위해 휴대폰 카메라의 각도를 조정했다. 게시물을 올리자 새로운 팔로우 요청이 떴다. 스팸 계정의 알림을 삭제하자 '배인아'라는 금속공예가의 계정에 눈길이 갔다. 설마 인아가? 금속공예가라는 타이틀과 전시회라는 단어에 영희는 고개를 절레절레 흔들었다.

영희의 고등학교 동창 인아는 예체능과 상관이 없는 아이였다. 중학생도 아니고 고등학생이라면 진로가 완전히 정해진 때였다. 금속공예가 배인아가 영희의 동창일 리 없다고 확신하기는 했지만, 영희에게 팔로우를 신청한 금속공예가 계정이 궁금했다.

라면을 후루룩 먹으면서 영희는 금속공예가 계정의 최근 게시물을 주의 깊게 살폈다. 강남의 한 갤러리에서 닷새 동안 열리는 전시회는 사람의 몸과 얼굴을 주요 테마로 소개하고 있었다. 손가락으로 휴대폰 액정을 밀어올리면서 다른 게시물을 훑었다. 작가의 인터뷰 사진이 눈에 들어왔다. 영희의 입에서 희미한 감탄사가 흘러나왔다. 거의 신음에 가까운 탄식이었다.

"어어, 인아 맞구나! 어머 어쩜 좋아!"

영희는 맥락도 없는 말을 혼자 중얼거렸다. 고등학교 때 인아와는 완전히 다른 분위기의 여자가 멋진 포즈를 취하고 있었다. 예술가 느낌이 물씬 풍기는 사진이긴 했지만, 고등학생 때 모습이 남아 있었다. 인아는 영희를 어떻게 알아보고 팔로우 신청을 한 걸까? 영희는 최근 업로드한 게시물을 떠올려보았다. 몇 개 되지도 않는 사진 속에 고등학교 건물을 찍은 사진이 생각났다. 친정에 다녀오면서 영희가 졸업했던 학교를 둘러보다가 사진 몇 개를 찍어 #세진여자고등학교 해시태그를 붙여서 인스타에 올린 것이었다.

인아와는 고등학교 1학년 때 같은 반이었고, 제법 친하게 지냈다. 학교 성적도 엇비슷했고 말도 잘 통했지만 인아에게서 예술적 재능은 엿보이지 않았다. 2학년에 올라가서 반이 갈려 자연스레 멀어졌고, 3학년 때는 입시에 몰두하느라 신경을 쓸 겨를이 없었다.

인스타그램 게시물로 인아의 면면을 들여다보면서 사람 인생이 달라지는 것도 시간문제라는 생각이 들었다. 평범한 남자와 결혼해서 빚에 허덕이다가 경단녀가 된 자신의 인생과 갑자기 비교가 되었다. 인아는 강남 한복판의 갤러리에서 전시회를 여는 예술가가 되었는데, 어제가 오늘 같고 내일도 오늘과 별다를 것 없이 사는 자신이 새삼 초라하게 느껴졌다.

인아의 작품 소개 기사가 실린 게시물을 눌렀다. 영희 같은 문외한이 봐도 예술적 값어치가 돋보이는 작품에 또 한 번 기가 죽었다. 쓰나미처럼 밀려오는 우울감에 앱을 닫으려는데 DM이 날아왔다. 인아가 영희에게 직접 보낸 메시지였다.

이영희, 너 맞지? 세진여자고등학교. 진짜 오랜만이네. 우연히 네 계정을 보고 깜짝 놀라서 팔로우 신청했어. 시간 나면 내 전시회에도 놀러와. 오랜만에 얼굴도 좀 볼 겸.

인아의 메시지를 읽으면서 영희도 반가운 마음이 들었다. 인아는 전시회 초대장도 보내왔다. 뭐라고 답글을 보내야 할지 망설이다가 손가락을 오므리고 휴대폰을 닫았다. 그 순간 영희의 머릿속에 날개 달린 흰 옷의 천사와 뿔 달린 검은 옷의 악마가 팽팽하게 맞섰다.

"초대까지 받았는데 당연히 가야지. 친구가 예술을 한다는데 자랑스럽지 않아? 인아가 직접 초대권도 보냈는데, 네가 가면 얼마나 반가워하겠어. 학교 다닐 때도 둘이 친했잖아."

흐뭇한 미소를 머금은 천사가 영희를 부추겼다.

"거긴 뭐하러 가? 평소에도 자랑질하는 인친들 때문에 배알이 뒤틀렸었잖아. 이젠 오프라인에서까지 잘난 척하는 꼴을 보고 싶어? 너는 자존심도 없냐."

빈정대는 표정의 악마가 팔짱을 끼고 영희를 말렸다.

그때 도어록 버튼음이 울렸다. 철수가 들어오는 소리였다.

"늦었네."

영희는 휴대폰을 저만치 밀어놓고 현관에 들어서는 철수의 기색을 살폈다. 피곤하다는 말을 입에 달고 사는 사람이었다. 오늘따라 철수의 얼굴에 더 짙은 그늘이 드리워져 있었다.

"왜 그래? 무슨 일 있었어?"

"무슨 일은. 맨날 그렇지, 뭐."

"얼굴이 어두운데."

철수는 영희를 힐끗 보면서 손바닥으로 마른세수를 했다. 까칠하고 수척해진 얼굴에 피곤이 덕지덕지 붙어 있었다. 철수는 본래 나이보다 서너 살은 더 들어 보였다.

"씻고 와서 자기한테 할 말이 있어."

생기가 없는 목소리였다. 무슨 폭탄 발언을 하려고 잔뜩 침울한 분위기를 잡는 걸까? 심장이 두근거렸다.

"어, 그래. 나도 할 말 있어."

영희는 얼버무렸다. 조금 전 인스타에서 본 동창 인아 얘기를 해볼까 싶었지만, 철수의 안색을 보니 그런 시답지 않은 말을 할 분위기가 아니었다. 철수는 영희의 말을 들은 체 만 체했다.

철수는 영희가 말을 시켜도 반응이 없을 때가 많았다. 두어 번 재촉하면 마지못해 짧게 대답하는 게 다였다. 영희가 퇴사하고 아르바이트를 그만두면서 더 심해졌다. 철수 혼자 감당해야 할 무게가 만만치 않다는 건 알았지만 그래도 서운한 감정이 들 때가 많았다.

두 사람이 오랜만에 식탁에 마주 앉았다. 결혼 사 년 차라면 한창 재롱부리는 아기가 있는 집이 많을 것이었다. 아기는 결혼 생활의 결실인 동시에 사랑의 유효기간을 연장하는 일반적인 방법이기도 했으니까. 세상 사람들이 다 그렇게 생각해도 영희는 그 말에 반대했다. 아이가 없어도 연애할 때처럼 알콩달콩 행복하게 사는 부부도 많다고. 결혼 생활에서 아이는 필수가 아니라 선택이라고. 경제적인 여유와 성취감을 느끼는 동시에 자아를 실현할 수 있는 자기만의 일이 있으면 된다. 즉 사랑은 아기의 유무가 아니라 경제적인 상황과 자아 실현 여부에 의해 얼마든지 연장 가능한 감정이라는 게 영희의 지론이었다.

그런 측면에서 본다면 영희 부부는 위태로운 경제력과 자아 효능감 부재로 사랑의 유효기간이 급속도로 단축되고 있는 커플인 셈이었다. 만약 이 상황에서 시댁과 친정의 무리한 요청까지 발생한다면 사랑은커녕 부부 관계도 위태로워질 건 뻔한 이치였다.

"영희야!"

철수한테 실로 오랜만에 듣는 호칭이었다. 달콤하거나 애틋한 분위기와는 거리가 먼 무미건조한 음색이었다. 영희는 불안감을 애써 감추고 철수를 물끄러미 바라보았다. 서빙 로봇 카탈로그를 한 보따리 짊어지고 전국 음식점을 순회하는 게 철수의 주요 업무였다. 미래는 AI의 시대라고 하니, 그렇게 따지자면 철수가 다니는 회사야말로 미래를 선도하는 기업이었다. 코스닥 상장도 된 중견 기업이었고, 주문이 쇄도하던 때도 있었다. 하지만 경쟁업체가 많아지고 레드오션 시장이 되면서 회사 상황이 어려워졌다. 실적이 저조할수록 영업사원 철수의 스트레스는 이만저만이 아니었다.

"나 말이야, 사업하면 안 될까? 영희야, 너 나 믿지?"

영희는 놀란 가슴을 간신히 누르면서도 헛웃음이 나왔다. 고등학교 동창이 십수 년 만에 강남 갤러리에서 전시회를 개최하는 예술가가 된 것도 믿기 어려운 마당에, 자본금은 둘째 치고라도 아이템도 없이 사업을 하겠다는 철수를 도대체 어떻게 믿어야 하는가.

"정말 기를 쓰고 참아보려고 했는데, 도저히 자존심이 상해서 견딜 수가 없어. 팀장 새끼가 오늘은 나한테 뭐라고 하는 줄 알아? 하, 참! 기가 막혀서…"

철수는 주먹으로 식탁을 쾅, 내리쳤다. 철수가 허구한 날 욕을 퍼붓는 '팀장 새끼'는 인정머리도 없고, 경우도 없고, 싸가지도 없는 인간이었다.

"그래서 지금 뭘 하겠다고? 사업?"

영희는 팔짱을 끼고 철수를 바라보았다.

"에이, 씨! 더럽고 치사해서 이놈의 직장을 당장 때려치고 싶다니까."

판에 박은 철수의 푸념 릴레이가 이어졌다. 팀장 험담에 이어 회사의 불합리한 시스템과 동료와의 트러블 등등. 영희는 알고 있었다. 철수는 정말 사표를 내고 싶은 게 아니었다. 자기 혼자 전쟁터에서 이리 터지고 저리 터지고 있다는 걸 영희에게 생색내고 싶은 거였다. 영희라고 철수에게 하고 싶은 말이 없는 게 아니었다. 지난달보다 오른 은행 금리로 이번 달 상환금이 빠지고 나면 생활비가 턱없이 부족하다고 바가지를 긁을 수 있었다. 거기다가 이번 주말에 시아버지 생신 준비에 부쩍 늘어난 경조사비도 만만치 않다고.

철수는 한바탕 자기 할 말을 다 쏟아내고 한숨을 쉬었다.

"철수야!"

이번에는 영희가 철수의 이름을 나지막하게 불렀다. 역시 달콤함이나 애틋함과는 십만 광년쯤 떨어진 경멸과 조소를 담은 채. 철수를 다루는 영희만의 방법이었다. 위로 누나가 두 명인 철수는 막내였다. 철수가 어렸을 때만 해도 시댁은 부유했단다. 운수업을 하던 시아버지 사업이 부도가 나면서 가세가 기울었고, 철수는 어릴 적 응석받이 버릇을 버리지 못한 채 어른이 되었다. 어려움에 직면할 때마다 투덜거리거나 징징대는 건 그의 습관이었다.

"진짜라니까. 내가 얼마나 힘이 들면 사업을 해볼까 생각했겠어. 요즘 비트코인이 엄청나게 뜨나 봐. 우선 회사를 관두면 퇴직금이 나오잖아. 그래, 알아. 퇴직금이 쥐꼬리만 하겠지. 그래도 그걸 비트코인에 투자해서 목돈을 마련한 다음에 사업 아이템을 찾아볼까 하는데…."

철수는 눈을 반짝거리면서 한참 떠들어댔다. 영희도 인터넷 기사에서 비트코인이 천정부지로 뛰어서 부자가 된 사람들의 사례를 읽었다. 몇 년 전 주식 시장이 호황일 때도 철수는 비슷한 말을 했었다. 주식에 투자해서 돈을 번 친구 얘기를 하면서 직장 생활하는 사람이 제일 미련한 인간이라고 말하며 씩씩댔다.

영희는 철수의 이마를 손으로 짚었다. 열은 없었다. 주식에 투자하자고 열을 올렸을 때 철수의 이마가 뜨거웠던 생각이 났다. 고달픈 직장 생활에 지친 철수가 열을 내는 것 말고는 달리 스트레스를 풀 방법이 없겠다는 생각이 들자 한편 측은하기도 했다.

"예, 김철수 씨, 어련하시겠어요. 오늘 밤만 딱 자고 일어나서 내

일 다시 생각해보자고요. 오구구, 우리 철수, 많이 힘들구나? 내일
도 똑같은 생각이면, 그래 좋아. 우리 딱 결정하자. 어떡할까? 이
집 보증금 빼서 비트코인에 올인해볼까? 까짓꺼 인생 한 방이야.
작게 투자하면 푼돈밖에 더 먹겠어. 이왕이면 크게 넣고 왕창 버
는 맛이 있어야지. 요즘 파이어족이 많다면서? 우리도 이참에 동
참해볼까?"

영희는 철수보다 한 길, 아니 열 길은 더 뛰었다. 하늘 높은 줄
모르고 날아오르는 철수의 발을 땅바닥에 붙이려면 이 방법이 최
고였다. 연애 삼 년에 결혼 사 년, 도합 칠 년의 세월 동안 얻은 나
름의 노하우였다.

"관두자, 관둬! 네가 나를 아주 미친놈 취급하는구나."

철수는 영희를 노려보며 머리를 흔들었다.

"미친놈이랑 결혼한 나도 미친년이지, 별수 있겠어."

영희는 혀를 차면서 실소를 머금었다. 이렇게 한바탕 푸닥거리
를 하고 나면 몇 달은 잠잠한 철수였다.

"근데, 너 아까 무슨 얘기 하려고 한 거야?"

철수는 말짱한 얼굴로 물었다. 이제야 근면 성실한 영업부 사
원 김철수로 돌아온 거 같았다.

"나야말로 관둡시다. 내 얘기도 자기 얘기만큼이나 뜬구름 잡
는 얘기니까."

영희는 화장실로 직행했다. 생각해보니 인아의 인스타그램 계

정을 볼 때부터 소변이 마려웠는데 계속 참고 있었다. 벽 너머에서 철수가 하품을 늘어지게 하더니 방으로 들어가는 소리가 들렸다. 영희는 화장실에서 나와 냉장고를 열었다. 피 터지는 전쟁터로 출근하는 철수를 위해 따듯한 아침을 준비해야겠다는 생각이었다. 하루가 무섭게 치솟는 물가 때문에 마트에 장 보러 가기가 무서울 지경이었다. 철수가 좋아하는 식재료와 과일을 카트에 담다가도 가격표를 보고 도로 내려놓길 반복했다. 채소와 달걀을 꺼내서 싱크대 앞으로 가던 영희는 문득 가슴에 고여 있던 눈물이 울컥 치밀어올랐다.

전시장 입구에는 전시의 테마 '사람을 담다'가 적힌 현수막이 세로로 걸려 있었다. 인터넷 뉴스에도 인아의 전시회 기사가 실려 있었다. 영희는 결국 인아와 인친을 맺고 전시회에 가겠다는 메시지를 보냈다. 인아는 전시장에서 기다리겠다는 답을 보냈다.

전시장은 예상했던 것과는 달리 한산했다. 넓지 않은 전시장에서 인아를 발견하는 건 어렵지 않았다. 인아는 사람들 사이에 묻혀 있으면 눈에 띄지 않을 수수한 차림이었다. 영희를 발견한 인아가 환하게 웃으며 다가왔다.

"못 알아볼 줄 알았는데! 어쩜, 너 하나도 안 변했다."

"SNS가 좋긴 하다. 이렇게 오래된 친구도 다 만나고."

두 사람은 전시장을 둘러보았다. 인아는 광물질을 재료로 인간의 신체를 표현한 작품을 하나씩 설명했다. 구리와 은을 뭉치거나 우그러뜨려서 사람의 표정을 표현한 액세서리들이 전시장 한쪽에 진열되어 있었다. 고가의 가격표가 붙은 머리핀, 반지, 귀걸이를 보면서 영희는 망설였다. 예의상으로 한 개 정도는 구매해야 하는 걸까, 하고. 무슨 물건이든 취향과 기호에 상관없이 가격표부터 보는 자신의 습관에 와락 싫증이 났지만 만지작거리던 액세서리를 슬며시 내려놨다.

(…) 배인아 작가가 추구해온 예술의 화두는 사람이다. 사람의 몸짓과 표정이 빚어내는 찰나를 예리하게 포착해서 인간을 읽어내는 성찰을 거듭해온 것이 그의 예술관이다. 그러한 작가의 예술적 세계는 이번 전시 작품에서 또 한 번 확대 변주되고 있다. (…)

영희는 전시장을 둘러보는 동안 전시회 도록을 한 장씩 넘겨보았다. 도록을 읽어보니 인아를 향한 선망과 부러움이 더 커졌다.

"나 궁금한 게 있는데, 미대는 어떻게 간 거야? 학교 다닐 때 네가 이런 재능이 있는 줄은 꿈에도 몰랐거든."

"티는 안 냈지만, 중학교 때부터 그림 그리는 걸 좋아했어. 근데 집안 형편상 예고에 갈 엄두가 안 나서 인문계로 간 거지."

"너는 성공했구나. 너무 멋지다. 이렇게 이름을 걸고 전시회도 열고. 잘은 모르지만 작품도 좋네. 특이하면서도 친근감 있고…. 정말 대단해."

영희는 부족한 어휘력을 총동원해서 찬사를 보냈다. 인아도 영희의 근황을 물었다.

"나야, 뭐. 그냥 아줌마지."

"어머, 너 결혼했구나."

인아의 얼굴에 부러움 비슷한 감정이 미세하게 스쳤다. 결혼이 무슨 대수라고. 인아는 곧바로 영희에게 아기가 있느냐고 물었다.

"우린 딩크족이야. 신랑이랑 그렇게 결정했어."

영희는 턱을 내밀고 약간의 콧소리를 냈다. 짧은 순간이었지만 영희의 마음속엔 두 가지 심리가 간발의 차이로 양립했다. 어릴 적 친구였지만 이젠 엄연히 다른 길을 가고 있는 인아 앞에서 자신의 인생을 포장하고 싶은 심리가 발동한 한편, 옛 친구를 만난 기쁨에 무람없이 속을 꺼내 보이고 싶기도 했다.

"그렇구나. 아기 안 갖는 부부가 많다고는 하더라. 난 아직 싱글이야."

인아가 어색하게 미소를 지었다.

"그럴 줄 알았어. 예술가가 결혼은 무슨! 결혼하면 작품에 몰두할 시간이 어디 있니? 너 진짜 잘한 거야."

자연스레 인아의 미대생 시절과 작업 과정으로 대화 주제가 바뀌었다. 인아는 취업에 유리할 것 같아 금속조형디자인학과를 선택했지만, 순수 미술에 대한 갈증으로 회화과의 누드드로잉 수업을 청강했다. 금속조형디자인학과에는 없는 과목이었다. 누드모델을 마주한 순간 인아의 머릿속에 스파크가 터졌다. 르네상스시대의 거장이었던 레오나르도 다빈치와 미켈란젤로가 인체 해부를 감행하면서 작품에 몰두했던 마음을 손톱만큼은 이해할 수 있을 것 같았다. 자신의 작품 세계를 이야기하는 인아의 얼굴이 환하게 빛났다.

"마음속에 무언가가 요동쳤어. 하지만 취업이라는 현실의 벽 앞에서 예술적인 것만 고집할 수는 없더라고."

인아는 취업해서 몇 년 동안 디자이너로 일했지만 결국 대학원에 진학했다. 그때부터 회사도 관두고 작품 활동에 전념해왔다. 인아의 얘기를 듣는 동안 영희는 자신의 인생이 보잘것없다는 생각이 들었다. 꿈도 열정도 없이 어영부영 이십 대를 보내고 지금의 남편을 만나 결혼했지만, 대출금에 허덕이면서 삼십 대를 보내고 있으니 말이다.

가정형편이 어려워서 예고에 가지 못했다는 인아도 영희처럼 부모 찬스는 없었지만, 예술에 관한 재능과 열정만은 넘치게 갖고 있는 셈이었다. 그러고 보면 세상은 참 불공평했다. 애당초 영희의 인생에 그런 찬스는 없었던 걸까? 누구에게나 한 번쯤은 주어지는 기회가 영희의 인생에만 없었다는 생각이 들었다.

"인아야, 배인아!"

그때 인아를 부르는 소리가 들렸고, 영희와 인아가 동시에 뒤를 돌아보았다. 낯선 여자가 꽃다발을 들고 있었다.

"어, 이게 누구야? 은정이 아니야 김은정!"

인아가 여자를 끌어안고 반가움을 표시했다.

"영희 너 은정이 몰라? 은정아, 너 영희 생각 안 나?"

인아는 영희와 여자를 번갈아 소개하느라 바빴다. 영희는 여자의 얼굴을 찬찬히 살폈다. 그제야 주근깨투성이의 고등학생 여자애가 기억의 문을 열고 성큼 들어섰다.

"아, 참새 김은정! 맞지?"

은정의 입이 쉴새 없이 움직이던 모습이 선명하게 떠올랐다. 그래서 참새라는 별명이 붙었었다는 것까지. 은정도 영희를 알아본 듯이 만면에 반가운 미소가 떴다.

"그래, 맞아. 나 참새야. 너는 영희 맞구나, 이영희! 웬일이니! 여기서 동창회라도 하는 거 같다."

세 사람은 손을 맞잡고 고등학생 시절로 돌아간 듯 팔짝팔짝 뛰면서 수선을 떨었다. 함께 전시장을 둘러보며 은정 역시 침이 마르도록 인아의 작품을 칭찬했다. 영희와 은정이 전시장에서 나올 때, 인아는 두 사람을 배웅하면서 전시회가 끝나면 셋이 한번 뭉치자고 했다. 은정은 이대로 헤어질 수 없다면서 저녁을 먹자고 영희의 손목을 잡아끌었다. 인아와 은정도 십수 년 만의 재회였다.

그렇다면 은정은 전시회를 어떻게 알고 찾아왔을까? 은정도 영희에게 같은 질문을 했다.

"혹시, 그럼 너도?"

은정은 영희를 손가락으로 가리켰다.

"오! 그럼 은정이 너도 인스타에서?"

두 사람은 서로 마주보면서 상황을 눈치챈 듯 씨익, 웃었다. 인아가 의도적으로 인스타그램 계정을 통해 옛날 동창들에게 전시회 소식을 알린 거였다. 인아의 성품으로 보아 자랑하기 위해서는 아닌 듯싶었다. 전시장은 썰렁했다. 예전 친구들로 머릿수라도 채워야 할 만큼 손님이 없기는 했다. 인아의 화려한 겉모습이 전부는 아닐지도 모르겠다는 생각이 스쳐지나갔다.

"인아는 예술가로 잘 살고 있는 거 같으니까, 우리 얘기나 좀 하자. 넌 어떻게 살았어?"

영희는 인아에게 말했듯이 씁쓸한 표정으로 아줌마가 된 근황을 밝혔다. 은정은 아기가 있는지는 묻지 않았다.

"야, 아줌마는 되기 쉬운 줄 알아?"

은정은 영희의 어깨를 치면서 말했다. 은정은 자신이야말로 인아처럼 예술가도 뭣도 아니면서 결혼도 하지 못했다며 멋쩍게 웃었다.

"못하긴, 안 한 거겠지. 능력 있으면 혼자 살아도 돼. 나는 철없이 연애에 빠져서 앞뒤 재지도 않고 결혼한 거고. 어중간한 나이에 발 묶인 걸 생각하면, 내 발등 내가 찍은 꼴이야."

영희는 인아보다 은정이 훨씬 편했다. 인아처럼 인터넷에 기사가 뜨지도 않았고, 아기가 있느냐고 물어보지도 않았다. 누가 물어보기라도 할까 봐 딩크족이라는 대답을 늘상 준비해두고 노심초사하는 걸 보면 아기가 정말 영희의 아킬레스건이 맞았다.

"얘 좀 봐. 인간이 원래 손에 쥐고 있는 건 대수롭지 않게 여긴다니까. 울 엄마가 그러는데 세상에서 결혼처럼 어려운 것도 없대. 그렇게 보면 너야말로 인생의 허들을 하나하나 잘 넘고 있는 사람 중의 한 명인 거지."

단지 영희를 위로하려고 하는 말이 아니라는 것이 느껴졌다. 은정이 생각하는 인생의 허들이란 무엇일까? 어떤 사람에겐 장애물일 수도 있고 어떤 사람에겐 목표이기도 한 그것. 인생의 종착역에 다다르기 위해 얼마나 많은 허들을 넘어야 하는 걸까?

이번엔 영희가 은정에게 물었다. 어떻게 사느냐, 어디서 사느냐 등등. 은정은 미혼이었고 하남시에서 부모님과 함께 살면서 개인 병원 간호사로 근무한다고 했다. 은정이 간호학과를 나왔다는 것도 처음 알았다. 간호학과를 졸업하고 종합병원 삼교대 근무를 서다 건강이 나빠져서 퇴사하고, 몸이 회복되자 정시에 출퇴근하는 직장을 잡은 게 동네 병원이라고 했다.

저녁 식사 자리는 술자리로 이어졌다. 술이 한잔 들어간 탓인지 영희는 은정에게 회사에서 살렸던 얘기, 새취업이 쉽지 않다는 하소연 등을 했다.

"울 엄마가 다들 겉으론 멀쩡한 거 같아도 사연 없는 인생이 없다고 하시더라니. 너도 집에만 있으려니까 답답하긴 하겠다."

빈 잔에 연신 술을 따라주며 술잔을 부딪쳐주는 은정에게 영희는 적잖은 위로를 받았다.

전시회가 끝나는 날에 맞춰 세 사람은 다시 만났다. 만나지 못했던 십수 년의 시간을 훌쩍 뛰어넘어 교복 차림으로 매일 함께 시간을 보내던 그 시절로 돌아간 듯했다.

"작품은 좀 팔렸어?"

동창 소식과 선생님 이야기가 시들해지자 은정이 인아에게 물었다.

"야, 너희 같으면 내 작품을 돈 주고 사겠냐?"

"울 엄마가 그러는데 요즘 돈 있는 사람들은 그림으로 재테크를 많이 한다더라. 물론 우리같이 그림도 잘 모르고, 투자할 돈도 없는 사람들이야 당연히 안 사지. 아니, 못 사지. 그래도 돈도 많고 예술품 보는 눈도 있는 사람도 많잖아. 그런 사람들한테 작품을 어필하면 되는 거 아냐?"

은정은 하는 말마다 정곡을 제대로 찔렀다. 고등학교 때도 제법 어른스러운 이야기를 재잘거리던 모습이 기억났다. 물론 그때도 다 은정 어머니가 하신 말씀이기는 했다.

"은정아, 네 말이 맞긴 맞는데, 너희 엄마 말씀처럼 예술품 볼 줄 아는 부자들은 돈이 되는 작품도 기가 막히게 알아본다? 내 작품은 거기 못 끼는 게 현실인 거고. 내가 오죽했으면 너희들하고 인친까지 맺어가면서 전시회에 초대했겠어. 막상 전시를 열었는데 찾아오는 사람이 너무 없으면 그것도 진짜 맥 빠지고 우울하거든."

미루어 짐작했던 게 사실로 드러나자 영희와 은정은 멋쩍은 표정으로 인아의 눈을 피했다.

"남의 눈엔 내가 예술가로 성공해서 멋지게 사는 것처럼 보일 수도 있을 거야. 말해 뭐해? 너희들도 나를 그런 눈으로 봤잖아? 근데 아니야. 예술가는 대체로 가난해. 그게 예술가 인생이야. 미대 동창들 모여서 하는 얘기도 있어. 졸부들이 모이면 예술 얘기하고, 예술가들이 모이면 돈 걱정을 한다고. 참 웃픈 말이지만 그게 현실이야."

술이 한잔 들어가자 인아는 제 속을 솔직히 털어놓았다.

"너는 그래도 나보다 나아."

영희가 인아의 빈 잔에 술을 따랐다.

"내가 볼 때는 아냐. 네가 나보다는 제대로 된 인생을 사는 거야. 결혼이 얼마나 어려운데."

인아는 삼십 대 중반에 이르자 어느새 마흔이 다가온다는 생각에 자꾸 초조해진다고 했다. 이제는 남들에게 없는 예술적 재능으로 먹고사는 것보다 남들처럼 평범하게 살아가는 걸 더 원하는 것 같다면서, 인아는 영희에게 더 늦기 전에 아기를 낳으라고 노인네 같은 잔소리를 했다.

"내 작업이 사람 표정을 유심히 관찰하는 거잖아. 그런데 아기 얼굴만큼 사람 마음을 무장 해제하는 오브제가 없더라고."

인아는 천사와 악마를 그린 화가의 일화를 소개했다. 아기의 얼굴에서 천진무구를 발견한 화가는 그 아기를 모델로 천사를 완성했다. 세월이 흘러 화가가 이번에는 악마를 그리고자 모델을 찾아나섰고, 마침내 극악무도한 죄수에게서 악마를 보았다. 그런데 알고 보니 두 모델은 사실 같은 사람이었다. 〈최후의 심판〉을 그린 미켈란젤로의 일화라는 이야기도 있고, 또 누군가는 레오나르도 다빈치가 〈최후의 만찬〉에 등장하는 예수와 가룟 유다를 그리는 과정에서 나온 이야기라고도 했다.

"내가 하는 작업이 결국 사람의 모습을 담아내는 거잖아, 그래서 문득 두려워지더라고. 궁핍한 생활에 찌들어서 내가 추구하는 예술이, 내 인생이, 내 인상이 그 죄수처럼 몰락할 수도 있을 거라는 생각이 들어서…."

이번엔 은정이 인아의 빈 잔에 술을 부었다. 전시회를 준비하느라 반창고투성이가 된 인아의 손가락이 예사롭게 보이지 않았다. 팔린 작품도 몇 점 되지 않아 공방 월세를 내는 일도 힘겹다면서 한숨을 쉬었다. 인아의 사정을 듣다 보니 전시회에 진열되어 있던 액세서리 한 개 사줄걸 그랬다는 후회가 밀려왔다. 영희도 코로나 때 직장을 나오게 된 상황을 얘기하면서 이제는 직장 구하기도 힘든 나이라고 쓴웃음을 지었다.

"너는 신랑이 버니까 생활비 걱정은 안 해도 되잖아. 난 나 혼자 벌어서 나 혼자 쓰기도 힘든데."

영희는 잔고가 마이너스뿐인 통장을 까고 싶은 심정이었다. 인아는 돈도 명예도 되지 않는 작품 활동일랑 접고 더 늦기 전에 마땅한 직장을 물색해야겠다는 말로 끝을 맺었다.

"은정아, 너는 어때?"

인아가 은정에게 시선을 던졌다.

"나라고 뭐 다르겠어."

젓가락으로 안주를 뒤적거리는 은정의 손이 느려졌다.

"네 고민 내가 맞혀볼까? 너 혹시 애인이랑 삐걱거려? 그런 건 오래 고민할 거 없어. 버스 떠나면 또 다른 버스가 오기 마련인 거야. 은정아, 원 없이 연애만 실컷 해라. 결혼은 될 수 있는 대로 늦게 하는 게 좋다. 안 하면 더 좋은 거고."

영희의 말에 인아가 깔깔거렸고 은정은 대꾸도 없이 술잔을 한입에 털어넣었다.

"은정아, 직장 생활은? 종합병원 삼교대보다는 정시 출퇴근하는 게 더 좋겠다. 난 요즘 매달 월급 나오는 사람이 제일 부럽더라."

인아의 말에 영희는 자기도 이하동문이라면서 술잔을 부딪치며 웃었다.

"월급이야 꼬박꼬박 잘 나오긴 하는데 너무 힘들어 죽겠어. 삼교대에 넌덜머리가 나서 퇴사한 건데, 여기 병원도 만만치 않아. 문 열기 무섭게 환자들이 들이닥쳐서 화장실 갈 시간도 없다니까. 그래도…. 아니다, 아니야."

은정은 무슨 말인가 하려다 멈췄다.

"야, 너, 좋은 사람 생겼구나."

인아의 말에 은정은 갑자기 무슨, 하며 얼굴을 붉히고 손사래를 쳤다. 예술에 몰두하든, 사랑에 빠지든, 영희만 빼고 모두 인생의 찬스 한 개씩은 부여잡고 있었다.

세 사람은 각자 자신이 처한 상황보다는 서로의 인생이 낫다고 앞다투어 말했다. 고등학교 영어 시간에 배웠던 'The grass looks greener on the other side of the fence.'라는 문장이 모두의 마음에 떠올랐다. 남의 집 잔디가 더 푸르게 보인다는 영어 속담이 있는 걸 보면 동서양을 막론하고 남의 떡이 더 커 보이는 건 거기서 거기인 모양이었다.

"나는 아무래도 이생망인 거 같아."

"나도!"

"미 투!"

누가 먼저랄 것도 없이 세 사람이 동시에 손을 번쩍 들었다.

"다음 생은 좀 나으려나."

"윤회를 믿어?"

은정이 눈을 빛내며 말했다.

"그냥 그렇다는 거지, 뭐. 내가 불교 신자도 아니고."

은정이 자기 동네에 전생을 말해주는 점집이 있다고 했다.

"네 전생은 뭐라는데?"

영희가 물었다. 은정이 직접 가본 적은 없다며 고개를 설레설레 흔들었다. 글로 푸는 철학관은 재미 삼아 가본 적이 있지만, 신점을 치는 점집은 왠지 무섭더라면서.

"거기가 어디야?"

인아가 상체를 바짝 들이밀며 호기심을 드러냈다.

"복채는 얼마고?"

영희는 값부터 물었다. 복채가 터무니없이 비싸다면 전생만이 아니라 현생과 다음 생을 다 맞힌다고 하더라도 고려해볼 일이었다. 은정은 복채 값은 모르겠다고 했다. 인아는 구미가 당기는지 헤어지면서 은정에게 점집 위치를 자세히 물었다.

세 사람이 헤어진 후 며칠이 지났을 때 은정으로부터 전화가 왔다. 영희는 점집을 새까맣게 잊고 있었다. 은정이 인아가 점집을 다녀갔다고 말하기 전까지는.

"그래서 인아는 전생이 어떻게 나왔대?"

"너 놀라지 말고 들어. 인아 말로는 기가 막히게 맞혔대."

놀랄 생각은 추호도 없는 영희에게 은정은 경고부터 날렸다. 영희는 웃으면서 은성을 재촉했다.

"걔 전생에 화가였대! 완전 대박이지!"

"인아가 자기 신상을 털어놓은 거겠지? 하다못해 미대를 나왔다고 했거나 얼마 전에 있었던 전시회 얘기를 했을 수도 있잖아."

영희는 피어오르는 의심을 슬쩍 던졌다. 신내림 받은 점쟁이가 일정 기간이 지나면 신기가 약해진다는 말을 들은 적이 있었다. 그래서 신기 떨어진 점쟁이들은 점을 치러 온 사람들이 무심히 내뱉는 한마디 말이나 관상을 보고 눈치껏 때려맞힌다는 말을 들은 적이 있었다.

"그런 건 모르겠고, 걔 생각이 완전히 바뀐 건 정말 신기해."

"어떻게 달라졌는데?"

"다시 열심히 작업을 해야겠다고 하더라. 전생에 화가였다면 현생에서도 예술가인 건 운명이 아니겠냐고 하면서 말이야. 고흐도 살아생전에 인정을 받지 못해 가난하게 살았지만 죽어서 이름을 날렸다나 어쨌다나."

인아는 가지고 있는 재능 찬스를 최대한 활용하기로 했다는 소리였다. 그 점집이 진짜 전생을 보여주는 용한 곳인지, 손님 눈치를 보며 때려맞히는 곳인지는 알 수 없었다. 그렇지만 한 가지는 분명했다. 그 점집은 인아가 쥐고 있는 찬스를 일깨워주었다.

은정은 자기네 병원 원장도 그 점집을 다녀온 후 우연의 일치인지 점괘의 후광인지 병원이 마른 장작에 불 붙듯 잘되고 있다는 말을 덧붙였다. 그 이전에는 환자가 없어서 파리만 날렸다고 하니 신기한 일이었다. 돈을 버니까 사람도 달라지더라고 했다. 원래 원장 성격이 개차반이었는데 이젠 백팔십도 바뀌어서 인성과 품성이 보살급이라고 칭찬했다.

영희도 은근히 호기심이 발동했다. 영희 인생에도 분명 찬스가 있을지 몰랐다. 어딘가에 깊숙이 숨어 있어서 미처 깨닫지 못한 건 아니었을까? 밑져야 본전이었다. 복채로 몇만 원 날려봤자 그뿐일 테니까.

신내림을 받은 점집이라는 은정의 말에 잔뜩 겁을 집어먹었지만, 생각 외로 평범한 점집이었다. 다만 점을 치는 사람이 두 사람이라는 게 색달랐다. 영희는 점집에 발을 들여놓으면서 속으로 결심했다. 신상은 털끝만큼도 발설하지 않으리라.

생년월일시를 메모지에 적어 점쟁이에게 건넸다. 고 여사라는 점쟁이는 메모지를 쓰윽, 일별하고는 요령을 흔들며 오방기를 둘둘 말더니 그중 하나를 확 펼치며 알아들을 수 없는 주문을 외웠다. 나이를 좀체 가늠할 수 없는 얼굴에 묘한 기운이 설핏 감돌았다. 고 여사 옆에는 양반다리를 하고 앉아 있는 사내가 있었다. 고 여사는 사내를 아기 동자라고 불렀다. 연분홍 바지 저고리와 색동 마고자에 금박 장식의 복선은 딱 돌잡이 한복 차림이었다. 우락부락한 인상과는 어울리지 않게 통통한 볼은 발그스레했고, 한껏 귀여운 표정으로 영희를 말똥히 쳐다보고 있었다.

점쟁이 부부인 걸까? 아니면 남매 점쟁이? 하지만 어쩐지 두 사람 사이에선 어떤 케미도 느껴지지 않았다. 단순 비즈니스 파트너인가? 아무튼 겉모습만으로 두 사람의 관계를 짐작하기는 어려웠다.

"희로애락 인생살이에 뭐가 문제예요?"

고 여사는 주문을 멈추고 눈을 번쩍 떴다. 저도 모르게 고 여사의 얼굴을 뜯어보던 영희는 흠칫하며 자세를 고쳐 앉았다.

"제 인생에는 어떤 찬스도 없는 것 같아서요. 돈 많은 부모 밑에 태어나든지, 머리가 좋거나 특별한 재주가 있든지, 그것도 아니면 남편복이 있든지 뭐 하나씩은 다들 갖고 있잖아요. 저는 그런 찬스가 하나도 없어요. 그게 가장 큰 문제라면 문제겠죠?"

"찬스라⋯. 들으셨지? 애기씨 동자님이 납시어서 영희 님한테 한 말씀 해주십시오."

고 여사가 아기 동자에게 어린애 어르듯 말했다.

"찬스! 찬스! 찬스!"

아기 동자는 체구에 어울리지 않게 오두방정을 떨면서 고개를 흔들었다. 마치 머리통 자체가 고 여사의 손아귀에서 경쾌한 소리를 내던 철 방울이라도 된 듯이. 아기 동자의 두툼한 볼살이 출렁거렸다. 점집 콘셉트의 예능 프로그램에서 MC 겸 점쟁이를 맡은 전직 농구 선수 개그맨이 떠올라, 영희는 툭 터지려는 웃음을 안 간힘 쓰면서 참았다.

"애기씨 동자님, 납시셔서 한 말씀만 해주십시오. 영희 님의 인생에 찬스가 없다고 합니다. 아빠 찬스? 엄마 찬스? 남편 찬스?"

아기 동자가 두 손을 모으고 집중하자 스산한 바람이 신당을 휘돌았다. 순간 영희의 머리털이 쭈뼛 곤두섰다. 고 여사는 신중한 표정으로 영희의 사주를 풀고 있었다. 고 여사가 천천히 입을 열었다.

"자, 우리 영희 님 사주 좀 볼까요. 다섯 개의 오행이 골고루 배치된 데다 신약한 사주라 힘이 좀 약하긴 하네요. 한마디로 무난한 팔자라서 커다란 변화변동수도 없고 우여곡절도 없어요. 무난한 게 장점인 동시에 단점인 사주네…."

코에 걸면 코걸이 귀에 걸면 귀걸이라는 말이 딱 맞았다. 고 여사 말대로 영희 인생이 그랬다. 요행도 길운도 없는 대신 위기와 고난도 없었다. 물에 물 탄 듯 술에 술 탄 듯 밍밍하고 지루하다는 느낌이 들 때가 많았다.

"어라, 영희 누나는 아무것도 안 보여. 누나 전생은 참 이상해."

아기 동자는 중저음의 목소리를 언제 냈나 싶을 만큼 서너 살 어린애 음성으로 종알거리더니 뾰로통한 얼굴로 입술을 실룩거렸다. 전생이 보이지 않아 기분이 좋지 않은 기색이 역력했다.

"오호! 그거 참 또 묘수네."

고 여사가 짧은 감탄사를 내뱉었다.

"제 전생이 안 보인다고요? 그럼 그건 좋은 건가요, 아니면 나쁜 건가요?"

"좋고 나쁘고의 문제가 아녜요. 조금 더 기다려봅시다."

고 여사는 명상을 하듯이 눈을 감고 두 손을 합장하듯 모았다. 아기 동자도 여자를 따라 두 손을 모으고 머리를 조아렸다. 영희도 덩달아 숙연한 마음으로 두 사람을 지켜보았다.

"영희 누나 전생이 애기씨 동자 눈에 안 보여. 그냥 하얘. 전생이 없어."

아기 동자는 여전히 혀 짧은 어린애 목소리로 같은 말을 반복했다. 전생에 사람이 아니었던 경우가 있다는 말은 들어보았지만, 동식물이나 하다 못해 미생물이었던 것도 아니고 전생이 아예 보이지 않는다니 납득할 수 없었다.

"하아, 쩝. 음⋯."

눈을 뜬 고 여사도 미적지근한 표정을 지으면서 연달아 옅은 신음을 냈다.

"이영희 님, 잘 들으세요. 사주를 바탕으로 전생을 지금부터 풀어드릴 테니까. 전생을 달리 해석해보면 그것도 일종의 찬스로 볼 수 있거든요. 아까 본인 인생에 찬스가 없다고 하셨잖아요?"

고 여사는 옅은 한숨을 쉬고 말을 이어나갔다.

"그거 알아요? 사람은 누구나 약간은 초능력을 타고난다는 걸. 생김새와 성격이 다 다르듯 운명이나 팔자도 똑같은 사람은 없어요. 한날한시에 태어난 쌍둥이 인생도 다르다고 하잖아요. 초능력도 그래요. 일종의 재능이라고 할 수 있지. 사람마다 능력이 다 다르게 나타날 수 있는 거거든. 지독히 길치인 사람이 있는 반면에 길눈이 유독 밝은 사람이 있잖아요. 어떤 사람은 손재주가 있고 또 어떤 사람은 운동 신경이 발달한 것처럼. 그와 마찬가지로 본인의 길흉화복을 예견하는 동물적 감각도 일종의 초능력이라고 한다면 누구한테나 그게 조금씩 있다는 말이에요. 폭풍우로 배가 난파되기 직전에 쥐들이 위험을 먼저 감지한다고 하잖아요. 그것도 동물적 초능력이거든. 모성애가 깊은 엄마가 엄청난 괴력을 발휘해서 차 밑에 깔린 아기를 구하는 것만 초능력이 아니에요. 영희 님도 점을 보기 전부터 본인한테 찬스가 없다는 걸 느꼈잖아요? 그것도 나름대로 능력이라면 능력인 거죠. 아무튼 영희님의 직감이 맞는 것 같긴 하네…."

고 여사는 입이 마르는지 탁자 앞에 놓인 물컵을 들어 목을 축였다.

"그럼 저같이 전생이 아예 없는 사람은 현생에서 쓸 찬스가 없다는 말씀인 거네요."

영희는 시무룩한 목소리로 물었다. 구르지 않는 돌에 이끼가 끼듯, 흘러가지 않아 갈수록 탁해지기만 하는 고인 물. 그게 자신의 인생 같아서 답답하게 느껴졌다.

"그렇긴 해도 너무 절망할 필요는 없어요!"

170

고 여사가 단호하게 말했다. 아무리 좋게 들으려고 해도 희망이라고는 찾아볼 수 없는 이야기만 실컷 하고 절망하지 말라니. 영희는 쉽사리 얼굴을 펴지 못했다.

"전생이 없다고 너무 낙담하지는 마십시오. 영희 님이 속상해하면 애기씨 동자님도 속상해하십니다."

어느새 중년 남자의 목소리로 돌아온 아기 동자는 영희를 타일렀다. 아기 동자가 박수무당의 몸에서 빠져나간 모양이었다. 두 사람의 위로에도 불구하고 영희는 공연히 서러웠다. 화가였다는 인아의 전생을 속으로 비웃었지만, 이제는 허무맹랑한 전생이라도 좋으니 뭐라도 듣고 싶었다.

"남들 다 있는 전생 찬스도 없다면 저야말로 이생망인 거네요."

영희가 한숨을 쉬었다.

"이생망? 그게 뭐예요?"

고 여사가 영희에게 물었다.

"고 여사님, 그런 신조어도 모르십니까? 참 답답하십니다."

"그러니까 뭐냐고?"

"이번 생은 폭삭 망했다는 말입니다."

아기 동자는 정말 답답하다는 듯이 주먹을 쥐고 자기 가슴을 앙증맞게 팡팡, 쳤다. 두 사람이 티격태격하는 모습을 보면 볼수록 더욱 관계를 종잡기가 어려웠다.

"아하, 그런 뜻이었어? 이생망이라, 재밌네. 근데 이왕이면 이생

흉이라고 하지. 아직 한참이나 남은 인생인데. 말이 씨가 된다는 속담도 있잖아."

고 여사는 혀를 찼다.

"찬스라고 다 좋은 게 아니에요. 혹시 들어보셨는지 모르겠지만, 인생에는 곱셈의 법칙이 있거든요."

영희는 고 여사를 물끄러미 쳐다보았다. 점을 치러 온 게 아니라 인생 상담을 받으러 온 것 같은 착각이 들었다.

"곱셈의 법칙이라뇨?"

난데없는 수수께끼 같은 질문에 영희는 슬그머니 짜증이 올라왔다.

"찬스 백 개가 아니라 천 개가 찾아오더라도 그걸 맞이하는 사람이 가진 게 빵이면 나오는 결과도 결국 빵이라는 거지. 영 곱하기 천을 해도 영이 되는 곱셈처럼 말이에요. 그러니까 영희 님도 찬스에 너무 목을 매지 말라는 뜻이에요. 오히려 인생의 찬스가 많은 사람일수록 아무런 노력도 하지 않기도 하거든요. 결과적으로 제로가 될 찬스보다는, 그거 뭐냐? 비행기, 비행기…"

고 여사가 이맛살을 구기며 말끝을 흐렸다. 영희는 고 여사의 행동에 기시감을 느꼈다. 영희의 엄마도 그랬고, 가끔 시어머니도 영희 앞에서 우물쭈물하면서 곤란한 표정을 지었다. 표현하고 싶은 온갖 이미지는 머릿속에 펼쳐지는데 정작 말하고 싶은 단어 하나가 입에서 뱅뱅 돌 뿐 생각나지 않을 때 짓는 표정이었다. 그럴 때마다 영희는 차마 시어머니한테는 면박을 주지 못했지만 친정엄마를 향해서는 짜증 섞인 말을 곧잘 쏘아붙였다. 이것아, 늙어서 그런다. 너도 내 나이 돼봐라. 친정엄마는 서러운 듯 중얼거리곤 했다.

"고 여사님은 꼭 저러십니다. 아직 창창한 나이에 왜 그러는지, 쯧! 천천히 생각해보십시오. 비행기가 뭐 어떻다는 겁니까? 떴다 떴다, 비행기. 날아라, 날아라. 내가 만든 비행기…"

아기 동자가 비행기 동요를 부르자 고 여사가 밉지 않은 눈으로 아기 동자를 째려보았다. 두 사람이 무슨 관계이든 보기 드문 짝꿍인 것만은 분명했다.

"아, 시끄러워. 정신 산란하게 노래는 부르고 난리야. 아니, 저기, 그, 왜 있잖아. 비행기 타고 또 타면 주는 거…"

"아, 마일리지!"

영희와 아기 동자의 입에서 동시에 터진 단어였다.

"맞다. 맞아! 그거. 마일리지. 근데 내가 무슨 말을 하려다 말았지? 에휴, 이렇게 정신이 없어서야."

고 여사의 팽팽한 이마에 굵은 주름 두 줄이 그어졌다.

"인생에는 곱셈의 법칙이 있어서 찬스가 아무리 많이 찾아와도 준비가 되어 있지 않으면 결과는 제로라고 하셨잖아요."

영희가 고 여사에게 요점정리하듯 설명했다.

"아, 맞아, 맞아. 이번 생에 마일리지를 쌓는 건 어떨까요? 그놈의 찬스 타령은 그만 하고, 하루하루 마일리지를 쌓듯 현생에서 덕을 쌓으면, 또 알아요? 다음 생애에는 지금 쌓아놓은 마일리지가 전생 찬스로 쓰일는지….”

영희는 점집을 나왔다. 점괘를 들은 것도 같고 잔뜩 수다만 떨다 나온 것 같기도 했다. 그래도 점집 문턱을 넘기 전보다는 마음이 한결 가벼워진 기분이었다.

“은정아, 나야. 나 너희 동네 왔다.”

영희는 은정에게 전화를 걸었다. 은정은 목소리를 낮추고 조금 있다 전화하겠다면서 전화를 끊었다. 일이 정말 바쁘긴 바쁜 모양이었다. 점심시간이라면서 뛰어나온 은정은 프랜차이즈 죽집으로 영희를 안내했다. 죽집 유리문에는 한참 잘 나가는 트로트 가수 사진이 대문짝만하게 붙어 있었다. 영희는 자리를 잡자마자 어깨를 주무르고 눈두덩이를 손으로 꾹꾹 눌렀다.

“너희 병원은 정말 돈을 쓸어 담는 게 맞나 보구나. 진료 과목이 뭐라고 했지?”

“통증 클리닉. 쑤시고 아프고 결리는 거 치료하는 병원이야. 영희 네 말대로 우리 원장은 돈을 쓸어 담는다, 담아. 지금 우리 병원이 이층인데 아래층으로까지 넓혀야 할 판이야.”

“원장 실력이 좋은가 보네. 어느 대학병원에 있다가 온 의사네?”

"웬걸. 전문의도 아니야. 의사고시만 붙어서 개원한 풋내기 일반의라니까."

"그래? 환자만 많으면 되지 뭐. 병원을 늘리면 원장 밑에 페이닥터 한 명을 둬야겠구나."

"우리 원장이 손끝 감각 하나로 환자를 진료하는 거라 고용한 의사한테 그걸 가르치고 전수할 방법이 없다는데 말 다했지 뭐. 우리 원장도 피곤해서 죽으려고 해."

은정은 자기 병원에 그 흔한 엑스선이나 CT 촬영기도 없는 대신 원장이 연골 주사로 통증의 뿌리를 끊어내고 물리치료와 약으로 재발을 막는다고 했다. 은정의 말을 들어보니 명의가 따로 없었다. 아프다는 말을 달고 사는 친정엄마와 시어머니 생각이 저절로 났다. 전국 각지에 흩어진 음식점을 찾아 운전하느라 목과 어깨 통증을 호소하는 철수도 떠올랐다.

"야, 우리 병원 얘긴 그만하자. 점심시간 동안만이라도 잊어버리고 싶으니까. 그나저나 점집 다녀온 얘기나 좀 듣자. 어떻든? 좀 맞히기는 하는 거 같아?"

"인아 전생은 화가였다고 했지? 화가 누구? 설마 해부학을 연구했다는 미켈란젤로나 레오나르도 다빈치는 아니겠지?"

영희는 인아의 전생으로 화제를 돌렸다.

"신윤복이었대."

은정은 자기가 말해놓고도 웃음이 터지는지 음식을 잔뜩 물고 있는 입을 가렸다.

"신윤복? 조선시대 화가? 진짜 웃긴다. 김홍도도 있잖아."

왜, 이왕이면 피카소라고 하지. 피카소는 살아생전 인정받은 화가였으니까. 인아의 전공으로 보면 조형물을 제작하거나 건축가 쪽 예술가를 언급하는 게 더 그럴싸할지도 몰랐다. 예를 들면 안토니 가우디나 안도 다다오 같은 인물 말이다. 영희는 거기까지 생각하다가 어처구니가 없어서 피식, 웃음이 터졌다. 안도 다다오는 지금도 활동하고 있는 일본 건축가라는 걸 깜빡했기 때문이다. 마일리지라는 단어도 생각나지 않아 더듬거리는 고 여사나 자기나 크게 다를 게 없다는 생각이 들었다.

"걔는 진심으로 그걸 믿었대?"

신윤복이라는 전생보다도 인아가 그 말을 곧이곧대로 받아들였다는 게 더 놀라웠다.

"아니, 인아도 너처럼 말 같지도 않다면서 깔깔거렸어. 근데도 지금껏 해왔던 대로 한 우물을 파야겠다고 하더라고."

은정은 인아가 가난한 예술가인 게 맞더라고 했다. 연식이 오래되어 소음이 장난 아닌 차를 끌고 가는 인아가 진짜 예술가 같더라나. 대학원을 나와서 강남 갤러리에 전시회를 하는 인아의 수입보다 동네 의원 간호사인 은정의 월급이 대여섯 배쯤 더 많다는 건 이제 새삼스럽지도 않았다.

영희는 점집에서 들은 자신의 점괘를 수저리수저리 늘어놓았다. 전생 찬스조차 없는 게 자기 인생이었다는 걸 초능력으로 감지했다는 게 더 서글펐다면서. SNS에 올라오는 영상 속 사람들은 하나같이 행복해 보이는데 나는 왜 이 모양 이 꼴인지 모르겠다는 푸념으로 이어졌다.

"에이, 난 사람들이 인스타에 올리는 거 안 믿어. 누가 거기에다 자기 찌질한 것까지 다 올리겠냐? 행복을 연출한 그 순간을 포착해서 올리는 거지. 그거 보고 기분 다운되는 너도 참 그렇다. 우리 눈으로 인아를 직접 보고서도 또 그런 말을 하고 있냐. 걔 인스타만 보면 얼마나 화려하고 멋진 예술가처럼 보이니? 물론 예술가로서 인아의 인생이 멋지지 않다는 건 아니지만 실제로 걔 인생이 매 순간 화려하고 빛나는 건 아니었잖아. 찰리 채플린도 그랬대. 인생은 멀리서 보면 희극이고 가까이서 보면 비극이라고. 울 엄마가 그러는데 고기도 씹어야 맛을 아는 거처럼 인생도 희극인지 비극인지 살아봐야 아는 거라고 하시더라. 그러니 별수 없잖아, 각자 주어진 인생을 살아내는 수밖에."

은정의 울 엄마 타령이 또 나왔다. 세상 이치를 다 깨친 현자 같은 은정에게 고민 따위는 없는 것처럼 보였다.

"그래서? 김은정 네 인생은 희극에 가깝냐, 비극에 가깝냐?"

영희가 웃으면서 은정에게 물었다.

"음, 희극과 비극이라…. 글쎄다. 희비극은 모르겠고, 사실 너한테 고백할 게 있는데, 웃지 마. …사실, 나 좋아하는 사람이 생겼어…."

은정이 한참을 망설이다가 눈을 살포시 내리깔고 부끄러운 듯 웃었다. 애인도 아니고 좋아하는 사람이 생겼다는 이야기를 학생 때마냥 수줍게 고백하다니. 인아가 좋은 사람 생긴 거 아니냐고 하자 손사래를 치던 은정이 생각났다. 은정의 곁눈질이 향한 곳은 죽집 유리문에 붙어 있던 광고 사진이었다. 어쩐지 다른 음식점을 다 제치고 프랜차이즈 죽집을 오자고 하더니.

울 엄마 소리만 입에 달고 살던 은정이 임영웅 덕후가 되기까지의 과정은 참 파란만장했다. 임영웅 팬이었던 엄마와 콘서트를 쫓아다니다가 덩달아 스며들었다고 했다. 영희는 어이없는 표정을 짓긴 했지만, 은정이 부럽기도 했다. 삼십 대 중반의 나이에 덕질 하고 싶은 대상이 있다는 것도 행운이라면 행운이었다. 그것도 하나의 찬스일 수도 있을 테니까.

은정의 고백을 들어서인지 영희도 자신의 속내를 드러냈다. 반전세로 있는 아파트의 보증금 빚에서부터 영업직 사원인 철수의 고충을 구차스럽게 줄줄이 읊어댔다. 은정은 안타까워하는 표정으로 영희를 위로했다. 영희는 아기를 가질 수 없는 자신의 형편을 드러내고 싶지 않아 딩크족이라고 포장한다는 말까지는 하지 않았다. 말로 뱉는 순간 더욱 구차해진다는 걸 알았기에.

은정이 밥값을 계산하고 나오면서 시간을 확인했다. 은정은 차 한잔 마실 시간은 있겠다면서 영희를 카페로 데리고 갔다. 은정은 여기까지 오는 데 시간이 얼마나 걸렸느냐고 물었다. 영희는 한 시간가량 걸렸다고 대답했다.

"점쟁이가 말한 마일리지 있잖아, 그게 무슨 뜻일까?"

영희는 차를 마시면서 골똘한 표정을 지었다.

"무슨 뜻이 있겠어. 그냥 착하고 선하게 살라는 거겠지. 선업을 쌓는 게 어쩌구저쩌구 했으니까 종교 생활이나 봉사 활동 같은 걸 하라는 말 아냐? 다 남의 속도 모르고 하는 말이지. 지금 내 코가 석 자여서 내 앞가림도 숨이 차는 판에 돕긴 누굴 도와. 나보다 힘든 분들도 남을 위해 봉사한다지만 난 그럴 정도로 착한 사람은 못 되나 봐."

"너희 집에서 여기까지 한 시간 걸린다고 했지."

은정은 뜬금없이 영희가 몇 분 전에 한 말을 반복했다. 남 돕는 거랑 여기까지 한 시간 걸리는 거랑 무슨 관련이 있는 건지 이해가 되지 않았다. 은정은 점심시간이 끝나간다면서 서둘러 일어났다. 영희는 은정과 헤어진 후 광역버스 정류장으로 발걸음을 옮겼다.

서울외곽순환고속도로를 달리는 광역버스 안에서, 영희는 은정의 전화를 받았다.

"영희야, 너 통장에 마일리지 쌓고 싶지 않아?"

"그게 무슨 말이야?"

"너 이력서 들고 우리 병원에 면접 보러 올래?"

환자가 너무 많아서 힘들다는 은정의 투덜거림이 귀에 쟁쟁했다. 원장의 감을 따라올 의사가 없어 페이 닥터를 고용할 수는 없지만, 밀려오는 환자로 부득이 병원을 아래층까지 늘릴 수밖에 없는 상황. 현재 은정이 간호사 일과 접수대 일을 병행하고 있어서, 접수대만 다른 사람이 맡아줘도 한숨 돌릴 수 있겠다고 했다. 영희가 할 일은 간단했다. 원장의 감각을 배울 필요는 당연히 없었고, 환자 접수를 받거나 진료를 마친 환자에게 물리치료실을 안내하고 처방전을 주면서 진료비를 받으면 되었다.

영희를 태운 광역버스가 서울외곽순환고속도로를 미끄러지듯 달리고 있었다. 차창으로 보이는 을씨년스러운 겨울 풍경이 운치 있게 느껴졌다. 창밖으로 스치는 차들의 행렬이 영화 속 한 장면처럼 인상 깊었다. 세상 모든 풍경도 마음먹기에 따라 SNS 게시물처럼 아름답게 보이기 마련이었다.

전생에 조선시대 화가 신윤복이었다는 얼토당토 않은 말을 들은 인아도 영희와 같은 마음이었을까. 영희의 취직 소식을 들은 철수의 반응이 자못 궁금했다. 앞으로 철수의 엄살에 초연할 수 있겠다는 생각이 들자 마음이 한결 가벼웠다.

데스크에서 환자들 접수 업무를 처리하던 영희는 속이 미식거렸다. 벌써 사나흘째였다. 의사 가운을 입고 팔짱을 낀 강 원장 사진 옆에 붙은 달력을 쳐다보면서 영희는 날짜를 꼽아보았다. 혹시? 영희는 마음이 설렜다. 시계를 보니 퇴근 시간이 임박했다. 마음이 달뜬 탓인지 대기하고 있는 환자 수가 더디게 줄어드는 느낌이었다.

강 원장과 은정에게 인사를 하는 둥 마는 둥 하고 퇴근을 서두르면서 종일 착용하고 있었던 마스크를 벗었다. 엔데믹으로 전환된 후 코로나는 감기 정도의 전염병으로 취급되고 있지만, 병원에서 근무를 시작한 뒤로 일하는 동안에는 마스크 착용이 습관이 되었다.

코로나로 인해 불황의 늪에서 허우적거리던 음식점도 코로나 이전의 활기를 되찾기 시작했다. 삼 년의 코로나 시기 동안 요식업계는 죽을 맛이었지만 로봇 제조 기업은 나름 호황이기도 했다. 무인단말기 같은 언택트 기기를 만드는 회사들이 돈을 벌었다는 업계 소문도 있었다. 하지만 철수가 다니는 회사는 오프라인 요식업체와 관련이 깊은 관계로 난항을 겪었다. 결국 직원 월급까지 깎이는 상황에 직면했고, 실적이 부진했던 철수는 걸핏하면 사표를 던진다느니 비트코인으로 돈을 벌겠다느니 해서 영희 가슴을 철렁하게 했다.

그랬던 지난 시간이 아득하게 느껴졌다. 영희는 병원을 나오면서 다시 마스크를 썼다. 코로나 때문이 아니라 미세먼지를 마시지 않기 위해서였다. 거리에는 마스크를 착용한 사람이 거의 없었다. 거리로 쏟아져나온 사람들은 코로나 이전처럼 거리낌 없이 사람을 만나 밥도 사 먹고 차도 마시고 술도 한잔 걸쳤다. 그 바람에 음식점과 커피집과 술집 매상이 오르면서 서빙 로봇 주문도 점차 늘어났다. 철수네 회사도 차츰 원상 복구가 되었고 철수의 실적도 서서히 오르기 시작했다.

한 달 전, 퇴근한 철수가 영희를 불러 앉혔다.

"영희야."

이제 영희는 철수가 이름을 부르면 가슴부터 철렁했다.

"왜 또 그래? 회사에서 무슨 일 있었어?

"무슨 일이 있긴 있지. 너 놀라지 말고 들어."

놀라지 말라는 말에 더 놀란 영희는 가슴을 손으로 눌렀다. 철수는 대리 승진 발령을 받았다고 했다. 놀라는 대신 울컥 눈물이 치밀었다. 대리로 승진을 한다고 해도, 이번 달 급여에 인센티브가 포함된다고 해도 생활에 큰 변화가 생기는 건 아니었다. 은정의 소개로 병원 안내 데스크에서 근무한 지 넉 달째에 접어들자 마이너스 통장이 겨우 메꿔질 정도였다. 반전세 보증금 융자 빚을 갚으려면 아직 갈 길이 멀었다.

그렇긴 해도 이제 빛 한 줄기 보이지 않는 깜깜한 동굴 속은 아니었다. 터널 저 끝에 반달 같은 입구가 서서히 보이기 시작했다. 철수를 달달 볶기만 했던 팀장이 넌지시 말을 건넨 것이었다. 철수 씨 애쓴 거 다 안다고, 자기만 아는 것이 아니라 부장님과 사장님도 알고 있다고, 조금만 더 열심히 회사를 위해 뛰어달라고. 팀장은 점심까지 사주면서 철수를 격려했다. 철수는 그 말을 하면서도 목덜미를 손으로 주물렀다. 그동안 쌓인 과로와 스트레스가 목과 어깨에 뭉쳐 있었다.

"참, 내 말 안 들어. 우리 병원에서 몇 번만 치료받으면 금세 부드러워질 텐데."

영희는 돌덩어리처럼 딱딱한 철수의 어깨를 주물렀다.

"그러게. 나도 한번 가봐야겠어. 엄마는 훨씬 나아졌다고 하시더라. 거기 병원이 잘 고치기는 하나 봐."

시어머니뿐만 아니라 친정엄마도 강 원장에게 푹 빠진 듯 입에 침이 마르도록 병원을 칭찬했다. 시어머니 소개를 받고 온 친구분들도 병원에 다녀가면서 영희에게 알은체를 했다. 철수도 출장을 다녀오는 길에 시간을 내서 병원에서 치료를 받기 시작했다.

영희는 집 근처 약국에 들러서 집으로 갔다. 잰걸음으로 집에 도착한 영희는 마음을 가다듬고 두 손을 모았다. 제발! 영희가 막 화장실을 가려는 순간 휴대폰이 울렸다. 전화를 받고 화장실을 가야 할지, 아니면 화장실에 다녀와서 부재중 전화를 확인할지 망설였다. 하지만 머리보다는 휴대폰을 잡는 손이 빨랐다. 인아였다. 반가운 마음에 통화 버튼을 터치했다. 인아는 다음 전시 준비 때문에 공방에 틀어박혀 있었다.

"영희야, 나 좋은 소식이 있어서 전화했어."

"뭔데? 빨리 말해."

영희의 재촉에 인아의 웃음소리가 휴대폰에서 흘러나왔다. 영희의 입꼬리도 덩달아 올라갔다. 친구 웃는 소리만 들어도 웃음이 나던 십 대로 돌아간 것 같았다.

"나, 다음 학기부터 모교에 강의 나가게 됐어."

인아는 쑥스러워하는 목소리였지만 웃음을 머금고 있었다.

"진짜? 너무 잘 됐다! 이젠 배인아 교수님이라고 불러야겠네. 정말 축하해. 이 좋은 소식을 우리만 알고 있으면 되겠냐. 얼른 은정이한테도 알려야지."

영희는 마치 자기 일인 것처럼 목소리를 높였다.

"으응, 그렇지 않아도 너한테 전화하고 은정이한테도 알리려고 했어."

"야, 너 전생이 신윤복이었다며."

"뭐야, 은정이가 그래? 하하, 나도 그 생각만 하면 자다가도 혼자 이불킥하면서 웃는다니까. 김홍도도 있는데 왜 하필 신윤복이라고 했을까 몰라."

미스코리아 점집의 점괘를 부끄러워하는 건 손님의 몫인 듯했다. 점괘의 대부분이 허튼소리라는 걸 아는데도 그 알쏭달쏭한 한마디에 의지한다는 게 신기했다. 이제 직장 동료가 된 은정이 턱으로 진료실을 가리키며 영희에게 귓속말을 한 석이 있었다.

"너 그 점집에서 우리 원장님한테는 뭐라고 한 줄 알아?"

"우리 원장님도 거길 갔다고?"

영희가 목소리를 죽였다.

"내가 얘기했잖아. 거길 다녀오고 원장님 태도가 백팔십도 달라졌다고."

그러고 보니 은정이 점집을 소개할 때 들은 기억이 났다. 강 원장이 전생에 허균이었다는 소리를 듣고 왔다고 말해줬었다. 웬 허균? 영희가 듣기에도 뜬금없었다.

"홍길동전을 쓴 그 허균?"

영희의 반응에 은정이 킥킥거렸다. 홍길동전이 그렇게 웃긴 말인가 싶어 어리둥절한 표정으로 은정을 바라보았다. 조금만 더 생각해보면 틀렸다는 걸 금방 알 수 있는 말을 강 원장은 반박할 생각조차 하지 못하고 곧이곧대로 믿었다고 했다. 영희도 은정처럼 킥킥거리며 웃었다. 그때 강 원장이 헛기침하며 진료실을 나왔다. 대기 환자가 줄을 이었지만, 강 원장도 기계가 아닌 사람이다 보니 화장실을 가느라고 가끔 진료실을 나오곤 했다. 영희와 은정은 입을 다물고 딴청을 피웠다. 결국 미스코리아의 점괘는 모로 가도 서울만 가면 된다는 식이라는 생각이 들었다. 허준을 허균이라 말했다고 특별히 달라질 건 없었다. 강 원장 자신조차 몰랐던 의술의 재능을 깨닫게 해주었다는 점이 중요했다.

영희는 인아의 전화를 받기 전에 하려고 했던 일이 생각났다.

영희 손에는 약국에서 사 온 임신 테스트기가 쥐어져 있었다. 변기 뚜껑 위에 걸터앉은 영희는 선명하게 찍힌 붉은 색의 두 줄을 확인했다. 묘한 기분이었다. 좋은 일은 연달아 오기 마련인 걸까. 영희는 손으로 자기 배를 가만히 쓸어보았다. 뱃속에 영희와 철수를 반반 닮은 생명이 꼬물거린다고 생각하니 가슴이 벅차올랐다. 철수의 반응이 궁금했다.

영희가 통증 클리닉에 취직했다고 말하자 철수는 의외의 반응을 보였다. 수입이 늘면 무조건 좋아할 줄 알았는데, 철수는 영희가 일하는 걸 반대했다. 한 시간이 걸리는 통근 거리도 너무 멀고, 아내한테 돈을 벌게 하는 가장은 되고 싶지 않다는 게 이유였다.

"나 말이야, 우리 아이 갖고 싶어."

철수를 설득하기 위해 영희는 아이를 내세웠다.

"우린 디, 딩크족이잖아."

철수는 말을 더듬었다.

"아니, 이제 나 딩크족 같은 거 하고 싶지 않아. 양쪽 부모님도 우리 아기를 기다리시잖아."

"부모님 때문에 그런 거라면 우리 집엔 내가 잘 말씀드릴게. 우리끼리도 재미나고 행복하게 살 수 있다고 했잖아."

철수는 허둥거렸다.

"거짓말! 너는 우리가 정말 둘이서도 행복하다고 생각해?"

영희가 철수의 눈을 똑바로 보면서 성색하자 철수도 고개를 푹 숙였다.

"다 돈 때문이잖아. 나 열심히 벌 거니까 말리지 마. 나도 알아. 내가 취직을 한다고 해도 아이 한 명 키우기 쉽지 않다는 거. 그래도 혼자 애쓰는 것보다야 낫겠지. 백지장 한번 맞들어보자고. 경제적 여건을 다 갖추고 아기를 언제 갖겠어. 아기도 다 때가 있는 거잖아. 우리도 금방 나이 사십 된다."

영희의 입에서 친정엄마가 했던 잔소리가 그대로 나왔다.

"나 병원에 갈 일이 있는데, 바쁘면 나 혼자 갈까?"

"왜? 어디 아픈 거야? 심각한 건 아니지?"

"아니, 하나도 안 아파. 사실, 방금 테스트를 해봤는데 결과가 나와서, 산부인과에 같이 가자고 하려고 했는데…."

전화가 끊어지기라도 한 듯 적막이 흘렀다. 영희는 여보세요, 하며 휴대폰 너머 철수의 존재를 확인했다. 철수의 가느다란 숨소리가 희미하게 들렸다.

"우리한테도 아, 아기가 생겼다는 거야? 지, 진짜지? 왜 난 이렇게 어리둥절하냐. 내가 아빠가 된다는 거네. 당연히 같이 가야지. 영희야 고맙다. 정말 고마워. 장모님한테는 전화했어? 우리 엄마한테는 내가 할까?"

설레발치는 철수를 보니 옅은 한숨이 나왔다. 병원에 다녀와서 양가 부모한테 알려도 늦지 않았다. 그래도 한쪽이 허둥대니까 오히려 영희의 마음은 차분하게 가라앉았다. 결국 이름 따라 천생연분이 맞는가 보다 싶어 웃음이 새어나왔다.

미스코리아 점집에서 점을 칠 때 아기에 관한 걸 물었던가? 전생 찬스가 없다는 말에 충격을 받아 다른 점괘는 대충 들은 것 같았다. 오행이 골고루 있는 영희 사주팔자에 자식이 있는 건 당연하다는, 고 여사의 말이 이제야 생각났다. 인생의 허들을 또 한 번 넘고 있는 기분이 들었다.

값비싼 명품을 두르고, 해외여행을 다니고, 맛집을 찾아다니는 건 어쩌면 뜬구름 같은 행복인지도 모른다. 알뜰살뜰 살림을 꾸려 나가고, 일상에서 소소한 기쁨을 느끼는 것이야말로 진짜 행복처럼 느껴졌다. 그런 행복이 인생의 문을 노크하기 위해 내내 기다리고 있었다는 생각이 들었다.

영희의 전생은 하얀 도화지처럼 아무것도 그려져 있지 않다던 아기 동자의 신점이 생각났다. 전생 찬스가 없는 탓에 현생에서 마일리지를 쌓듯이 덕을 쌓으라던 고 여사의 점괘도 생각났다. 고 여사 말대로 인생 계산법이 곱셈의 법칙이라고 한다면 쌓인 마일리지에 찬스가 찾아올 때 그 결과는 수십 배, 수백 배가 될지도 몰랐다.

평소보다 일찍 퇴근한 철수는 양손 가득 비닐봉지를 들고 현관에 들어섰다. 거실에 봉지째 쏟아놓은 내용물은 영희가 좋아하는 간식이었다. 가격이 비싸서 들었다 놨다 했던 샤인 머스켓과

제과점 마카롱, 츄러스 등등. 다른 때 같으면 이게 얼마냐고 잔소리를 했을 테지만, 영희는 웃음을 터뜨렸다.

"우리 아기 태명 말인데…."

영희가 말을 꺼냈다. 병원에 다녀온 후 의논해도 늦지 않겠지만 영희는 순간마다 찾아오는 행복을 늦추고 싶지 않았다.

"아, 맞다. 태명! 그러게. 뭐라고 하면 좋을까?"

"아빠가 우릴 보고 철수와 영희라고 놀리시잖아."

"아, 국어 교과서에 나오는 걔네. 장인어른은 심심하면 그 말씀을 하시지. 근데 그게 뭐?"

"철수와 영희 다음에 나오는 게 뭔 줄 알아?"

"걔네한테도 친구가 있었어? 영수? 아니면 순희?"

"아니. 바로 바둑이야."

"강아지?"

"응. 어른들이 자식한테 우리 똥강아지라고 그러시잖아."

"맞아, 우리 엄마도 나 어릴 때 그렇게 불렀어. 우리 똥강아지, 하고."

"울 똥강아지한테도 그런 태명을 지어주면 어떨까?"

영희는 자연스럽게 손을 배에 얹고 쓰다듬었다. 벌써 배부른 임산부 흉내를 내고 있다는 생각에 웃음이 났다.

"아, 바둑이!"

"그래, 바둑이."

두 사람의 입에서 동시에 같은 이름이 튀어나왔다. 철수와 영희와 바둑이. 마치 행복의 완전체가 된 것 같았다. 바둑이에서 '바'자를 빼고 둑이라고 태명을 짓기로 의견을 모았다.

"둑아, 우리 둑이. 엄마 뱃속에서 쑥쑥 자라서 얼른 철수랑 영희랑 놀자."

철수의 농담에 영희가 배를 잡고 웃었다. 이번 생에는 찬스가 없어도, 이렇게 마일리지를 차곡차곡 쌓는 일이 인생을 한 고비 한 고비 넘는 원동력이겠거니, 하는 생각이 들었다.

산부인과를 다녀온 후 영희는 은정에게 임신 사실을 알렸다. 축하한다며 밥을 사겠다고 영희를 불러낸 음식점은 아니나 다를까 임영웅 사진이 대문짝만하게 붙은 죽집이었다. 하긴 병원에 정수기가 있는데도 임영웅이 광고하는 생수를 굳이 사서 마시는 은정에게 두손 두발 다 든 지 오래였다. 죽집이 이렇게나 널려 있으니, 덕후를 넘어서 성덕이라고 불러도 될 판이었다. 이제 은정은 '울 엄마'를 '울 영웅님'으로 바꿔서 입에 달고 살았다. 엄마바라기에서 임영웅바라기로 진화한 셈이었다.

"거기서 내 전생은 뭐라고 한 줄 알아?"

은정이 빙글거리면서 말했다. 신당은 무서워서 가지 않는다던 은정도 결국 미스코리아 점집을 다녀온 모양이었다.

"나. 이. 팅. 게. 일."

은정은 다섯 개의 음절을 한 개씩 끊으며 말했다. 은정의 말을 듣고 영희는 눈물이 질금 배어나올 정도로 웃었다.

고 여사와 아기 동자도 통증 클리닉 병원의 단골 환자였다. 두 사람이 김 간호사 은정을 모를 리 없었다. 은정의 전생이 나이팅게일이라고 한 건 돌팔이를 넘어선 애교 만점의 개그 수준이었다. 은정도 기가 막혀서 간호사인 줄 뻔히 알지 않느냐고 따졌단다.

"그러니까 뭐래?"

"뭐라긴. 완전히 오리발이야. 전생이 백의의 천사로 나온 걸 애기 동자가 거짓말하겠냐면서."

백의의 천사로 알려진 나이팅게일은 간호사보다 사회운동가이자 의료 개혁자였다는 건 아는 사람은 다 아는 상식이었지만, 고 여사와 아기 동자가 그걸 알 턱이 없었다. 금속공예가 인아를 조선시대 화가 신윤복에 꿰맞힌 것처럼.

"그래서? 너도 마음이 바뀌었냐? 나이팅게일처럼 환자들한테 인생을 바치게?"

은정은 집게손가락을 흔들면서 강하게 부정했다. 자기 꿈은 임영웅 성덕이 되는 거라나. 이미 성덕의 반열에 올랐다는 생각은 왜 못 하는 건지. 미스코리아 점집에서 들었다면 전전생에는 황진이한테 목을 매던 한량 중 한 명이었다고 했을지도 몰랐다.

영희로부터 미스코리아 점집 얘기를 전해 들은 철수는 크게 소리 내 웃고는 혹시 자기 사주와 전생도 물었느냐고 했다. 영희는 고개를 저었다. 한 사람당 오만 원인 복채가 부담스럽기도 했지만, 애초에 고 여사가 단호하게 나왔다. 점집을 찾아온 본인의 사주와 전생만 봐주는 게 미스코리아 점집의 철칙이라고.

"자기는 갈 필요 없어. 나한테 삼만 원만 줘도 내가 다 맞힐 테니까."

영희의 장난기가 발동했다.

"둑이 엄마, 제 전생은 뭐였나요? 혹시 국어 교과서에 나오는 영희 단짝 친구 철수였나요?"

"에효, 부정 탄다. 애기씨 동자님 노하시면 어쩌려고 농담을 하느냐? 뭘 알고 싶어서 오셨어. 하는 일이 뭐예요?"

영희가 고 여사 흉내를 냈다.

"서빙 로봇 만드는 회사에 다니고 있는데, 월급 좀 많이 받고 싶어요. 우리 둑이도 태어나니까."

"어허, 보인다 보여. 철수 님의 전생은 에디슨이었네. 발명왕 말이야."

철수는 박장대소했다. 기획이나 개발 부서도 아니었지만, 아기 동자가 '로봇'까지만 듣고 내놓을 법한 이름으로는 딱이었다.

영희는 생각했다. 누가 들어도 엉터리 같은 전생 점괘를 내놓는 미스코리아야말로 소소한 행복이 넘치는 점집인 것만은 틀림없다고.

파지 줍는 스크루지 영감

"복을 받는 가장 효과적인 방법이 뭔 줄 아세요?
바로 자선이에요, 자선.
부자가 달리 부자가 되는 게 아니에요.
부자 되는 법은 부자처럼 사는 거라니까."

*

　"할아버지는 너무 짠돌이라서 애기씨 동자님이 속상하시대. 그
러니까 할아버지 전생이 스크루지라고 하는 거야. 자린고비로 살
지 마!"

　아따, 제기랄! 저게 말이여, 방귀여! 곽 영감은 부아가 치미는
걸 꾹꾹 눌러 참았다. 스크 뭐라는 소리는 설렁설렁 듣고 넘겼다.
정확히 알아듣지도 못했거니와 더 두고 보자는 심산이었다. 그
런데 대뜸 자린고비라는 말에 열불이 터진 것이었다. 멧돼지처럼
생겨 처먹은 놈이 어디서 허튼 수작질이야. 곽 영감은 구시렁거
렸다.

　"어허, 어르신 입조심하세요. 애기씨 동자님이 노하시면 어떡하

려고!"

고 여사가 곽 영감의 혼잣말을 들었는지 대뜸 꾸짖었다.

미스코리아 점집에 들어온 건 순전히 아내의 걸음걸이를 닮은 사람 때문이었다. 손수레 가득 수거한 파지와 고물을 팔아넘기고 집으로 돌아가는 길이었다. 절뚝거리던 사람의 뒷모습을 허위허위 쫓고 보니 점집 간판이 내걸려 있었다. 살아생전 아내도 일 년에 한두 번은 무꾸리를 하러 다녔다. 곽 영감한테는 일일이 말을 하지 않았지만, 눈치가 그랬다.

하등 쓸모없는 데 돈을 쓰는 것도 아까웠지만, 점집 분위기도 질색이었다. 언젠가 아내 손에 이끌려 딱 한 번 가본 적이 있었다. 험상궂은 신상을 중심으로 산신령, 장군, 선녀 등의 총천연색 만신상을 보는 것만으로도 가슴이 옥죄여왔다. 천장에 빽빽이 매달린 색색 등이며 소원 성취를 비는 촛불과 부채와 쌀 단지 등등. 곽 영감의 눈에는 전부 해괴망측하게 보였다. 한복 차림으로 짙은 화장을 한 무당이 위아래도 없이 반말을 던지는 것도 거슬렸고, 굿판의 서슬이 채 마르지 않은 듯한 눈빛도 예사롭지 않았다. 꽁무니를 빼고 도망치고 싶었지만, 왠지 모를 분위기에 눌려 삼십 분 넘게 곤욕을 치렀다. 나중에 생각해보니 일종의 기 싸움이었다. 결국 아내에게 점집 금지령을 내렸지만, 아내는 곽 영감 모르게 점집을 들락거렸다.

아내의 극성이 둘째 때문이라는 걸 알았기에 곽 영감도 눈을 감아주었다. 둘째는 곽 영감이 사십에 낳은 아들이었다. 티 나게 모자란 구석도 없었지만, 특출나게 잘하는 것도 없어서 마음이 놓이지 않는 자식이었다. 나이를 먹을 만큼 먹고도 제 앞가림을 못해 툭하면 늙은 부모한테 손을 벌렸다.

점집 문 앞을 지키고 있자 아내의 뒤태를 빼닮은 사람이 절뚝거리며 나왔다. 작은 체구에 곱슬머리를 한 사람은 남자인지 여자인지 식별하기 어려웠다. 곱슬머리는 곽 영감을 일별하고 제 갈 길을 가버렸다.

곽 영감은 무언가에 홀린 기분으로 점집 문을 잡아당겼다. 에어컨 냉기가 곽 영감의 얼굴에 훅 끼쳤다. 엎어진 김에 쉬어간다고 했던가. 곽 영감은 차가운 공기에 이끌려 몸을 들이밀었다. 타일이 깔린 현관 좌측에는 우드 톤의 신발장이 보였다. 손바닥 크기 화분 세 개가 신발장 위를 장식했다. 점집이 아니라 일반 가정집에 발을 들여놓은 느낌이었다. 빈틈도 없이 쏟아지는 한여름 뜨거운 열기가 한참인 바깥에 비하면 시원한 실내는 천국과 다르지 않았다.

"여기 아무도 없나?"

곽 영감이 인기척을 냈다. 현관을 경계로 PVC 장판 위에 실내용 슬리퍼 두 개가 가지런히 놓여 있었다. 어서 오세요. 안에서 여자 목소리가 들렸다. 곽 영감은 신발을 벗고 슬리퍼로 갈아 신으며 헛기침을 냈다. 넓지 않은 실내에는 검은색 소파와 우드 톤

탁자가 보였고, 우측 벽에 설치된 정수기 옆에는 믹스커피와 각종 티백이 구비되어 있었다. 벽에는 흔한 풍경 사진이나 점집임을 드러내는 액자 대신 안내문이 붙어 있었다. 안내문을 읽으려고 침침한 눈을 비빌 때였다. 화장실 표시가 붙은 문의 맞은편 문이 열리더니 여자가 나왔다. 곽 영감은 여자의 안내에 따라 방으로 들어갔다. 여자는 자신을 고 여사라고 부르라고 했다. 썩 내키지는 않았지만 곽 영감은 토를 달지 않았다.

신당으로 꾸며진 방은 예전에 봤던 점집 분위기와는 사뭇 달랐다. 보살을 닮은 여인상과 어린애 신상이 있었지만 현란한 휘장이나 색등도 없었고 소원 성취를 비는 촛불도 보이지 않았다. 두툼한 보료에는 고 여사 말고도 덩치가 커다란 사내가 있었다. 연분홍 바지 저고리와 색동마고자에 금박 장식의 복건은 딱 돌잡이 한복 차림이었다. 우락부락한 인상과는 어울리지 않게 통통한 볼은 발그스레했고, 한껏 귀여운 표정으로 곽 영감을 말똥히 쳐다보고 있었다. 고 여사가 사내를 아기 동자라고 불렀다. 아주 쌍으로 놀고 자빠졌네. 곽 영감은 속으로 중얼거렸다.

"할아버지, 어떻게 오셨습니까?"

차림새와 달리 아기 동자의 목소리가 중년 사내의 그것이라 화들짝 놀랐다.

"점치러 왔지. 점집에 뭐하러 왔겠어?"

방석에 털썩 주서앉은 곽 영감이 볼멘소리로 대꾸했다.

"암요. 점치러 오신 거겠지요. 점집에 뭐하러 왔을까나. 어르신 태어난 생년월일시가 언제인가요? 여기다 좀 적어보세요."

고 여사는 빙긋 웃으며 곽 영감의 말을 그대로 따라 했다. 묘하게 리듬감을 타는 고 여사의 말투에서 이상하게 친근감이 들었다. 곽 영감은 볼펜에 침을 묻혀가면서 둘째 아들의 생년월일시를 메모지에 적었다. 메모지를 살펴본 고 여사는 손사래를 쳤다. 점집 문턱을 넘어온 당사자 사주만 본다나. 까다롭게 구는 게 아니꼽기보다는 이상하게 신뢰감이 들었다. 아내가 점집을 찾아다녔던 심정이 이해되기도 했다.

선금으로 내민 복채를 돌려달라고 할 수도 없어서 곽 영감은 자신의 사주를 보기로 했다. 정해년 음력 시월…. 곽 영감이 중얼거렸다. 유시까지 쓰다가 머리를 갸웃거렸다. '유시' 위에 볼펜으로 죽죽 긋고 '술시'라고 써서 메모지를 건넸다. 칠십 줄을 넘기면서부터 자신이 태어난 시간도 헷갈렸다.

"그 연세에 뭐가 그리 궁금한 게 있어서 오셨을까나? 말씀을 좀 해보세요."

고 여사는 메모지와 곽 영감을 번갈아 봤다. 생년월일시를 말했으면 점쟁이가 맞춰야지, 되려 점치러 온 손님한테 물어보는 게 못마땅했다. 복채가 선불이라서 돈을 내긴 했지만 오만 원이면 동네 뺑뺑이를 며칠 돌면서 파지를 모아도 어렵없는 돈이었다.

"한번 맞혀봐. 고 여사라고 했나? 고것도 맞히지 못하면 간판

내려야지."

곽 영감은 구부정한 어깨를 펴고 가슴을 내밀었다.

"어르신도 참."

고 여사는 민망해하는 낯빛으로 금빛 요령을 흔들었다. 아기 동자 납시라면서 수리수리 마하수리를 중얼거리는 고 여사의 이마와 콧잔등에 송골송골 땀이 맺혔다. 눈을 감고 있는 고 여사의 턱이 부르르 떨렸다. 텔레비전에서 보면 엽전 몇 개와 쌀을 뿌리기도 하던데 탁자에 그런 건 보이지 않았다.

"아이고, 부모덕이 없는 박복한 사주네. 초년에 고생 좀 하셨겠네요."

고 여사의 입에서 툭 던져진 말이었다. 곽 영감이 부모덕이 없는 건 맞았다. 하지만 곽 영감 또래에 부모덕 본 사람이 몇이나 될까 싶었다. 곽 영감은 가타부타 말을 하지 않고 입을 꾹 다물었다. 고 여사가 눈을 번쩍 떴다. 얼핏 광기 비슷한 빛이 뿜어졌다.

"애기씨 동자님이 납시어서 꾸짖으신다. 에잇, 못된 늙은이 자세가 너무 뻣뻣하구나! 무릎 꿇고 동자님을 모시지 못하겠느냐!"

고 여사의 입에서 서릿발 같은 호통이 쏟아졌다. 시퍼런 서슬에 움찔한 곽 영감은 엉거주춤 엉덩이를 들어 무릎을 꿇는 시늉을 했지만 몸이 말을 듣지 않았다. 늙으면 무릎을 꿇는 게 어렵다는 걸, 고 여사뿐만 아니라 신내림을 받은 아기 동자도 도통 모르는 모양이었다.

문득 아내 생각이 났다. 아내는 아픈 무릎을 굽히지 못해 걸레질에 서툴렀다. 집안 구석에 솜털처럼 굴러다니는 먼지가 눈에 띄면 곽 영감은 여편네가 밥 처먹고 청소도 제대로 하지 않는다고 잡도리했다. 아내는 눈물을 글썽거리면서 무릎을 굽히기 힘들다고 했다. 사람 팔다리가 나무막대기도 아니고 엄연히 관절이 있는데 굽혀지지 않는다는 말이 엄살로 들렸다. 아내 몸이 서서히 망가지기 시작했다는 신호라는 걸 알아차리지 못했다. 다리를 절던 아내의 병명은 퇴행성관절염이었다. 동네 정형외과에서 진단받은 것이었다. 관절을 감싸고 있는 연골이 다 닳아서 뼈와 인대에 손상이 생기는 병. 곽 영감도 같은 증상이 그대로 나타나고 있었다.

　"에구, 이놈의 무릎이 영 말을 안 들어서, 원. 우리 죽은 마누라도 퇴행성 뭐라나 이것 때문에 고생을 그렇게 했는데, 끌끌끌."

　곽 영감의 입에서 한숨 같은 신세 한탄이 흘러나왔다.

　"퇴행성관절염을 말씀하시는 거죠? 그거 인공관절수술만 하면 괜찮다고 하던데…."

　고 여사는 곽 영감을 힐끗 보면서 입을 삐죽였다.

　"이봐요. 남의 일이라고 쉽게 말하지 마쇼. 한쪽 다리만 해도 몇백만 원이 깨진다잖아. 양쪽 다리를 다 하면 천만 원은 우습지도 않게 잡아먹는다는데 그걸 어떻게 하겠어."

　곽 영감은 벌컥 화를 냈다. 울고 싶은데 뺨 맞은 격이었다. 곽 영감도 아내가 죽기 전 수술해주지 못한 게 가슴에 응어리로 남아 누구한테라도 그 말을 들으면 공연스레 성질이 났다.

"애기씨 동자님이 저승에서 할머니가 할아버지 원망 많이 하신답니다. 에구, 이 못된 영감탱이야, 하고."

고 여사 옆에 있던 아기 동자가 쏘아붙이듯 말했다.

"물건만 아껴서 똥 되는 거 아니에요. 돈도 아끼면 똥 돼. 좀 쓰고 사셔요."

고 여사도 덩달아 혀를 찼다.

"다 시끄럽고. 나한티 땅이 쪼매 있는디 그게 돈이 좀 되려나. 그거나 좀 봐줘."

고 여사와 아기 동자가 곽 영감 험담을 공기 돌멩이처럼 주거니 받거니 하는 게 듣기 싫어 땅 얘기를 꺼내고 말았다. 웬만하면 말을 아끼려고 했지만 다 글렀다. 고 여사와 아기 동자가 서로 마주보며 눈을 찡긋거리는 걸 곽 영감은 미처 보지 못했다. 마침 신당에 묘한 기운이 감돌았다. 돌연 등골이 오싹했다. 빵빵하게 틀어놓은 에어컨 바람과는 다른 냉기였다. 그 순간 아기 동자가 곽 영감의 전생이 스크, 뭐였다고 말한 것이었다.

"어르신 들으셨지요? 애기씨 동자님이 어르신 전생도 자린고비, 구두쇠였다잖아요."

고 여사가 아기 동자의 전생 점괘를 풀어주었다. 그 말을 듣는 순간 기분이 나빠졌다.

"그 땅이 할아버지한테 복덩이가 될 거라고 애기씨 동자님이 말씀하십니다. 잘 간수하고 있으면 좋은 일이 있을 겁니다."

졸지에 곽 영감을 전생부터 구두쇠로 만들어버린 아기 동자는 무엇이 그렇게 좋은지 손뼉을 마주치며 까르르거렸다.

"어르신, 또 들으셨지요? 애기씨 동자님이 좋다고 하시네. 다만!"

고 여사가 못을 박듯 힘을 줬다.

"다만, 뭐시여?"

곽 노인이 긴장한 채 물었다.

"할아버지, 돈 좀 쓰고 사십시오. 맛난 과자도 사드시고, 병원에 가서 의사한테 치료도 좀 받고."

아기 동자는 굵은 사내 목소리로 참견했다.

"어르신, 들으셨죠! 애기씨 동자님 말씀은 하나 버릴 게 없다니까. 저승길 오를 때 땅을 짊어지고 갈 수 있는 것도 아니잖아요. 살아생전에 어르신한테 아낌없이 쓰고, 주위 사람들한테 인심도 좀 쓰고, 그래야 덕도 쌓는 거예요. 복을 받는 가장 효과적인 방법이 뭔 줄 아세요? 바로 자선이에요, 자선. 부자가 달리 부자가 되는 게 아니에요. 부자 되는 법은 부자처럼 사는 거라니까."

고 여사가 눈을 할끔거리면서 웃었다. 알 듯 모를 듯한 미소였다. 고 여사는 재벌이나 연예인들이 큰돈을 쾌척해서 사회에 기부하는 행위도 그와 무관하지 않다고 설명했다. 물론 그들이 경영하는 회사를 홍보하거나 자기 이름값을 올리기 위한 목적도 있을 테다. 동시에 순수하게 가진 것을 베푸려는 마음도 있을 것이다. 하지만 무엇보다도 자선과 기부로 선행을 하면 자신에게 복으로 돌아온다는 걸 알고 있어서 하는 일이라고 했다. 일리 있는 말 같기도 하고 공연한 흰소리 같기도 해서 아리송했다.

"그런 갑부들이야 돈이 흔전만전하니까 좀 베풀고 살아도 그 많은 재산이 축이나 나겠어. 근데 나처럼 폐지나 주워 근근이 사는 늙은이가 아끼는 수밖에 더 있나. 뭐가 있어야 돈도 쓰고 남한테 베풀기도 하는 거지."

곽 영감은 팔짱을 끼고 콧방귀를 뀌었다. 고 여사는 입을 실기죽거리며 머리를 흔들었다. 아기 동자도 곽 영감을 외면한 채 딴청을 했다.

"됐네. 앞으로 내 땅이 돈이 좀 된다면야 내가 뭘 또 바라겠어. 점 잘 봤네. 그나저나 내 한 가지 물어봄세."

곽 영감은 점집에 들어설 때부터 궁금했던 게 생각났다.

"물어보시든지."

고 여사가 심드렁하게 대꾸했다.

"아까 다리를 저는 사람이 여그로 들어갔다 나오는 거 내가 봤는디, 그니가 누구여? 첫눈엔 여자로 뵀는데 남자 같더만. 다리를 저는 모양새가 꼭 우리 죽은 할멈을 닮아서…."

"할아버지! 맞습니다. 그 손님은 여자가 아니라 남자였습니다."

아기 동사가 국어책을 읽듯 또박또박 말했다.

"어르신이 들어오기 직전에 장애인 손님 한 분이 왔다 가긴 했어요. 근데, 그건 왜요?"

남자치고는 무척 왜소하다고 생각했는데, 장애인이었다. 체구가 작긴 했지만 몸은 단단했던 첫째 아들 생각이 났다.

"에고, 그 사람도 성치 않은 몸으로 세상 살기가 여간 팍팍하지 않겠네 그려."

곽 영감은 혀를 차고는 끄응, 하며 몸을 일으켰다.

점집 골목을 빠져나와 사거리 큰길로 발걸음을 옮겼다. 강수환 통증 클리닉 의원의 간판이 눈에 들어왔다. 의원 앞을 지나칠 때마다 목에 가시가 걸린 것처럼 마음 한구석이 따끔거렸다.

올해 초였으니까 벌써 대여섯 달이 흘렀다. 그날도 곽 영감은 고물과 파지를 가득 실은 손수레를 힘겹게 끌었다. 의원 앞을 지나칠 때 손수레의 왼쪽이 무언가에 부딪치는 충격이 전해졌다. 순간 신경질적인 탄식이 들렸다. 느낌이 석연치 않아 뒤도 돌아보지 않고 발끝을 모아 영차, 하고 수레 손잡이를 잡아당겼다. 당황한 탓인지 손수레가 끌어지지 않았다. 그때 곽 영감을 부르는 소리가 들렸다.

"저기, 할아버지!"

마지못해 고개를 돌렸다. 비스듬하게 틀어진 손수레에 부딪힌 차가 눈에 들어왔다. 이크! 겉으로는 티를 내지 않았지만, 속으로는 가슴이 철렁했다. 허리춤에 손을 얹은 남자는 인상을 찡그리며 '아이 씨'를 내뱉었다. 남자의 건방진 태도가 눈에 거슬렸지만 그걸 따질 계제가 아니었다. 반들반들한 얼굴에 깔끔하게 차려입은 모습이 동네 분위기와는 사뭇 달랐다. 타지 사람이 분명한데 낯이 익었다. 어디서 봤나. 생각이 나지 않았다.

경기도 하남시 운수동 주민은 크게 세 부류로 나뉜다. 곽 영감처럼 사오십 년 동안 토박이로 살면서 자식을 서울로 입성시킨 노령층이 첫 번째에 속한다. 두 번째는 직장이 서울이지만 전세금만 수억대에 이르는 서울 아파트 입주가 여의치 않아 부모와 함께 살면서 출퇴근 왕복 세 시간을 감수하는 부류다. 다음은 어디에나 있는 뜨내기다. 남자는 두 번째나 세 번째일 확률이 높았다. 두 번째일 경우 부모 이름만 대면 곽 영감이 모를 리 없어 어른 행세로 밀어붙일 심산이었다. 만약 세 번째라면 나이에 기대어 텃세를 부려볼 참이었다.

"왜? 뭐?"

척 봐도 손주뻘로 보이는 남자에게 반말로 응수했다.

"할아버지 리어카가 제 차를⋯."

작고 귀여운 새파란 차의 헤드라이트가 번쩍거렸다. 남자 놈이 차 고르는 취향하고는. 곽 영감의 입에서 저절로 혀 차는 소리가 났다. 머리를 절레절레 흔들고 있는 차의 주인이 누군지 그제야 생각이 났다. 옷차림이 바뀐 탓에 일른 알아보지 못한 거였다. 흰색

가운을 입고 병원 대기실을 어슬렁거리던 바로 그 의사였다.

"아이쿠, 이게 누구셔? 나 몰러? 나, 거그 단골!"

곽 영감은 건물 외벽에 걸린 의원 간판을 가리키고는 뜨악해 하는 의사의 손을 덥석 잡았다. 새로 오픈한 병원에 무료로 이용할 수 있는 안마의자가 생겼다는 말을 듣고 곽 영감도 간 적이 있었다. 고작 십오 분 동안 받고 나온 안마가 감질났지만 그래도 몸이 풀어지는 느낌이었다.

곽 영감은 잽싸게 손수레 손잡이를 잡아당겼다. 곤혹스러워하던 의사는 곽 영감의 호통에 마지못해 손수레를 밀었다. 새파란 빛깔의 차 옆구리에 허옇게 긁힌 자국이 또렷했다. 곽 영감은 넓지도 않은 한 동네서 몇 푼 나가지 않는 수리비로 옥신각신할 거 없다고 선수를 치고는 줄행랑을 쳤다.

수리비가 수월찮게 나오리란 건 곽 영감도 짐작할 수 있었다. 등이 삐그러질 만큼 손수레를 끌어봤자 몇천 원 벌이가 고작인 형편에 생돈 나갈 생각을 하니 식은땀이 났다. 안마의자 마사지를 받으러 병원에 가겠다는 넉살은 순전히 빈말이었다. 다시 또 의사를 만나면 차 수리비 영수증을 들이밀까 봐 그날 이후 병원 근처는 얼씬도 하지 않았다.

곽 영감은 대여섯 달 전 그 일을 기억에서 떨쳐버리기라도 하려는 듯 머리를 설레설레 흔들며 병원이 있는 건물 앞을 잰걸음으로 지나쳤다.

"저기, 어르신!"

그때 등 뒤에서 곽 영감을 부르는 소리가 들렸다. 귀에 꽂히는 목소리의 주인공을 단박에 알아차릴 수 있었다. 통증 클리닉 의원의 의사였다. 아이쿠, 원수는 외나무다리에서 만난다더니 옛말 그른 게 없었다. 곽 영감은 못 들은 척 걸음을 빨리했다.

"어르신, 저기, 곽 영감님 맞죠? 잠깐만요!"

의사는 정확하게 곽 영감을 확인하고 쫓아왔다. 곽 영감의 성까지 어떻게 알아낸 것인지 알다가도 모를 일이었다. 물론 이 동네에서 자신을 모르는 사람은 거의 없다. 그렇다면 의사가 곽 영감의 뒤를 캐기라도 한 걸까?

'몰러, 모른다니까. 난 의사 선생을 모르는 사람이여.'

곽 영감은 등허리에 땀이 차도록 뜀박질을 했다. 무릎이 쪼개질 듯 아팠다. 다행히 의사는 곽 영감을 계속 쫓아오지 않았다. 차수리비를 물어주고 전처럼 안마의자를 무료로 이용하는 게 나으려나 싶은 날도 있었다. 그러나 죽으면 썩어질 몸뚱어리 마사지를 받겠다고 비싼 차 수리비를 물어줄 순 없다는 생각에 마음을 접었다.

무료 안마의자를 이용하는 노인들은 강수환 통증 클리닉 의원에서 주사 몇 방 맞으면 직방으로 낫는다고 했다. 일 년 전만 해도 환자가 없는 거 같았는데 지금은 원장이 명의라는 소문이 자자했다. 삼십이나 되있을까? 나이 어린 의사가 제법인 모양이었다. 만

이가 살았다면 저만큼 장성했을 거라는 생각이 들자 한없이 마음
이 쓸쓸해졌다.

　곽 영감 부부에겐 지금 아들 말고 아들이 한 명 더 있었다. 둘
째보다 자그마치 스무 살 더 먹은 큰아들이었다. 곽 영감은 첫 아
들을 스물한 살에 얻었다. 형편이 어려워 하나뿐인 아들을 제대로
먹이거나 입히지 못했다. 그래서인지 아들은 유독 체구와 키가 작
았다. 그래도 몸만은 차돌멩이처럼 다부져서 강골이었다.
　일자 무식꾼인 곽 영감은 막노동 벌이로 아들을 고등학교까지
공부시켰다. 그만하면 부모 할 도리는 다했다고 여겼다. 맏이는 공
고를 졸업하던 해 전자제품 만드는 대기업 계열의 부품 공장에 취
직했다. 곽 영감은 맏이가 다니는 회사 이름만 떠올려도 어깨가
으쓱했다.
　"아버지, 이제 우리도 고생 끝났어요. 내가 열심히 돈 벌면 집
도 사고요, 아버지, 어머니 호강도 시켜드릴게요."
　첫 월급을 타던 날 아들이 한 말이었다. 곽 영감 가족은 그때
도 월세방을 면하지 못하던 처지였다. 야근과 철야로 아들의 퇴근
시간이 날로 늦어졌다. 일요일에도 출근하는 날이 잦아졌다.
　"애 얼굴이 점점 더 못쓰게 되는 거 같아요. 뭔 놈의 회사가 사

람을 아주 잡네요, 잡아."

아내가 걱정스러운 얼굴로 회사를 타박했다.

"직장 생활이 다 그렇지. 남의 돈 벌기가 어디 그렇게 쉬운 줄 알아? 젊어 고생은 사서도 한다잖아."

아들의 얼굴이 반쪽인 걸 보면서 곽 영감도 신경이 쓰였지만 말은 그렇게 했다. 출근하는 아들의 눈동자는 힘이 풀려 있었고 입술도 까맣게 죽었다. 어깨가 처진 아들의 뒷모습을 바라보면서 마음이 꺼림칙했다. 아내에게 삼 한 뿌리 넣어 닭 한 마리 푹 고아 먹이라 이르고 곽 영감도 일터로 출근했다.

공사 현장에서 한차례 등짐을 지고 내려오는데 멀리서 아내가 허겁지겁 달려오는 게 보였다. 얼마나 급했는지 신발이 짝짝이였다. 아침에 멀쩡히 출근한 아들이 병원에 있다고 했다. 휴대폰도 흔하지 않은 시절이라 집으로 연락이 온 거였다.

"당신이 잘못 안 거 아니야? 회사에 있어야 할 애가 왜 갑자기 병원에 있다는 거야?"

곽 영감은 아내의 말이 믿어지지 않아 억지소리를 했다. 아들이 너무 피곤해서 조퇴하고 집으로 오는 길에 쓰러졌단다. 곽 영감 부부는 택시를 잡아타고 아들이 실려 갔다던 응급실로 쫓아갔다. 응급실 진료와 검사가 자꾸 늦어졌다. 의식이 돌아오지 않는 아들을 붙들고 아내는 눈물 바람이었고 곽 영감은 조바심이 났다. 제대로 먹이지 못하고 입히지 못해 왜소하기는 해도 건강한 청년이었는데, 일 년 남짓한 직장 생활로 허깨비가 다 되었다.

다음날 맏이가 일하는 회사의 공장장이 문병을 왔다. 곽 영감 부부는 대기업은 역시 다르다며 공장장한테 코가 땅에 닿도록 절을 했다. 공장장은 종합병원에 자리를 맡아두었으니 아들을 하루 빨리 옮기라고 종용했다. 동네 병원에서 진료받는 것보다는 큰 병원이 미더워서 공장장의 말을 들었다. 치료비와 입원비 일체도 회사에서 부담하겠다는 말에 곽 영감은 고맙기만 했다.

아들의 병명은 과로였다. 잘 챙겨 먹고 충분히 쉬면 나을 것이라는 의사의 말에 아내는 가슴을 쓸어내렸고, 곽 영감은 또 코가 땅에 닿게 절을 했다. 공장장은 이번에는 회사 간부라는 사람과 함께 곽 영감 부부를 찾아와 과일 바구니와 돈 봉투를 내밀었다. 위로금이라고 했다. 병원비를 정산해준 것도 감지덕지한 판에 두둑한 돈 봉투까지 받고 보니 아들이 정말 좋은 회사에 취직했다는 게 실감이 났다.

퇴원하고 집에 온 아들은 계속 기운을 차리지 못했고 회사에선 권고사직 처분이 내려졌다. 무기력해진 아들은 회사의 권고사직을 이의 없이 받아들였다. '어' 하는 사이에 '앗' 하고 깨달음이 왔지만 늦어도 한참 늦었다는 생각이 들었다. 그러나 어디서부터 무엇이 잘못되었는지 가늠할 수가 없었다.

그러는 사이 시름시름 앓던 아들은 새벽이슬처럼 곽 영감 부부 곁을 떠나고 말았다. 믿어지지도 않았고 믿을 수도 없어서 곽 영감은 아들 시신 앞에서 눈물도 나오지 않았다.

"이놈의 자식아, 눈 떠! 눈을 뜨란 말이야! 젊디젊은 놈이 왜 자빠져 있는 거냐, 응?"

아내는 아들의 시신을 붙들고 울부짖다가 쓰러졌다.

아들의 장례식을 치르고 나서 아내는 말도 없이 집을 나갔다. 해거름 무렵 아들의 회사 동료들이 실신 직전의 아내를 부축해서 왔다. 아내가 아들 회사에 가서 아들을 살려내라고 난동을 피운 거였다. 아내는 정신만 들면 아들 회사를 찾아갔고 나중엔 경찰 차에 실려 오기도 했다. 눈이 뒤집힌 아내는 산 사람의 몰골이 아니었다. 이러다간 아내까지 잃을까 두려웠던 곽 영감은 아내를 막아섰다.

"이 멍청이 같은 양반아, 자식이 그렇게 허망하게 세상을 떠났는데도 찍소리 못하고 자빠져 있냐? 난 죽어도 그렇게 못하겠다. 우리 애가 처음 응급실에 실려 갔던 병원에서 왜 다른 병원으로 옮긴 건데? 그 병원이 어딘 줄은 알아? 우리 애가 다니던 회사가 운영하는 병원이었다고. 그놈의 대기업이랑 한통속인 병원이란 말이야. 지들이 뭔가 구린 게 있으니까 그걸 감추려고 자기네들 병원에 처박아놓고 자기들 맘대로 영양실조니, 과로니 하는 병명으로 둘러댄 건지 우리가 알 게 뭐냐고, 이 답답한 양반아! 아비라는 인간이 아무것도 모르고 자기 자식 골로 가게 한 놈들한테 허리 부러지도록 절이나 하고…. 우리가 아무리 부식해도 내 자식은 지켜야 하는 부모잖아. 직원을 병들게 해놓고 권고사직까지 시키는 것들이 사람이냐고? 그걸 따져보기라도 해야 할 거 아니야!"

아내는 곽 영감의 먹살을 잡고 악다구니를 해댔다. 곽 영감이라고 미심쩍지 않은 게 아니었다. 과일 바구니에 돈 봉투를 가져왔던 회사 간부가 서류 몇 장을 곽 영감 앞에 들이밀었던 게 생각났다. 서류에 자잘하게 쓰여 있던 내용을 읽어볼 새도 없이 간부는 곽 영감의 엄지손가락에 인주를 찍었다. 회사에서 직원의 병가를 허락해주는 내용이라던 간부의 말을 한 치 의심도 없이 받아들였던 게 새삼 후회막급이었다.

"다 지난 일을 갖고 이제 뭘 어쩌겠어. 목구멍이 포도청인데 생계도 내팽개치고 쫓아다니면? 죽은 우리 애가 살아 돌아오기라도 하나? 나도 우리 애가 다시 산다면 물불 가리지 않겠지만 이제는 다 부질없는 짓이잖아."

곽 영감도 아내를 붙잡고 뜨거운 눈물을 쏟아냈다.

며칠 후 회사 간부가 곽 영감의 일터를 찾아왔다. 흙먼지를 뒤집어쓰고 다 헤진 작업복 차림의 곽 영감은 반지르르하게 양복을 차려 입은 간부 앞에서 또다시 허리를 굽혔다. 사십 년 동안 밟히고 치여온 곽 영감에겐 몸에 밴 습관이었다. 제대로 배우지 못하고 가난한 게 마치 무슨 죄라도 되는·양.

"아드님을 그렇게 보내신 어머님 마음을 저희도 충분히 헤아리고 있습니다. 회사 업무를 방해할 정도로 소란을 피우신 어머님을 법적 조치할 수도 있었지만, 그렇게 하지 않은 것도 그 때문이었습니다. 그렇지만 저희도 더는 참지 않을 겁니다. 지난번 위로금이 약소한 듯하여 저희 사장님께서 추가로 위로금을 보내셨습니다. 이만하면 저희도 아드님의 애석한 죽음에 책임을 다했다고 생각합니다. 그러니 이제는 아드님을 잊으시고 두 분께서 건강하시길 바라는 마음입니다."

곽 영감은 완강하게 손사래를 쳤다. 있을 수 없는 일이었다. 과일 바구니에 들어 있던 돈 봉투와는 다른 차원의 일이라는 생각이 들었다. 그때만 해도 아들이 살아 있었고 권고사직을 당하기도 전이었다.

"이러시면 안 됩니다. 싫어요. 받을 수 없습니다. 이런 법은 없지요."

곽 영감은 그날 회사 간부한테 죽기 살기로 따져 묻지 못한 자신의 미욱함 때문에 두고두고 울화가 치밀었다. 몸져누운 아내는 곽 영감에게 악다구니 쓸 힘도 없는지 벽을 보고 돌아누웠다.

곽 영감은 빌다시피 거절했지만, 간부가 곽 영감 호주머니에 찔러준 위로금은 꽤 큰 돈이었다. 곽 영감은 그 돈을 허투루 쓸 수 없었다. 융자를 받고 위로금을 보태서 날림으로 지은 연립주택 한 채를 매수했다. 월세살이에 시달렸던 가정형편에 한이 맺혔던 아들이 돈을 벌면 집을 사자고 했던 말이 귓가에 쟁쟁했던 까닭이었다.

부모가 죽으면 서산에 묻고 자식이 죽으면 가슴에 묻는다는 말도 있지만 산 사람은 어떻게든 산다는 말도 있다. 아들을 가슴에 묻고 권 영감 부부는 밥을 먹고 잠을 자고 웃기도 하고 울기도 하면서 살다가 늦둥이를 보았다. 첫째가 가고 생긴 아들이라서 곽 영감 부부는 맏이가 환생한 거라 믿고 싶었다.

맏이의 목숨값으로 받은 돈으로 집을 장만한 후부터 곽 영감네 형편은 조금씩 나아졌다. 맏이한테 해주지 못한 것들을 둘째에게는 해줄 수 있었다. 둘째는 남의 집 애들처럼 먹이고 입히면서 키웠고, 2년제 대학도 보냈다. 맏이를 잊은 건 아니었지만 둘째를 키우는 기쁨에 빠져 맏이를 잃은 슬픔이 희미해졌다. 곽 영감한테 눈을 찡긋거리는 이상한 습관이 생기긴 했지만 그런대로 지낼 만했다. 그런데 아내는 곽 영감보다 슬픔의 깊이가 더 깊었던가 보았다.

세월호 참사가 터졌을 때 아내의 슬픔과 고통이 다시금 푸릇푸릇 되살아났다. 피어보지도 못한 어린 생명을 잃은 부모들의 절통한 심정에 아내는 앙가슴을 움켜잡고 꺼이꺼이 울었다. 그때 이미 아내의 몸에 병마가 잠식하고 있었는지도 몰랐다.

배가 침몰했던 팽목항에 노란 리본과 바람개비가 나비 떼인양 즐비했다. 어린 넋들이 바람이 되어 리본과 바람개비를 쓰다듬는 듯 팔랑거리는 장면에 장송곡이 흘러나왔다. 노랫말처럼 천 개의 넋이 바람이 되어 애도하는 이들의 마음을 다독거리는 선율이었다. 아내는 그 노래를 수십 번 수백 번 반복해서 들으며 눈물을 훔쳤다.

곽 영감도 오래전 맏이의 죽음이 단순 과로사도 지병도 아니었다는 걸 깨달았지만 억울함을 호소할 길이 없었던 시간이 새록새록 떠올랐다. 가전제품에 들어가는 부품의 어떤 물질이 아들의 생명을 깎아 먹었을지 모른다는 의심이 들었지만, 세월에 묻고 말았다는 자책이 밀려왔다. 회사로 쫓아가 난동을 부리는 아내를 말리지 말았어야 했다. 생계를 내팽개치더라도 발바닥이 닳도록 맏이의 죽음에 관한 의혹을 파헤쳤어야 했다. 위로금으로 집을 장만했다는 죄책감을 둘째 아들 잘 키우는 걸로 상쇄하려 했다는 건 옹색한 변명에 지나지 않았다. 가슴을 내리치며 반성했지만, 아내 앞에선 내색하지 않았다.

"저 부모들은 정말 존경스러워요. 똘똘 뭉쳐 국회 가서 시위도 하고 정부한테 대들어보기라도 하잖아. 우리같이 변변치 못한 부모는 말 한마디도 제대로 하지 못하고 내 천금 같은 자식을 억울하게 떠나보냈으니…. 우리 맏이가 너무 억울해서 저세상에서 눈도 제대로 감지 못했을 생각만 하면…."

같은 노래를 몇 번이고 다시 듣는 아내를 지켜보다가 곽 영감은 담배를 뻑뻑 피우며 소리를 질렀다.

"이제 그 노래는 그만 좀 듣자. 청승스러워서 듣기 힘들구면. 둘째가 보면 뭐라고 하겠어. 죽은 형만 생각하고 저는 뒷전이라고 할 거 아니야. 맏이 대신이라고, 맏이가 둘째로 환생해서 우리한테 온 거니까 첫째한테 못 해준 거 둘째한테 다 해주자고 했잖어."

곽 영감도 말은 그렇게 했지만 실제로는 맏이를 가슴 속에서 영영 지우지 못했다. 가슴 한복판이 뻥 뚫린 듯 아픈 것도, 눈이 자꾸 찡긋거려지는 것도, 아들을 첫째와 둘째로 가름하는 것도 그래서였다. 어떤 자식도 다른 자식이 그 자리를 메꾸거나 대신할 순 없는 일이었다. 손가락이 열 개나 되지만 생김새와 역할이 각기 다르고 깨물면 다 아픈 것처럼.

세월호 참사는 해결되지 않은 채 몇 년을 끌었다. 매스컴에서 세월호에 관한 소식이 등장할 때마다 아내는 눈에 불을 켜며 분노했다. 금쪽같은 제 자식이 죽었어도 저렇게 하겠느냐고. 애타는 부모 마음을 나 몰라라 하는 인간은 사람도 아니라고. 곽 영감은 못 들은 척했다.

"그 땅 말이에요. 우리 맏이 목숨값도 거기 포함된 거죠. 그 땅 팔면 얼마나 하려나."

그 무렵 아내가 뜬금없이 땅값을 물었다. 둘째도 모르는 땅이 있었다. 노후 비상금이나 될까 싶어 헐값으로 사서 묻어놓은 땅이었다. 둘째한테 부부가 사는 이십여 평 빌라를 넘기고 말년에 작은 집 하나 지어 살아도 되겠다는 마음으로 매수했다. 현재는 밭 떼기에 지나지 않지만, 개발 여력이 있다는 말도 돌았다.

"갑자기 땅값은 왜?"

"그거 팔면 우리 큰애한테 갈 수 있으려나……."

아내는 아픈 다리를 주무르면서 혼잣말했다. 곽 영감은 아내를 힐끗 쳐다봤다. 당신 도대체 무슨 소릴 하느냐고 소리치지 않았다. 아내의 다리는 동네 병원에서도 수술밖에 치료가 없다고 진단했다. 맏이를 운운하는 아내가 수술을 시켜달라는 말을 에둘러 하는 것이라 여겼다. 땅값만 오르면 아내한테 뭐든 해줄 요량이었다. 맏이를 그렇게 속절없이 떠나보낸 후 속앓이를 해온 아내였지만 평생 허리 한번, 무릎 한번 제대로 펴지 못하고 고생만 시켰다. 다리를 고쳐서 외국 여행은 아니더라도 제주도라도 구경시켜주고 싶었다. 그러는 사이 아내 몸에는 종양이 퍼졌다. 무릎이 문제가 아니었다. 아내의 몸은 급격히 망가졌고 극심한 고통을 호소하다가 눈을 감았다.

아내의 빈소에서 곽 영감은 다문 입술을 오물거리며 흥얼거렸다. 생전의 아내가 부르던 가락과 가사가 머릿속을 휘돌고 입안에서 맴돌 뿐이었다. 날 위해 울지 말라는 노랫말에서 울음이 복받쳤다. 어쩌면 맏이도 곽 영감 부부에게 그 말을 하고 싶었던 걸지도 모른다. 겨우 스무 해를 살다간 맏이는 저를 위해 부모가 오랫동안 슬퍼하리란 걸 알았을 테니까. 아내를 생각하면서 노래를 부르고 싶었지만, 가사와 가락이 뚝뚝 끊어졌다. 이럴 줄 알았으면 아내한테 배워둘걸 그랬다는 후회가 밀려왔다.

후회는 그뿐이 아니었다. 그놈의 땅이 부동산 업자 말대로 껑

충 뛰기만 했어도 아내 다리 수술을 해줬을 텐데. 그놈의 돈만 있었어도 맏이를 공고에 보내지 않았을 텐데. 무식하지만 않았어도 회사 간부한테 여한 없이 따지기라도 했을 텐데…. 모든 게 후회스러운 만큼 한숨만 깊어졌다.

잠이 오지 않는 밤이면 지난 세월이 주마등처럼 스쳤고 곽 영감은 후회로 점철된 시간을 잇새로 잘근잘근 씹었다. 깜깜한 허공에 스무 살 앳된 맏이와 쪼글쪼글한 아내가 선연하게 떠올랐다.

"당신이 그렇게 애달파하던 우리 맏이 만났는가? 나는 언제 우리 맏이를 볼 수 있을까나…."

곽 영감은 적막강산 같은 허공을 향해 혼잣말을 중얼거리다가 깜빡 잠이 들곤 했다.

점집을 다녀온 후부터 곽 영감은 이상하게 힘이 솟구쳤다. 손수레를 끌어도 숨이 덜 찼고 욱신거리는 무릎과 어깨도 파스 몇 장 붙이고 나면 거뜬해지는 기분이었다. 점집에서 땅이 복덩어리라는 말을 들은 덕분이었다. 복채 오만 원이 아깝지 않았다.

그러다가도 목에 가시처럼 걸린 단어가 퍼뜩 생각났다. 스크루지라고 했던가. 어디선가 한 번쯤 들어본 말이었다. 영어 이름이긴해도 입안에서 굴릴 때면 자연스럽게 발음되는 걸 보면 그랬다. 오랜 친구 장 영감한테 물었다. 스크루지가 뭐냐고.

"스크루지? 어, 그 뭐냐. 그거잖아. 크리스마스….."

장 영감은 알고는 있지만 얼른 말이 나오지 않아 답답하다는 듯이 쓰읍, 하고 입맛을 다셨다. 곽 영감도 어렴풋하게 감이 왔다. 크리스마스이브 날 텔레비전에서 외화의 단골 주인공으로 나왔던 구두쇠 영감 이야기. 자신의 과거와 미래를 보게 된 구두쇠 영감이 마음보를 고쳐먹고 새사람이 된다는 이야기였다. 그런 스크루지가 곽 영감의 전생이었다니. 곽 영감은 머리를 갸웃거렸다. 스크루지 영감이 실존 인물이던가? 장 영감한테 스크루지가 실제 살았던 인물이냐고 물었다.

"야, 곽가야. 너도 노망이 들었냐? 스크루지가 무슨 실제 사람이겠냐. 소설 속에나 나오는 사람이지."

장 영감은 곽 영감을 비웃으며 너털웃음을 터뜨렸다. 이것들이 늙은이한테 완전히 사기를 쳤나? 생돈 오만 원만 날렸다는 생각이 들자 화가 치밀었다. 그래도 땅 얘기만은 철석같이 믿고 싶었다. 접신한 신이 아기 동자라니까 그런 건 모를 수도 있겠거니 하고.

이십여 년 전 헐값에 매수한 땅이 곽 영감 늘그막에 복덩어리가 될 줄 누가 알았겠는가. 돈을 박박 긁어모으느라고 아내의 금반지 서 돈까지 보태서 산 땅이다. 부동산 업자가 개발을 운운한 게 벌써 십 년도 훨씬 지났지만, 서울외곽순환고속도로에 인접한 땅은 밭떼기용에서 한 치도 벗어나지 않았다. 서울을 둘러싸고 있는 경기도 테두리에 건설사들이 앞다투어 지은 아파트 단지가 우후죽순 들어서기 시작했다. 곽 영감은 부동산 뉴스에 귀를 쫑긋 세웠다. 곽 영감의 그런 낌새를 아내도 눈치챘는지 다리 통증도 잊은 듯 눈을 반짝였다. 대기업 건설사의 움직임만 포착되면 곽 영감이 헐값에 사들인 그 땅이 억 단위를 호가하는 금싸라기가 되는 건 시간문제일 것이었다.

곽 영감은 부동산 중개업소에 뻔질나게 문의 전화를 했다. 근방에 개발이 진행되면 충분히 상승할 여력은 있다고 했다. 하지만 건설사가 눈독을 들이는 하남시에서 뚝 떨어진 위치라 추이를 지켜봐야 한다는 뜨뜻미지근한 대답이 돌아왔다. 곽 영감은 '상승할 여력'이 있다는 부동산 중개업소의 말을 아내에게 전했다.

"당신 다리 수술할 날도 멀지 않았어. 좀 기다려보더라고."

"인공관절수술인가 뭔가 하는 데 천만 원도 더 깨진다고 하던데, 날 위해 당신이 행여나 그 큰돈을 쓴다고요?"

아내는 곽 영감의 말을 믿지 않는 눈치였다.

"아무렴. 저 땅에 아파트가 들어서기만 해. 당신 다리 수술을 해서 우리도 남들처럼 해외여행 한번 가보세나."

곽 영감은 큰소리를 쳤다. 아프다는 말을 입에 달고 살아서 돌처럼 굳어진 아내 얼굴에도 희미한 웃음이 번졌다.

"당신 말만 들어도 배가 부르네. 해외여행은 관두고 둘째 놈한테 밑천이 될 재산만 남겨줘도 나는 바랄 게 없겠네요."

그게 벌써 오륙 년 전이었다. 오륙 년 동안 우여곡절이 많았다. 소화제를 달고 살던 아내가 위암 말기 판정을 받았고, 손써볼 새도 없이 곽 영감 곁을 훌쩍 떠났다. 아내가 죽고 그 이듬해 둘째 아들은 제 짝을 만나 장가를 갔다. 죽으나 사나 자식밖에 모르는 아내는 둘째 결혼식도 못 보고 간 것이었다.

둘째는 아내의 장례식을 치르고부터 조금씩 태도가 달라졌다.

"아버지한테 땅이 있다면서요. 엄마가 그러시던데요."

마지막 숨이 넘어가기 전 아내가 둘째 귀에 유언처럼 속살거린 것이었다. 이십여 년 전 땅을 매수할 때 곽 영감은 아내와 약속했다. 둘째한테는 비밀로 하자고. 몇 푼 되지도 않는 땅이 있다고 하면 둘째가 행여 그걸 믿고 허파에 바람이 들지 모른다고 여긴 탓이었다. 둘째가 근검절약이 몸에 밴 곽 영감과 아내의 생활방식에 진저리를 친다는 걸 부부는 알고 있었다. 또한 헐값이긴 해도 땅을 매수한 돈의 출처가 부부에게는 늘 마음에 걸려서이기도 했다. 맏이가 가면서 주고 간 마지막 선물이라 여기면서 구매한 땅이었으니까.

"아버님, 그 사람이 아버님한테 땅이 있다고 하더라고요."

어른 앞에서도 제 할 말을 다 하는 며느리도 아들과 똑같은 말을 했다. 아내가 죽어 어미 빈자리를 메꾸느라고 곽 영감은 둘째한테 할 만큼 했다. 장가보낼 때 이십여 평 연립주택을 팔아서 결

222

혼자금을 대주느라 곽 영감은 열 평 남짓한 지하 단칸방으로 거처를 옮겼다.

곽 영감한테 남겨진 거라곤 그 땅뿐이었다. 둘째 내외가 가뭄에 콩 나듯 곽 영감을 들여다보는 것도 땅 때문이라는 걸 모르지 않았다. 둘째 내외가 곽 영감에게 소홀해지는 기미가 엿보이면 곽 영감은 땅을 매수하겠다는 작자가 나타났다고 미끼를 슬쩍 던지곤 했다.

둘째가 직장을 관둔 게 그 무렵이었다. 사업을 한답시고 몇 푼 쥐고 있던 곽 영감의 통장을 거덜냈다. 그 돈만은 콱 움켜쥐고 있을 것이지, 왜 선선히 내줬느냐고 장 영감은 곽 영감을 나무랐다. 기초연금 외에 수입이 없어서 파지를 줍지 않으면 생활하기가 어려울 지경이었지만 자식이 조르는 데는 배길 재간이 없었다. 동네에서 곽 영감에게 구두쇠라고 손가락질하는 걸 알고 있었지만, 남의 사정을 모르고 하는 소리였다. 누군들 팔십이 낼모레인 나이에 삐걱거리는 손수레를 끌고 파지와 고물을 줍고 싶겠는가. 둘째는 곽 영감의 생활을 곤궁에 빠뜨리고도 정신을 차리기는커녕 사업 아이템은 무궁무진한데 자금줄이 막혔다고 걸핏하면 불평불만을 쏟아냈다.

곽 영감의 처지를 뻔히 알고 참견을 하는 장 영감도 시집간 딸이 빌려 간 천만 원을 받지 못하고 있는 처지였다. 자식에 관해서는 섣불리 훈수나 참견 따위를 하는 게 아니라는 걸 곽 영감은 다시금 마음에 새겼다.

손수레 가득 실은 파지를 팔아넘긴 값이 오천 원에서 몇백 원 빠졌다. 고물을 넘겨 손수레는 가벼웠지만, 몸은 천근만근이었다. 건강보험 혜택으로 몇천 원이면 주사 한 대 맞고 처방전을 받을 수 있으련만. 곽 영감은 머리를 흔들었다. 병원 앞을 지나다가 곽 영감을 부르던 의사 생각만 하면 오금이 저렸다. 맞은 놈은 발 뻗고 자고 때린 놈은 오그리고 잔다고 했다. 의사 차를 긁고 줄행랑을 친 일이 명치끝에 남아 가슴이 항상 무지근했다.

저녁으로 찬밥 한 덩어리에 김치 반찬으로 끼니를 때우고 일찍 잠자리에 들자 적막감이 밀려왔다. 곧이어 식은땀이 흘렀고 가슴을 짓누르는 압박감으로 숨이 찼다. 종종 느끼는 증상이었다. 텔레비전에서 독거노인 문제가 심각하다는 걸 본 다음부터 더했다. 홀로 지내다가 고독사하는 노인이 많다는 뉴스와 시체 처리사에 관한 다큐멘터리를 보고는 두려움이 엄습해서 며칠 잠을 설치기도 했다. 살아생전 지지리 고생했지만, 인생 마지막까지 비참해지긴 싫었다. 남들은 곽 영감한테 지독하다느니, 짠돌이라느니 비웃었지만, 장례 치를 비용만큼은 누구한테도 민폐 끼치고 싶지 않아 더기를 쓰고 파지를 줍는 건지도 몰랐다.

뼈마디마다 찬 기운이 스멀스멀 차오르면 죽은 아내 생각이 더 간절해졌다. 병주머니를 주렁주렁 매달고 살아서 아프다는 말을 밥 먹듯 했지만 그래도 아내는 곽 영감보다 복이 많은 사람이었다. 남편 수발을 받으며 눈을 감았으니.

곽 영감은 휴대폰을 켰다. 생전에 아내가 좋아하던 노래가 흘러나왔다. 아내가 그 노래를 흥얼거릴 적이면 첫째를 떠올린다는 걸 알기에 무던히도 면박을 줬다. 그런데 아내의 빈소에서 영정사진을 바라보는 순간 곽 영감의 입을 통해 더듬더듬 가사가 흘러나왔다. 아내는 선견지명이 있었던 모양이었다. 노랫말 구구절절이 다 곽 영감의 어깨를 토닥이는 위로로 들리는 걸 보면.

장례식이 끝난 후 장 영감에게 휴대폰에서 노래 찾는 법을 배웠다. 둘째 놈한테 해달라고 하면 성가시다면서 짜증부터 낼 걸 알았기에. 곽 영감보다 두 살이 아래인 장 영감은 노인치고 머리 회전이 빠르고 손놀림이 야무졌다. 젊은 사람도 더듬거리는 키오스크 앞에서도 터치 몇 번으로 햄버거 주문에 성공할 만큼 제법이었다.

"노래 하나 듣고 싶은 게 있는데 찾아봐줄랑가?"

"뭔 노래?"

"죽은 우리 마누라가 좋아했던 노래였는데."

"형수님이?"

장 영감은 성질 한 번 부리지 않고 찬찬히 가르쳐주었다.

"휴대폰에서 여길 들어가는 거야. 응, 여기다가 글씨를 치는 거. '천' 자를 치려면 '치읓'을 먼저 누르고 'ㅓ'를 치고는 재빨리 '니은'

을 치면 되는 겨. 어때? 여그 검색창에 천 자가 뜨지?"

곽 영감이 수없이 실수해도 매번 친절하게 일러주었다. 장 영감 덕분에 곽 영감은 휴대폰 인터넷 사용에 도사가 되었다. 장 영감이 일러준 대로 자음과 모음을 하나씩 입력하자 음원 서비스 사이트가 떴다. 곧이어 아내가 좋아하던 노랫가락이 흘러나왔다.

"당신 있는 그곳은 어떤가? 이젠 몸도 안 아프고 고달프지도 않지? 여보, 있잖아. 그 땅 말이여. 용한 점쟁이가 그러는데 그 땅이 복덩어리라네. 당신 살아 있을 때는 꿈쩍도 하지 않더만 이제 거그가 개발이 좀 되려나 보네. 잉, 당신 맘 알지, 알어. 둘째한테 섭섭지 않게 해주라고? 잉, 나도 그럴 참이여. 잉, 나도 파지 줍는 거 그만하라고? 알긋어. 나도 그럴 참이여⋯."

곽 영감은 중얼거리다가 설핏 잠이 들었다. 요란스럽게 울리는 전화벨이 꿈결인가 싶었다. 곽 영감은 졸린 눈을 비비며 휴대폰을 봤다. 둘째였다. 전화로 좋은 소리를 듣는 것도 아닌데 자식이라 반가웠다.

"아버지, 나예요."

목소리를 들으니 또 술 한잔을 걸친 모양이었다.

"그려. 넌 줄 알어. 술 처먹었으면 어여 집으로 갈 일이지 전화는 왜 한 거여."

곽 영감의 입에서 저절로 볼멘소리가 흘러나왔다. 취기로 혀가 꼬인 둘째 목소리를 들으니 반가움은 사라지고 속에서 천불이 올

226

라왔다.

"아버지, 그 땅 말이에요. 말짱 꽝이래요. 꽝!"

"이놈의 자식아, 그게 무슨 자다가 봉창 두드리는 소리냐?"

"아버지가 허풍 떨었던 그 땅이 맹지래요. 맹지!"

둘째는 흐느끼면서 전화를 끊었다. 맹지? 어디선가 들어본 말이었다. 둘째의 술주정 전화에 곽 영감은 홀라당 잠이 깼다. 다시 잠들긴 다 글렀다.

밤새 잠을 설친 곽 영감은 아침이 밝자마자 부리나케 부동산 중개업소에 쫓아갔다. 곽 영감에게 땅이 개발될지도 모른다고 했던 부동산 중개업소는 몇 년 전 폐업했고, 그 자리에 다른 부동산이 들어섰다. 부동산에서도 둘째와 똑같은 말을 했다.

"맹지라니? 그러니까 그 맹지가 도대체 뭐라는 거여?"

둘째와 중개인의 말본새로 짐작이 갔지만 확실한 말을 듣고 싶어서 재우쳤다.

"아무짝에도 쓸모가 없는 땅이라니까요. 그 땅은 어떤 허가도 받지 못해요."

중개업자는 곽 영감이 알아듣기 쉽게 설명해주었다. 다른 사람의 토지로 둘러싸여 있는 까닭에 도로와 접하는 부분이 전혀 없는 토지를 맹지라고 한댔다. 맹지는 농지나 임야, 농가의 텃밭으론 가능하지만, 건물을 지을 수가 없어 부동산 효용 가치는 전혀 없다는 것이었다. 곽 영감이 이전 부동산에서 해준 말을 중언부언 내뱉자 중개업자는 감언이설에 속은 거 같다고 혀를 찼다.

다리에 힘이 풀어진 곽 영감은 그 자리에서 주저앉고 싶은 심정이었다. 정신을 차린 후 땅 시세를 물었다. 적당한 매도인이 나타나면 이참에 팔아치우는 게 낫겠다는 생각이었다. 이십여 년 전 산 값에서 최소한 두 배는 올랐겠거니 하는 계산속이었다. 일확천금의 기회는 사라졌지만, 목돈이라도 건질 요량이었다. 사업자금이 없다며 허구한 날 술주정 부리는 둘째한테 마지막 선심을 쓰듯 반 뚝 잘라 주고 싶었다. 곽 영감은 자기도 모르게 눈을 찡긋거렸다. 눈을 깜박거리는 현상이 점점 심해지고 있었다. 아픈 건 아니었지만 성가실 때가 많았다. 마음이 조급하거나 심장이 두근거리면 증세가 더 심해졌다.

"아이고, 어르신! 밭떼기에 무슨 시세가 있겠어요. 글쎄요, 인접한 땅이 도로나 되면 또 몰라도…."

아직 희망을 버리기는 일렀다. 그 땅이 곽 영감에게 복을 가져다준다던 점쟁이의 점괘가 귓가에 맴돌았다. 마음을 다잡고 부동산 중개업소를 나온 곽 영감은 길가에 세워 놓은 손수레를 끌었다. 땅은 땅이고 생계는 생계였다. 다른 날보다 파지 수거하는 시간이 많이 지체되었다.

손수레를 끌고 동네를 누비다가 미스코리아 점집 골목으로 들어섰다. 복채 오만 원이 아깝다는 생각이 불쑥 올라왔다. 평소 곽 영감한테 짠돌이라고 손가락질하는 이웃들 생각도 났다. 자기들은 남한테 얼마나 인심을 쓰고 산다고. 하지만 다 좋은 게 좋은 거려니 하고 껄껄 웃어넘겼다. 그런데 피 같은 돈을 주고 점을 친 점쟁이한테까지 자린고비 소릴 들은 거였다. 거기다 전생을 들먹거리면서 던진 말이 고작 스크루지라니. 분한 마음이 들었다가도 힘이 스르륵 빠졌다. 그까짓 전생이야 맞으면 맞는 거고, 틀렸다고 해도 대수겠는가. 전생에서 곽 영감이 스크루지가 아니라 한 마리 벌레였다고 해도 놀랄 일이 아니었다. 어차피 점을 치는 것은 앞으로 다가올 길흉화복을 알기 위한 것이니까.

곽 영감에게 먼 미래는 없었다. 짧으면 이삼 년이 고작일 테고 길어봤자 삼사 년 안팎이면 끝날 인생이었다. 그동안 땅이 결판나기만 바랄 뿐이었는데. 둘째에게 전화를 걸었다. 연결음이 끝날 때까지 받지 않았다. 전화를 끊고 연락처에서 며느리 전화번호를 찾아냈다. 곽 영감 쪽에서 며느리한테 전화를 건 적은 손가락으로 꼽을 정도였다. 통화 연결음이 오래갔지만, 며느리 역시 전화를 받지 않았다. 전화를 막 끊으려고 하자 며느리 목소리가 들렸다.

"여보세요?"

이런 싹수없는 거 같으니라고. 여보세요, 라니.

"나다."

곽 영감도 퉁명스럽게 받아쳤다.

"알아요. 웬일이세요?"

'아버님'이라는 호칭은 엿을 바꿔먹었는지 불손하기 이를 데 없는 태도였다.

"둘째가 전화를 안 받아서…."

괘씸한 마음 같아서는 한마디하고 싶은 마음이 굴뚝 같았지만, 저절로 목소리가 잦아들었다. 이젠 며느리한테도 땅으로 유세를 떨 수 없다는 생각이 곽 영감의 화를 가라앉혔다. 평소에도 사근사근한 며느리는 아니었지만 그러려니 이해할 때가 많았다. 가장 노릇을 신통치 않게 하는 내 자식을 탓해야지 빠듯한 살림살이 꾸려가는 남의 딸 야단쳐서 무엇하랴 싶어서였다. 며느리는 둘째가 술을 진탕 마시고 들어와서 자고 있다는 불평을 터뜨리며 깊은 한숨을 내쉬었다.

"땅 말이다."

며느리의 숨소리가 가느다랗게 들렸다.

"둘째가 그러는데, 그게 맹지라며?"

며느리는 여전히 묵묵부답이었다.

"내가 지금 부동산엘 다녀왔거든. 근데 그게 도로만 뚫리면 제값을 받을 수도 있다는구나."

며느리 반응을 기다리는 곽 영감의 숨이 턱에 차올랐다.

"어떤 사람이 머리에 총을 맞지 않은 다음에야 자기 땅을 도로로 내놓겠어요. 아버님 같으면 다른 사람 토지 제값 받게 하려고 아버님 땅을 도로로 선선히 내주시겠어요?"

통화하는 중에 며느리 입에서 처음으로 '아버님'이라는 호칭이 나왔다. 곽 영감을 예우하는 차원에서가 아니라 곽 영감의 말을 조곤조곤 반박하기 위해서. 며느리 말본새가 괘씸하긴 했지만, 구구절절 옳은 말이었다. 곽 영감은 말문이 막혔다.

"알겠다. 전화 끊으마."

며느리와 시시콜콜 이야기해봤자 곽 영감만 우스워질 터였다. 이럴 때는 물러나는 게 상책이었다.

곽 영감이 점집 문을 열고 들어섰다. 조목조목 따질 말이 산더미였다. 점집 거실 벽에 붙은 안내문이 눈에 들어왔다. 처음 왔을 때 자세하게 읽지 못했던 게 생각났다.

미스코리아를 방문하신 고객님 한 분 한 분 환영합니다. 미스코리아에서는 고리아 여사와 아기 동자 두 사람이 함께 점사를 보고 있습니다. 아래 다섯 가지 사항을 유념하시고 신당에 들어오십시오.

첫째, 복채는 오만 원이고 선불입니다.

둘째, 고객님의 전생을 알려드립니다.

셋째, 미진한 부분이 있다면, 무료로 리터치도 해드리니 재방문해주십시오.

넷째, 지금 가장 알고 싶은 걸 말씀해주시면, 더 정확한 답을 알려드릴 수 있습니다.

다섯째, 인생의 길흉화복은 각자의 마음가짐에서 비롯됩니다. 이 점을 마음에 깊이 새기고 돌아가십시오.

긴 문장이었지만 대략적인 의미를 파악하는 데는 문제없었다. 그중 세 번째 문장에서 '리터치'라는 단어가 걸렸다. 휴대폰을 꺼내서 장 영감이 가르쳐준 대로 검색창에 천천히 글자를 입력했다. 인터넷 사전에서 뜻풀이를 찾았다. 그림, 조각, 사진, 문장 따위를 수정하거나 가필하는 일.

"점괘를 수정해준다는 말이렸다. 옳다구나, 됐다."

리터치를 핑계로 환불을 받을 수도 있겠다 싶어 곽 영감은 주먹을 불끈 쥐었다.

"리터치 받으러 왔시다."

따지고 싶은 말이야 많았지만, 앞뒤 순서를 꿰맞힐 말주변이 없었다. 고 여사는 곽 영감을 넌지시 넘겨보았다.

"땅 말이여. 좋다면서? 좋긴 개뿔!"

곽 영감은 버럭 소리를 질렀다.

"어허, 신당에서 큰 소릴 내면 애기씨 동자님이 노하십니다. 흥분하지 마시고 여기 메모지에다 생년월일시를 적어주세요."

"지난번에 적었구먼, 뭘 또 쓰라는 거여."

"우리가 무슨 컴퓨터도 아니고 고객님들 생년월일시를 어떻게 일일이 다 기억할 수 있겠어요. 리터치 받으시려면 사주를 다시 봐야죠."

듣고 보니 일리 있는 말이었다. 곽 영감은 자신의 생년월일시를 중얼거리다가 미간을 좁혔다. 생년월일은 자다가 깨어나도 줄줄이 읊을 수 있었지만 태어난 시각은 늘 헷갈렸다.

"유시인지, 술시인지 원 참! 내가 그때 언제라고 했지?"

곽 영감이 고 여사를 향해 물었다. 고 여사는 머리를 절레절레 흔들었다.

"에라 모르것다. 유시여 유시. 나한티 땅이 쪼매 있다고 했잖여. 내 생년월일시는 기억나지 않더라도 그건 생각날 겨. 근디 그 땅이 맹지래, 맹지. 아무 쓸모가 없다잖아. 팔리지도 않고 아무런 허가도 내주지 않는다네. 이를 어쩌면 좋아. 아들 며느리도 그 땅에 기대를 잔뜩 하고 있었는데 낭패야, 낭패. 여그서 그 땅이 복덩이라고 혔는데, 말짱 헛소리 아니여. 리터치고 뭐고 복채를 돌려줘야 하는 거 아닌감."

곽 영감은 제법 조리 있게 따졌다. 고 여사는 오방색과 철 방울을 흔들고는 아기 동자한테 시선을 던졌다.

"애기씨 동자님께서는 할아버지가 땅복이 있다고 하십니다. 왜 믿지를 못하시는 겁니까? 아, 그 형님! 맞습니다. 그 형님과 할아버지가 인연이 있다고 하십니다. 두 사람이 만나서 의논하면 좋은 묘안이 생긴답니다. 우리 애기씨 동자님 말씀이…."

곽 영감은 아기 동자의 말이 이해되지 않았다.

"우리 집에 점괘 보러온 고객님이 한 분 있는데, 어르신과 합이 들었네요. 어르신, 그 땅 팔려고 생각하지 말고 세를 놓으면 어때요? 여기에 전화번호 하나 적어놓고 가세요. 그분 전화번호도 드릴 테니 두 사람이 연락해보시면 좋겠네. 아 맞다. 그때 어르신이 이 손님이 누구인지 물어보셨죠? 이런 인연이 있으려고 그때 그랬던 건가 보네요. 암만 봐도 그 사람이 어르신한테 귀인이 될 테니까 그리 아시고요…"

고 여사의 말이 이어졌다. 전에 마주친 그 사람이 가게 터를 물색하고 있으니 곽 영감의 땅을 빌려주면 어떻겠냐는 것이었다.

"애기씨 동자님이 쓸모없는 땅 묵혀두지 말고 좋은 일에 쓰라고 하십니다."

아기 동자는 존댓말로 한 번 더 못을 박았다.

"부동산 수수료도 아낄 겸 두 사람이 만나서 합의만 보면 되겠네요. 보증금이랑 월세도 두 분이 알아서 결정하시고."

고 여사의 말을 듣는 순간 곽 영감의 머릿속에 스위치가 딸깍 켜지더니 꼬마전구 하나가 노랗게 불을 밝히는 기분이었다. 곽 영감은 자신의 무릎을 쳤다. 오천 원도 아까워서 벌벌 떠는 곽 영감이었지만 오만 원 복채가 제 값어치를 했다는 생각이 들었다.

곽 영감은 전화번호를 적은 쪽지를 손에 쥐고 몸을 일으켰다. 곽 영감의 전생이 스크루지였다는 허무맹랑한 말은 미처 따지지 못했다는 생각이 그제야 들었다. 전생이 스크루지면 어떻고, 산타클로스면 어떻겠는가. 이십 년 묵혀둔 땅에 세를 놓을 수 있게 되다니. 꿈인가 생시인가 싶을 만큼 마음이 달떴다. 곽 영감은 점집 문 앞에 쌓여 있던 병과 상자를 잽싸게 챙겨 손수레에 싣고 가벼운 걸음으로 골목을 빠져나왔다.

약속 장소에 두 사람이 나왔다. 점집에서 소개해준 사람의 이름은 이영광이었다. 영광 옆에는 풍채가 좋은 사람이 보디가드처럼 붙어 있었다. 영광의 친구라고 했다. 왼쪽으로 기울어진 영광의 다리에 눈길이 갔다. 오른쪽 다리에 비해 현저하게 짧고 힘이 없는 왼쪽 다리가 흐느적거렸다. 아내의 절름거리는 발걸음과 만이의 왜소한 체구를 닮았다고 생각한 이유가 있었다. 그러고 보니 영광의 머리칼도 아내의 파마머리와 흡사한 고수머리였다. 돈을 아낀다고 미장원에서 가장 센 파마약에 가장 가는 롤로 머리를 말았던 아내였다. 그 바람에 아내의 머리칼은 철사처럼 뻣뻣했다.

영광의 친구는 사람 좋아 보이는 인상이었다. 두 사람은 곽 영감의 땅을 보고 싶다고 했다.

"나는 자전거를 타고 가면 되지만 그쪽은 어떻게…"

곽 영감이 말을 흐렸다. 땅은 멀지 않았지만, 장애인이 걷기에는 먼 거리였다. 곽 영감의 말에 친구가 차를 가지고 왔다고 했다. 길가에 주차된 친구의 차는 덤프트럭이었다.

자전거로는 삼사십 분이 훌쩍 넘는 거리였지만 차로 달리니까 이십 분도 채 걸리지 않았다. 대통로 사거리를 지나자 신호도 막히지 않아 금세 서울외곽순환고속도로에 진입할 수 있었다. 주택가와 밭 사잇길을 요리조리 거치는 자전거 길과 달리 차는 큰길을 통해 달렸다.

덤프트럭은 능숙한 운전 솜씨로 밭길을 헤쳐 곽 영감의 토지에 도착했다. 돌보지 않는 사이 허접쓰레기가 쌓여 있었다. 아내가 살아 있을 때만 해도 그 땅에 텃밭을 일궜다. 아내는 채소 살 돈을 아낀다면서 상추며 고추며 푸성귀를 심었다. 다리를 절뚝거리면서도 밭 한가운데 허리를 구부리고 앉아 밭을 일구던 아내 생각이 났다.

아내의 바지런한 성격이 몸을 혹사했던 걸지도 몰랐다. 곽 영감도 아내 못지않게 손발을 재게 놀리는 사람이었다. 속마음을 제대로 표현하지 못했을 뿐이지 부부의 마음과 생각은 오직 만이었다. 죽을 만큼 힘들게 직장 생활을 했던 만이를 생각하면 부부는 한시라도 몸을 편히 둘 수 없었다. 혈기 왕성했던 청년을 죽음에 이르게 할 정도의 고통을 부부는 어림짐작조차 할 수 없었으니까. 고물과 파지를 한가득 실은 손수레로 숨이 턱에 닿을 때조차도 만이의 고통에는 이르지 못할 거라며 머리를 흔들었던 곽 영감이었다.

"어르신, 여기가 맞나요?"

영광이 삐뚜름하게 서서 말했다. 곽 영감이 눈을 가늘게 떴다. 영광이 손가락으로 가리키는 지점과 곽 영감이 기억하는 위치가 대충 맞았다.

"영감님, 토지 등기부등본하고 지적도 갖고 오셨지요?"

덤프트럭이 끼어들었다. 곽 영감은 서류 봉투를 내밀었다. 두 사람은 서류를 꺼내서 꼼꼼히 확인했다. 검은색과 흰색 봉지가 널려 있는 허접쓰레기 더미에서 썩는 냄새가 진동했다. 파리와 각종 날벌레도 새까맣게 날아다녔다. 여름이라 더했다.

"어휴! 이 쓰레기를 다 어떡하냐?"

덤프트럭이 눈살을 찌푸렸다. 곽 영감을 책망하는 소리로 들렸다. 곽 영감은 선뜻 나서서 치워주겠다고 말하지 못했다. 부동산 중개인이라면 임대인과 임차인을 조율해줬을 테지만 중개 수수료를 아끼자고 합의를 본 터라 두 사람이 의논할 문제였다.

"그게 말이여. 쓰레기를 치우려면 한 트럭은 나올 거 같은데. 그 비용이 수월찮을 텐데…."

곽 영감이 머쓱하게 중얼거렸다.

"태춘아, 네가 볼 때는 여기 어떠냐? 괜찮을 거 같냐?"

"음, 저기에 컨테이너 가건물 하나 짓고 여기는 주차장으로 쓰면 되겠다. 고속도로 IC도 멀지 않아서 지나가는 운전자들이 졸음 쉼터로 쓰기에도 적당할 것 같고. 마침 이 근처에 휴게소가 없는 것도 위치상으로 괜찮네…."

두 사람은 주거니 받거니 하면서 땅을 둘러보았다. 두 사람 대화로 봐서는 계약이 반은 성사된 듯싶었다.

"이만하면 괜찮은 것 같은데요."

영광이 곽 영감에게 밝은 얼굴로 말했다. 세 사람은 다시 차에 올랐다. 곽 영감은 두 사람이 가건물을 짓는다는 말에 걱정이 앞섰다. 허가가 떨어지지 않는다던 부동산 중개업자 말이 생각난 탓이었다. 공연히 불법 건물을 지은 세입자를 들였다가 곽 영감한테 불똥이 튀는 게 아닐까? 곽 영감이 그 이유로 세를 놓지 않겠다고 하면 계약은 물 건너갈지도 몰랐다. 다 된 밥에 코를 빠뜨릴 수도 없었고, 그렇다고 불법을 저지르는 걸 눈뜨고 지켜볼 수도 없었다. 조심스럽게 얘기를 꺼내는 곽 영감의 눈이 심하게 깜빡거렸다. 불안하면 도지는 현상이었다. 두 사람은 가설건축물축조 신고는 할 거라고 했다. 여섯 평 이하의 농막 형태를 지을 때 하는 신고인데, 맹지에도 그 허가는 내준다고 했다. 그제야 곽 영감의 깜박이는 눈이 멈췄다.

덤프트럭은 곽 영감과 영광을 대통로 큰길에 내려놓고 떠났고, 곽 영감과 영광은 근처 카페로 들어갔다. 마침 점심시간이라 젊은 사람들로 북적거렸다. 영광이 주문을 하고 자리에 앉자 알바생이 음료를 직접 가져다주었다.

"바닐라 라떼에 시럽을 추가했는데 어르신 입맛에 맞을지 모르겠네요. 저도 어머니를 모시고 사는데 믹스 커피에도 설탕을 듬뿍

넣어 드시더라고요."

곽 영감은 갈색의 커피를 한 모금 마셨다. 입맛에 맞았다. 불편한 몸으로 어머니를 모시고 산다는 영광이 다르게 보였다. 맏이가 살아 있다면 영광의 나이와 비슷했을 것이었다. 아내가 봤다면 영광의 손을 덥석 잡으며 공연스레 눈물 바람을 일으켰을 터였다.

난삽하게 벌려 있던 쓰레기를 치우는 문제도 줄다리기 없이 쉽게 풀렸다. 임차인과 임대인이 반씩 부담하기로 합의를 보았다.

"저희 두 사람이 가진 게 별로 없습니다."

"저희라면, 아까 그 친구와 동업을 하려는 건가?"

곽 영감도 형편이 어려웠지만 영광과 덤프트럭도 어지간히 힘든 모양이었다. 하긴, 땅을 무슨 용도로 쓸 요량인지는 모르겠지만 교통 편하고 목 좋은 장소를 놔두고 인가와 뚝 떨어진 곳을 물색하는 것부터 알 만했다. 보증금을 턱없이 부를까 봐 걱정이었다.

"얼마를 생각하는데?"

곽 영감은 머릿속으로 계산기를 두들기기에 바빴다. 보증금을 많이 받아봤자 통장에 돈이 들어오는 즉시 둘째 주머니로 들어갈 게 뻔했다. 미운 자식 떡 하나 더 챙겨주는 마음으로 몇 푼을 받든 반은 떼어줄 생각이긴 했다. 술독에 빠져 지내는 둘째가 하루라도 빨리 사람 구실 하길 바라는 마음이 컸다.

멀쩡히 다니던 직장을 그만둔다고 할 때 곽 영감은 말리지 않았다. 맏이 생각이 났기 때문이었다. 피죽 한 그릇 얻어먹지 못한 몰골로 도축장에 끌려가는 소처럼 출근하는 맏이를 곽 영감은 꾸짖었다. 공장이긴 해도 대기업에 아무나 다니느냐고 하면서. 젊은 놈이 그 정도도 버티지 못하면 험한 세상을 어떻게 살아낼 거냐고. 곽 영감의 억지가 맏이한테는 올가미가 되었다는 자책이 들었다. 그래서 둘째의 퇴사를 지켜보기만 했다. 둘째도 맏이의 전철을 밟을지 모른다는 두려움이 든 탓이었다. 아내가 숨이 끊어지기 전에 땅 얘기로 둘째 허파에 바람을 넣은 건 새까맣게 몰랐다.

"천만 원 정도 생각하고 있는데 아무래도 너무 적겠지요?"

영광이 곽 영감의 눈치를 보며 보증금을 먼저 제안했다. 곽 영감은 입맛을 다셨다.

"그럼, 월세는 얼마를 생각하는 겨?"

이번엔 곽 영감이 물었다.

"세입자가 그걸 어떻게 말씀드리겠어요. 땅 주인이신 어르신이 말씀을 해주셔야지요."

곽 영감도 어림할 수가 없었다. 맏이가 세상을 떠나기 전까지 월세방을 면하지 못한 처지였다. 맏이 목숨값으로 겨우 융자를 낀 빌라의 세대주가 된 터였다. 셋방살이는 수없이 했지만, 세입자를 들여본 적은 없었다. 부동산 중개인이 아쉬운 순간이었다.

"나도 얼마를 받을지 구체적으로 생각을 해보지 않아서 말여."

곽 영감은 쩝하고, 다시 입맛을 다셨다.

"저기, 오십만 원이면 어떻겠습니까?"

영광은 덤프트럭 친구와 어느 정도 계산을 맞춘 모양이었다. 보증금 천만 원에 오십이라. 나쁘지 않은 거래였다. 천만 원은 크다면 크고 적다면 적은 돈이다. 둘째에게 몇백 떼주고 남은 돈은 얼마 지나지 않아 또 둘째에게로 흘러갈 게 분명했다. 그렇다고 그 돈으로 둘째가 정신을 차릴 거라는 보장도 없었다. 둘째에게도 손에 묻은 밥풀이 될 게 뻔한 천만 원 보증금을 받는 것보다야 월세를 올려 받아야겠다는 계산이 섰다.

"보증금 삼백에 월 백만 원은 어때?"

곽 영감이 아랫배에 힘을 주고 생전 처음 호기를 부렸다. 영광의 눈이 커지면서 얼굴에 당황한 기색이 드러났다.

"아이구, 참. 어르신, 그건 저희가 좀 힘들겠는데요."

"내가 보증금 천만 원씩 받아서 쓸 데가 없어서 그래. 요즘 은행 이자도 시원찮고…."

곽 영감은 한발 물러서는 태도로 말끝을 흐렸다.

"그러면 보증금 오백에 월 육십만 원으로 하면 어떨까요. 미스코리아가 중개인 역할을 해준 덕분에 부동산 수수료도…."

영광이 곰곰이 생각하더니 절충안을 내놓았다. 두 사람이 옥신각신 대화를 하는 동안 찻집 손님이 한차례 빠져나갔다. 알바생이 냉큼 다가와서 테이블 찻잔을 거두어 갔다.

보증금 오백이면 둘째한테 삼백 해주고 곽 영감이 이백을 비상금으로 움켜쥐고 있으면 적당하겠다 싶었다. 둘째에겐 더는 바라지 말라는 못을 박고서.

두 사람은 찻집을 나와서 곧바로 부동산 중개소로 향했다. 계약서를 작성하고 수고 비용으로 나온 오만 원은 영광이 중개인에게 지불했다.

부동산 중개소를 나오면서 곽 영감이 영광에게 물었다. 그 땅에 무얼 하려는 거냐고. 덤프트럭이 땅을 둘러보면서 가건물을 이야기를 하고는 주차 공간이 넓다고 한 것이 생각났다. 곽 영감은 영광이 그 땅을 창고로 쓸 거라는 어림짐작을 하고 있었다.

"복권방을 해보려고요."

"로또 파는 가게?"

"네, 어르신."

영광의 말을 듣자 보증금을 너무 적게 받았다는 생각에 후회가 밀려왔다. 누가 보더라도 손님 머릿수가 관건인 복권방 개업을 하기에 그 땅은 영 젬병인 부지였다. 오백만 원 보증금을 월세로 까먹기 십상이었다. 이왕 작성한 계약서를 물러달랠 수도 없었다. 그렇다고 다른 임차인이 줄 서서 기다릴 만큼 입지 조건이 좋은 땅도 아니었다. 곽 영감은 영광이 인터넷 뱅킹으로 바로 쏘아준 오백만 원을 통장에서 확인하면서 잡다한 고민을 접기로 했다.

계약된 일 년 동안 칠백이십만 원의 월세만 받고 나가더라도 손해 보는 건 아니었다. 허접쓰레기만 쌓여가는 땅에 일 년이 아니라 몇 년이 흘러도 만 원 한 장 나올 일 없었으니 말이다. 둘째 통장으로 삼백만 원을 송금하려다가 손가락을 멈췄다. 몇 달 월세를 받아본 후에 송금해도 늦지 않을 것이었다.

"우리 아버님, 얼마 만에 오신 건가? 허리는 좀 어떠셔?"

강 원장의 반말이 친근하게 들렸다.

"그만그만해. 다 강 원장 덕분이지. 이렇게 좋은 사람인 줄도 모르고 늙은이가 강 원장헌테 결례를 저지른 걸 생각하면….."

곽 영감은 겸연쩍게 웃으면서 가슴으로 끌어올렸던 윗옷을 아래로 끌어내렸다.

매달 들어오는 육십만 원의 월세는 거위가 낳는 황금알이었다. 기초연금과 월세를 합치면 파지와 고물을 수거하지 않아도 살 만했다. 뼛속까지 박힌 절약 정신으로 골목에 버려진 병과 폐지를 못 본 척하지 못해 들고 오긴 해도, 무엇보다 손수레를 끌지는 않았다. 몸과 마음이 편해졌는데도 이상하게 구석구석 더 쑤시고 아팠다.

"차라리 강 원장한테 사과하고 병을 고치는 게 낫겠네."

장 영감이 혀를 차며 곽 영감 등짝에 파스를 붙여주었다.

"첫째, 강 원장이 사람이 되었어. 노인네들 아픈 몸만 고쳐주는 게 아니야. 늙은 사람 속마음까지 살펴서 비위를 맞추는 게 요즘 젊은이 같지 않아. 거그 병원만 댕겨오면 백 살은 거뜬하게 살 것 같다니까."

장 영감도 입만 열면 강 원장 칭찬 일색이었다. 장 영감 말을 들어 손해 본 건 없었다. 곽 영감은 봉투에 십만 원을 넣었다가 입맛을 다시고는 십만 원을 더 넣었다. 강 원장의 차가 수입차라는 걸 알게 되어서였다. 곽 영감이 둘째에게 병원 앞에 주차된 강 원장의 차를 가리키며 물은 적이 있었다. 둘째 말이 저런 차는 작아도 웬만한 국산 중형차 값은 나간다고 했다. 둘째는 수입차가 우리와 무슨 상관이 있느냐고 부루퉁했다. 송금해준 삼백만 원 약발이 끝나간다는 신호였다. 비빌 언덕이 없다는 걸 알게 된 둘째도 직장을 알아보는 눈치였다. 곽 영감은 한시름이 놓였다.

아무튼 새 차가 분명한데, 그 옆구리에 허연 자국을 남기고 내뺐으니 강 원장 속도 만만치 않게 쓰렸을 것이었다. 병원 건물 앞에 세워져 있는 새파란 색깔의 차는 작아도 예쁘긴 했다. 물론 차의 옆구리는 진작에 깔끔해져 있었고 차 수리 가격으로 이십만 원은 어림없는 돈일 테였지만, 곽 영감이 할 수 있는 최선의 성의 표시였다.

용기를 내서 진료실에 들어선 곽 영감을 강 원장은 반갑게 맞았다. 그렇지 않아도 길에서 곽 영감을 보고 부른 적이 있었다면서. 곽 영감도 강 원장이 부르는 소리에 기겁하고 달아났던 게 생각났지만, 모르는 척했다.

"아버님 정말 잘 오셨어요. 그날 아버님 걸음걸이가 우측으로 많이 굽으셨길래, 우리 병원에 오셔서 진료받으시라고 부른 거였는데….”

장 영감 말대로 강 원장 마음 씀씀이는 비단결이 따로 없었다. 그런 줄도 모르고 도둑이 제 발 저린 격이었다. 곽 영감이 강 원장에게 봉투를 내밀었다.

“차 수리비여. 내가 형편이 여의치 않아 원장님 차를 긁어놓고 달아나기는 했지만 사람 양심에 그건 아니다 싶더라고. 돈이 좀 모자라더라도 이해해줘.”

강 원장은 얼굴이 홍시처럼 붉어지더니 질색하면서 곽 영감 호주머니에 봉투를 도로 넣어주었다.

“아버님 말씀대로 기스 조금 난 건데, 한 동네에서 이럴 수는 없습니다. 넣어두세요. 아버님, 저 돈 많이 법니다. 그 차 팔고 더 큰 차를 뽑아도 될 만큼요. 그러니까 그런 걱정하지 마시고 편안하게 진료받으러 오세요, 네?”

곽 영감은 그날부터 통증 클리닉 단골이 되었다. 오다가다 무료 안마의자에도 앉았고, 어디가 결린다 싶으면 곧바로 강 원장의 진료도 받았다. 몸이 편해지고 생활의 여유가 생기면서 곽 영감도 노인정 출입이 잦아졌다. 쩨쩨하다는 말이 듣기 싫어서 막걸리와 과자 봉지를 노인정에 내밀면 장 영감은 제가 먼저 나서서 생색을 냈다. 노인들은 하나같이 곽 영감을 인심이 좋은 사람이라고 치켜세웠다. 작년 가을에는 노인정 단체 행사로 이박 삼일 단풍놀이도 다녀왔다. 난생처음 해본 여행이라 행복하고 즐거웠지만, 아내 생각에 눈물이 났다.

강 원장은 곽 영감의 허리 치료를 끝내고 볼펜으로 책상을 톡톡 두드렸다. 곽 영감은 습관처럼 눈을 깜박였다.

"아버님, 무슨 말 못할 고민 있으셔? 눈을 깜박거리는 게 틱 증상의 일종인데 스트레스와 강박증이 불러오는 거거든요."

"음, 강 원장 말마따나 내가 눈을 깜박거리는 증상이 오래되긴 했어. 그게 스트레스에서 오는 거였구먼? 근데 내가 눈만 깜박거리는 게 아녀. 숨도 차고 가슴이 뻐그러지는 것처럼 아플 때도 많아. 그것도 스트레스 때문인 건가?"

"아하… 아이고. 아버님, 언제부터 그러셨는데요?"

강 원장의 얼굴이 금세 어두워졌다.

"글씨, 그게 언제부터 그랬나 모르겠네. 내 몸에 무슨 큰 고장이라도 난 건가?"

"아버님, 큰 고장은 아니니까 걱정 붙들어 매세요. 내가 누구야? 통증 클리닉 강수환이잖아. 아버님 오늘 소견서 써드릴 테니까 큰 병원에 가서 심전도 체크 좀 받아보시는 게 좋을 것 같네요. 병원에서 시키는 대로 하면 백 년도 끄떡없이 사실 거야."

"알았어. 강 원장 말은 들어야지."

곽 영감이 손가락으로 눈두덩이를 문질렀다.

"우리 아버님, 그거 아시나? 음, 오징어가 무를 치면 뭐가 될까요?"

곽 영감은 미간을 좁히며 골똘히 궁리하다가 모르겠다고 했다. 어디서 주워들었는지 강 원장은 아재 개그 같은 넌센스 문제를 곧잘 냈다. 곽 영감의 염려를 잊게 해주려는 배려였다.

"오징어무침!"

강 원장은 자기가 말해놓고 먼저 웃음을 터뜨렸다. 곽 영감은 한번에 알아듣지 못하고 한 박자 늦게 헛웃음을 지었다.

"거참, 말 되네."

강 원장의 싱거운 농담 덕분인지 마음이 편해졌다.

"아버님, 매일 유산소 운동하시는 것도 잊지 마시고요. 파지 줍는 건 운동이 아니라 노동이니까 심하게 하진 마셔요."

강 원장은 진료실을 나가는 곽 영감 등에 대고 잔소리를 했다. 곽 영감은 강 원장의 잔소리가 싫지 않았다. 자식도 챙기지 않는 건강을 염려해주는 살가움이 따뜻하고 정겹게 느껴졌다.

강 원장이 써준 소견서를 안주머니에 챙기면서, 곽 영감은 내일쯤 큰 병원에 가야겠다고 마음먹었다. 유산소 운동을 하라는 강 원장 말대로 오늘은 왕복 한 시간 걸리는 복권방에 다녀올 참이었다. 보증금을 월세로 다 까먹는다 치더라도 손해 볼 건 없겠다 싶었는데, 고속도로 IC와 인접해 있어서 덤프트럭과 대형 차량 운전자 손님이 제법 드는 모양이었다. 컨테이너 가건물을 제외하면 터도 넓어서 기사들이 졸음 쉼터처럼 이용하기도 했다. 복권방 한쪽에 진열해놓은 음료수와 주전부리 매상도 꽤 쏠쏠하다고 했다.

영광과 태춘이 복권방에 들어선 곽 영감을 반갑게 맞았다.

"이 사장은 넓은 땅에서 돈을 거저 버는 줄은 아는 겨, 모르는 겨?"

곽 영감이 농담을 던졌다.

"어르신도 복권 좀 사 가세요. 저희 매상도 올려주실 겸요."

영광의 너스레는 날이 갈수록 늘었다.

"아이구, 욕심은! 이렇게 장사 잘 되는 거, 다 이 늙은이 덕인 줄 알아."

"어르신 말씀이 맞습니다. 저희가 복권방을 하는 거야말로 바로 로또 맞은 거라니까요. 계약 만기가 다가오고 있는데 다시 계약서 쓰면서 월세를 좀 올려드릴 생각입니다."

"허어, 참! 그거 듣던 중 반가운 소리네 그려."

곽 영감은 복권방을 나와 자전거를 내달렸다.

맹지였던 땅이 곽 영감에게 복을 가져다줄 거라던 점괘는 기가 막히게 들어맞은 셈이었다. 곽 영감은 몸이 편안해질수록 부쩍 아내와 맏이 생각이 났다. 자전거를 타고 달리는 곽 영감의 얼굴로 불어오는 초여름 바람이 싱그러웠다. 아내와 맏이의 넋이 바람이 되어 곽 영감의 곁에 있는 듯한 착각이 들었다.

곽 영감의 입에서 익숙한 가락이 흘러나왔다. 노랫말을 읊다 보니, 축축해지려는 눈가를 바람이 부드럽게 쓸어주고 가는 듯했다. 돌연 가슴 언저리가 삐그러지는 듯 아팠고 숨도 찼다. 자전거 페달을 밟는 종아리와 허벅지도 뻣뻣해졌다. 숨을 몰아쉬느라 허공을 향해 얼굴을 치켜들었다. 강 원장이 큰 병원에서 심전도 체크를 해보라고 써준 소견서가 안주머니에 들어 있었지만 이미 손쓰기에는 늦었다는 생각이 들었다.

갑자기 구름 한 점 없는 파란 하늘이 노랗게 보였다. 아내와 맏이가 두 손을 맞잡고 곽 영감의 주위를 맴돌았다. 곽 영감을 향해 동시에 고개를 돌린 아내와 맏이는 환하게 미소를 지었다. 곽 영감도 입을 벌려 크게 웃었다. 어디선가 불어온 바람이 곽 영감의 몸을 덮쳤고, 휘청거리던 자전거가 옆으로 쓰러졌다. 순간 곽 영감은 자신의 몸과 영혼이 한꺼번에 붕 떠올라 허공을 떠도는 천 개의 바람 속으로 흩어지는 것을 느꼈다.

모태솔로 카사노바

어머니는 영광의 인생이 이름 따라 빛나기만을 바랐다.
아주 오랜 시간을 기다린 만큼, 영광의 삶은 이제 기지개를 켜고
누구보다 찬란한 빛을 내려는지도 몰랐다.

＊

　영광은 팔십을 넘긴 노모와 사는 오십 대 모태 솔로다. 몇 번 여자를 만나기도 했지만, 그때마다 인연이 어긋나거나 상황이 이상하게 꼬였다. 반려자 없이 혼자 살 팔자일 수도 있었다. 결혼 적령기도 없어졌고 혼자 사는 인구 비율도 높아졌다고 하니 요즘 시대에 독신은 흉이 될 일이 아니었다. 아무리 그렇다고 해도 영광은 자신의 신체적 핸디캡이 연애에 가장 큰 걸림돌이라는 생각을 지울 수 없었다.

　영광의 정체성을 증명해주는 중증 장애인 복지 카드. 노모는 그걸 평생 죄스러워했다. 미안하다. 늙은 어미가 성치도 못한 아들한테 짐만 되고. 노모가 목울대로 차마 삼키지 못한 말이었다. 영광이 성치 못하다는 말은 노모의 오랜 입버릇이었다. 노모는 그렇게 말할 때마다 짓눌러진 눈가를 훔치곤 했다.

장애인들이 다 그렇듯 영광도 자신의 신체적 핸디캡을 드러내는 단어에 예민했다. 다른 사람에게 듣는 것보다 노모에게 듣는 것이 경기를 일으킬 만큼 더 싫었다. 세상에서 영광을 가장 아끼는 어머니조차도 영광의 인생이 불쌍하다고 선언하는 것처럼 들렸기 때문이었다.

최근 몇 년 동안 세상 불운의 반이 영광의 인생에 몰리기라도 하는 양 되는 일도 없고 풀릴 기미도 없이 인생이 내리막으로 치닫기만 했다. 그때마다 노모는 입만 열면 영광의 몸이 성치 못해서 세상살이가 녹록지 않은 거라고 한탄했다. 영광도 모르지 않았다. 유일한 자식을 향한 노모의 연민과 자책이라는 것을. 참다 못한 영광이 노모에게 벌컥 화를 냈다.

"제발 그 몸도 성치 못하다는 말 그만 좀 해요. 지긋지긋하다고요! 듣기 좋은 노래도 자꾸 들으면 싫증이 나는 법인데, 이건 그것도 아니잖아요. 엄마라는 사람이 아들내미 인생에 아예 재를 뿌려요, 뿌려!"

자식의 독기 어린 말이 부모 가슴에 칼날로 박힌다는 걸 처음 깨달았다. 노모는 앙상한 두 손을 꼭 모아 가슴팍으로 가져갔다. 주름투성이 노모의 시커먼 얼굴이 하얗다 못해 새파랗게 질렸다. 보이지 않는 손아귀에 목이 졸린 사람처럼.

노모도 영광처럼 분노에 차서 화를 낸 적이 있었다. 영광이 초등학교에 다닐 무렵이었다. 절뚝거리는 영광의 걸음걸이는 또래들에게 만만한 먹잇감이었다. 비잉신. 또래들은 영광을 그렇게 불렀다. 동네에서나 학교에서나 아이들은 영광의 이름을 제대로 불러주기는커녕 알려고도 하지 않았다.

'영광'은 노모가 작명소에서 큰돈을 들여 지어준 이름이었다. 길 영(永) 자에 빛날 광(光) 자. 오랫동안 길이길이 빛나라는 뜻이 담겼다.

"작명인 김봉수라면 다 알아줬어. 작명비로 쌀 두 가마니 값을 부르더라니까. 끼니 걱정은 없는 지금도 이십 킬로 여덟 포대면 적지 않은 돈이다. 더군다나 그 시절 어려운 살림에는 쌀 한 봉지나 연탄 한 장이 귀했어. 그러니 김봉수가 그 큰돈을 뉘 집 개 이름처럼 부르는데, 기가 팍 질렸지. 그래도 그 작자가 인물은 인물이었어. 뭘 좀 보긴 하더라고. 영광이 네 사주를 내밀었더니 대번에 하는 말에 소름이 끼쳤거든."

"김봉수가 뭐라고 했는데요?"

영광은 귀에 딱지가 앉을 만큼 들은 얘기였지만, 마치 처음 듣는 양 호기심 어린 얼굴로 물었다. 영광이 그렇게 반응해주길 노모가 원한다는 걸 알았기에.

아들놈이 불구로군. 작명인은 마치 판사가 봉을 내리치며 판결을 선언하듯 말했다. 아니에요, 아닙니다. 우리 아들은 사지육신이 멀쩡해요. 이 양반 볼 줄 모르시네. 노모는 작명인의 얼굴을 노려보면서 극구 부인했다. 아직까지 용케 멀쩡하다면 앞으로라도 영락없이 불구가 될 팔자야. 작명인은 한 치의 주저함도 없이 단언했다. 아들의 몸에 낙인찍힌 운명을 온몸으로 막고 싶은 어미의 간절함이 가차 없이 짓밟히는 소리처럼 들렸다. 노모는 가슴이 뻐근하도록 저려왔고 팔다리가 후들거렸다.

"모질고 매섭긴 했지만 용한 사람이었어. 그 몹쓸 팔자에 액막이라도 해주려면 이름이라도 제대로 지어야 할 거 같아서 받아온 이름이 영광이, 네 이름이었단다. 김봉수가 나보고 꽃부리 영(英)과 길 영 자 중에서 택하라고 하더라. 무식한 어미지만 한철 피었다가 지고 마는 꽃보다야 오랫동안 빛나는 게 훨씬 낫겠다 싶어 길 영 자로 해달라고 했지. 성치 못한 몸 때문에 모진 세상 풍파는 겪을지 몰라도 이름 덕에 말년에 이르러서는 우리 아들 인생도 괜찮을 거다."

노모의 깊은 애정이 담긴 이름을 또래들은 불러주지 않았다. 영광은 노모에게 차마 말하지 못했다. 자신이 영광이라는 이름 대신 '비잉신'으로 불린다는 것을.

"야, 비잉신 새끼야! 절뚝거리면서 어딜 가냐?"

두 사람이 함께 시장통을 걷던 어느 날 영광의 뒤에서 귀에 익은 비아냥이 여지없이 날아왔다. 같은 반 아이였다. 고개를 푹 수그리고 못 들은 양 걷던 영광과 딜리 어머니는 그 사리에 우뚝 멈쳐 서서 몸을 휙 틀었다.

"이 쌍놈의 새끼가 어디서 함부로 입을 놀리냐, 놀리길! 이놈의 자식아, 너 우리 영광이한테 지금 뭐라고 했어!"

서슬 퍼런 어머니의 호통에 아이는 겁에 질렸다. 어머니는 아이 앞으로 쏜살같이 달려가 순식간에 왼쪽 뺨을 후려갈겼다. 아이는 길바닥에 그대로 나동그라졌다. 갑자기 벌어진 상황에 영광은 어안이 벙벙해서 말릴 엄두도 내지 못했다.

"어디서 그런 몹쓸 말을 친구한테 하는 거냐? 느그 부모한테 당장 가자. 너 같은 녀석은 혼꾸멍이 나야 정신을 차리지."

쓰러진 아이의 멱살을 잡아끌고 아이 집으로 직행한 어머니는 아이의 부모에게 자식을 똑바로 가르치라고 쐐기를 박고 그 집을 나왔다.

그 사건 이후 한동안 아이들은 영광의 눈치를 슬금슬금 보면서 더는 놀리지 않았다. 그러나 학년이 바뀌고 새롭게 이사한 동네에서 영광은 또 놀림감이 되었다. '비잉신'이 '절름발이' 혹은 '찐따' 등으로 바뀌었을 뿐이었다.

노모는 한 아이를 잡도리한 걸로 불구인 아들이 살아낼 험한 세상을 평정하고 정의를 세웠다고 여기는지 의기양양했다. 세상 모든 부모는 금쪽같은 자기 자식들이 세상에서 견디는 굴욕감도 모를 뿐 아니라, 따귀 한 대나 멱살잡이 한 번으로 정의가 세워지는 게 아니라는 사실도 모른다. 어쩌면 부모들도 익히 알고 있는 현실이지만 그것이 단지 어른들만의 세상에서 통용되는 불합리라고 치부해버린 것인지도 모른다.

어른들은 이미 오래전부터 알고 있었던 또 하나의 냉혹한 현실을 깨닫는 순간이 영광에게도 찾아왔다. 모든 장애인이 놀림감이나 먹잇감은 아니라는 사실은 충격적일 만큼 신선했다. 전학을 간 학교에서 영광과 비슷한 장애가 있는 아이와 마주쳤다. 그 아이의 가방과 신발주머니를 들고 있는 또래의 무리는 아이의 수발을 드는 똘마니들처럼 보였다.

영광과 아이는 때깔부터 달랐다. 단정하게 가르마를 탄 아이의 얼굴은 거무튀튀하고 꾀죄죄한 영광과 달리 잡티 하나 없이 깨끗하고 맑았다. 때마침 빵빵거리는 자동차의 경적이 운동장에 울렸다. 승용차에 올라타는 아이의 걸음걸이는 절뚝거릴지언정 씩씩하고 당당했다. 초라하고 궁색한 영광의 절름거리는 발걸음과 비교도 되지 않았다. 운동장을 한 바퀴 선회하고 학교 정문을 빠져나가는 까만색 세단은 햇빛을 받아 눈부시게 번쩍거렸다.

부유한 부모를 둔 장애인은 누구한테도 비잉신이나 찐따로 불리지 않았다. 오히려 비장애인 또래에게 추앙받거나 그들 위에 군림하는 존재였다. 그동안 영광이 숱하게 괴롭힘을 당해왔던 건 장애 때문이 아니었다. 가난한 부모를 둔 탓이었다. 작명인으로 이름을 떨친 김봉수는 필시 돌팔이가 분명했다. 아니면 작명하는 능력보다 사주팔자를 꿰뚫는 능력이 탁월한 점쟁이였을 수도 있었다.

영광이 장애인의 팔자를 타고났다는 건 소름 끼치게 맞혔으면서도 영원토록 빛나라고 지어준 이름은 통 힘을 못쓰는 걸 보면.

반백 년 인생을 통틀어 영광은 영광스러웠던 적이 한 번도 없었다. 영원까지는 바라지도 않았다. 단 한 순간이라도 빛날 수 있다면… 지나친 욕심인 걸까? 빛나길 바라지 말고 무난하고 평범하길 소망했어야 하는 걸까? 며칠 전에도 화장실에서 넘어진 노모 때문에 혼비백산했다. 그 바람에 고관절이 부러져 수술을 했지만, 퇴원 날짜가 다가오자 걱정이 태산이었다. 병원비를 마련할 방도가 없었다.

답답한 마음에 영광은 오늘도 아침 아홉 시가 땡, 치자마자 주식 앱을 열었다. 코스닥과 코스피의 주가지수가 전부 파란색이었다. 주가지수와 상관없이 오름세를 나타내는 빨간색 주식도 가끔은 있었지만, 지수가 좋지 않은 날의 주식 장은 전반적으로 하락이었다. 영광은 언제부터인가 파란 하늘만 쳐다봐도 기분이 잡쳤고 빨간색만 보면 이상하게 엔도르핀이 솟았다.

몇 년 전만 해도 주식이 호황이었다. 주식으로 떼돈을 번 사람들 기사가 심심치 않게 떴다. 주식을 하지 않으면 굉장한 손해를 보는 것 같은 초조함이 밀려왔다. 영광도 시류에 떠밀리듯 몇백만 원의 비상금을 주식에 투자했다. 영광이 사면 기다렸다는 듯이 상한가를 쳤고 팔아치우면 언제 고공행진을 했나 싶게 주가가 곤두박질쳤다. 손실을 보는 주식은 물타기로 평단가를 낮추었고 기다리면 어김없이 평단가를 웃돌아 매도하는 방식으로 이익을 봤다. 무릎에 사서 어깨에 파는 게 주식이라는 말이 영광에게 딱 들어맞는 것 같았다. 시드 머니에서 삼십 퍼센트 넘게 수익이 났다. 장애인 수당과 노모의 기초연금으로 빠듯했던 살림에 백만 원의 수익은 큰돈이었다.

영광은 주식을 사고파는 시기를 귀신같이 아는 자신이 신기했다. 누군가 영광에게 그걸 어떻게 아느냐고 물으면 '감'이라고 하거나 '삘'이라고 했다. 그 말을 하는 스스로가 멋지다는 생각이 들었다. 쌀 두 가마니 값으로 지었다는 이름이 마침내 힘을 발휘하는 게 아닐까? 고인이 된 김봉수 작명인에게 큰절을 올리고 싶었다.

영광의 가슴이 부풀어오르기 시작했다. 몇 배 더 투자했다면 천만 원을 벌었을 거라 생각하니까 엄청난 손해를 본 것 같았다. 카드로 대출을 받아서 이자를 낸다고 해도 남는 장사였다. 만약 전세금을 빼서 넣는다면? '따따상' 가는 주식 종목 몇 개만 잘 골라도 변두리에 소형 빌라 정도는 마련할 수 있지 않을까? 집이라도 한 채 있으면 마음 맞는 여자와 살림을 차릴 수도 있을 터였다. 노모의 평생 소원을 풀어드릴 수 있는 절호의 기회가 찾아온 것이었다. 일단 집이 있으면 주택 연금으로 노후도 해결된다. 영광의 머릿속에 총천연색 인생이 끝없이 펼쳐졌다.

한 방에 크게 벌고 싶은 생각에 마음이 급해졌다. 전세금을 빼서 임대 아파트로 이사했다. 장애인과 팔십 노인이 같이 사는 가정이라 임대 아파트 입주 선정 일 순위이기도 했다. 마음이 들떴고 자신감이 솟았다. 그때는 몰랐다. 욕심이 화를 부르고 있다는 것을.

총알을 넉넉하게 장전하자 배짱이 두둑해졌다. 처음엔 '안전빵'으로 코스피에 발을 담갔다. 그런데 거기에선 큰 이득을 볼 수 없었다. 코스닥 쪽을 살펴보니 롤러코스터를 타는 종목 몇 개가 눈에 떠었다. 바이오 관련주였다.

영광의 '감'이 발동하기 시작했다. 바이러스가 인류를 위협하고 있었다. 그걸 막을 수 있는 건 백신과 치료제뿐. 영광은 급격하게 오른 바이오 제약 회사 주식들이 끝물이라는 걸 깨닫지 못하고 뛰어들었다. 나날이 떨어지는 주식이었지만 언젠가 오를 거라는 희망을 놓지 않고 물타기를 했다.

영광은 주식 관련 책 몇 권을 사다가 공부도 했다. 4차 산업 혁명이 어쩌고, AI 로봇이 인간을 대신한다는 만화 같은 미래가 그럴듯하게 들렸다. 영광은 AI 관련 주식에 눈을 돌렸다. 그 무렵에 카드론도 한도가 찼다. 마음이 급해지니까 귀만 얇아졌다. 아침에 일어나면 전망이 밝다는 온갖 테마주들이 눈앞에서 아른거렸다.

자신만만했던 '삘'에 '삑사리'가 나는 건 한순간이었다. 영광이 매수하면 모조리 파란색으로 도배되었고, 더 큰 손실을 막기 위해 매도하면, 다음날 즉시 전부 빨간색으로 바뀌었다. 장애인 수당과 노모의 기초연금으로 대출 이자를 내기에도 빠듯했다. 그걸 수

습하느라 카드를 돌려막는 사이 영광은 신용불량자가 되어버렸다.

손해를 보는 주식을 팔아서라도 노모의 병원비를 마련하려 했지만, 손가락이 선뜻 움직이지 않았다. 깊은 한숨을 내쉬고 주식 앱을 닫았다. 머릿속에 생각나는 사람이 한 명 있긴 했다. 중학교 동창이자 삼십 년 지기인 태춘이었다. 한참 망설이다가 태춘에게 연락을 했다.

술집에서 만난 태춘은 노모의 안부부터 물었다.

"너희 어머니가 나한테 참 잘해주셨는데, 나 살기 바쁘다고 찾아뵙지도 못하고, 너무 죄송하다."

태춘의 말에 용기를 내서 노모가 병원에 있다는 말을 슬며시 꺼냈다.

"어머니가 왜? 어디가 많이 편찮으시냐?"

태춘이 걱정스러운 낯빛으로 물었다. 태춘이 영광의 노모를 생각하는 마음은 진심이었다.

"화장실에서 넘어지시는 바람에 고관절이 부러졌어."

노모의 고관절이 부러진 날 구급차를 불러 종합병원 응급실에 간 일, 수술을 하는 게 급선무인데 종합병원 절차와 순서가 까다로워서 수술 날짜를 빨리 받기 어려웠던 일, 집 근방의 정형외과로 가라는 조언에 따라 개인 병원으로 옮겨 겨우 수술을 했다는 일련의 사실을 숨 가쁘게 늘어놓았다.

"아이, 새끼도, 참! 너 혼자 이리 뛰고 저리 뛰었을 거 아니야.

자식, 나한테 연락하지. 친구 좋다는 게 뭐냐?"

태춘은 듬직한 형의 표정으로 영광에게 술을 따라주면서 수술은 잘 되었느냐고 덧붙였다.

"수술이야 잘 됐지. 회복하는 중이셔."

태춘은 영광의 호주머니에 구깃구깃한 오만 원권 두 장을 찔러주면서 어머니 병문안을 가지 못해 죄송하다고 뒷머리를 긁적거렸다. 영광은 태춘에게 병원비 얘기를 끝내 하지 못하고 돌아섰다. 태춘 역시 신용불량자라는 걸 알기에 차마 입이 떨어지지 않았다.

영광은 병원 접수처에서 병원비를 정산하고 노모를 퇴원시켰다. 노모는 영광의 눈치를 보다가 병원비를 어떻게 마련했느냐고 물었다. 내색하지 않았는데도 병원비 때문에 영광이 똥줄이 탔다는 걸 노모도 눈치를 챘던 모양이었다.

"병원비는 잘 해결했으니까 걱정하지 마셔. 사람이 죽으란 법은 없나 봐요. 걔가 도와줬어요."

"걔라면 누구?"

노모는 수술한 부위가 아픈지 인상을 찌푸렸다.

"어머니도 걔한테 늘 고마워했잖아요."

"아!"

노모의 어두운 얼굴에 반가움의 빛이 희미하게 퍼졌다. 모자가 고마워했던 한 사람은 바로 태춘이었다.

초등학교 때까지 왕따를 당했던 영광은 중학교 입학과 동시에 왕따에서 벗어났다. 또래보다 머리통 하나는 큰 태춘이 영광의 가방을 들어주면서부터 아이들은 영광을 더 이상 놀리지 않았다. 아니, 놀리지 못했다. 체격 좋은 태춘이 영광이 바람막이 노릇을 자처한 덕분이었다.

"태춘이는 어떻게 사냐?"

"잘 살아요."

영광은 잠시 뜸을 들이다가 대답했다. 잘 산다는 게 뭘까, 생각해보자니 태춘이 정말 잘 살고 있다고 말할 수 있을까 하는 의문이 들었기 때문이다.

"결혼은 했겠지? 아이도 있겠네. 아이는 몇 살이냐?"

영광과 비슷한 나이의 지인이 화제에 오를 때면 노모가 항상 물어보는 말이었다. 영광을 염두에 둔 질문이라는 걸 모르지 않았다. 영광을 통해서는 도저히 이루어질 거 같지 않아 말조차 꺼내보지 못한 노모의 바람이었다.

"그럼요. 결혼했죠. 우리 어머니도 이제 깜빡깜빡하시네. 기억 안 나서? 내가 걔 결혼식에 간다고 했던 게 언젠데요. 아들이 대학생인걸요. 그 녀석 군대 갔나…."

영광은 우물쭈물 얼버무렸다. 태춘은 노모의 안부를 물었지만 영광은 태춘의 근황을 묻지 못한 게 생각났다. 노모의 병원비 걱정으로 정신이 없었던 까닭이었다.

"어, 잘했다. 참 잘했네. 태춘이가 너한테 좀 잘했니. 걔가 복을 받는 건 당연한 거다."

선행을 쌓는 대로 복을 받는다는 노모의 말은 만고의 진리였다. 그렇지만 그놈의 복은 이상하게 사람을 가려서 찾아왔다. 그 또한 만고의 진리인 걸까?

25톤 덤프트럭 기사인 태춘은 착하기도 했지만 성실한 친구였다. 높은 운전석에 앉아 밤낮없이 고속도로를 질주하다 보면 무념무상에 빠지는데, 그 또한 나쁘지 않다고 말할 정도로 매사에 긍정적이었다. 문제는 무념무상의 끄트머리에 하품과 졸음이 세트로 몰려온다는 것이었다. 아차, 하는 순간에 차선을 이탈하거나 앞차와의 차간거리가 좁혀지는 게 부지기수라고 했다. 그런 얘길 들으면 영광도 아찔했다. 저승사자보다 더 무서운 졸음을 쫓다 보니 카페인 과다 섭취와 심심풀이 간식은 태춘의 운전 습관으로 굳어졌다. 그 때문인지 태춘은 중년이 되면서 무섭게 살이 쪘다. 일주일에 하루 쉬는 날도 잠만 잤다. 깨면 먹어댔고, 배가 부르면 또 잤다. 그래도 태춘의 피곤은 풀리지 않았다.

덤프트럭을 몰 수 있는 1종 면허를 따라고 종용한 사람은 태춘의 아내였다. 회사 택시를 몰 때 아내는 태춘의 적성을 운운했다. 운전이 자기 적성인지 아닌지 긴가민가했던 태춘은 머리를 갸웃거렸지만 영광은 아내 말은 무조건 듣는 거라고 조언했다. 여자 말을 들으면 집안이 편안하다는 어머니 말씀을 인용한 거였다. 말씀을 들을 때는 열심히 고개를 끄덕이면서도 결국에는 흘려듣고 만 것을 후회할 무렵이었다. 세상에 눈먼 돈은 없다는 말씀을 깊이 새겨듣지 않고 주식에 전 재산을 쏟아부은 영광도 자신의 어리석음을 탓하고 있었으므로.

어쨌든 태춘은 1종 대형 면허를 따라는 아내 말을 듣고 덤프 트럭 기사가 되었다. 매달 천만 원에 육박하는 수입이 보장된다는 건 새빨간 거짓은 아니었다. 하루에 단거리로 몇 탕 뛰고 한 달에 서너 번 장거리를 운행하면 한 달에 칠팔백 수입은 예사였다. 그 돈이 온전히 태춘의 주머니로 들어오지 않는 게 문제였다. 차량 유지비는 둘째 치고 트럭 구매 할부금이 수입 절반을 훅 잡아먹고 나면 태춘의 손에 떨어지는 건 고작 이삼백이었다. 노동의 강도와 위험 부담에 비하면 턱없이 낮은 수입이었다.

살이 급격히 불어나면서 고지혈증, 만성 위장병, 고혈압, 당뇨로 건강의 경고등이 켜졌다. 일주일에 하루 쉬는 날 태춘은 병원의 단골 예약 환자가 되었다. 하나뿐인 아들을 잘 키우려고 시작한 일이었지만 아들과 시간을 보낼 체력과 여유는 바닥이 났다. 밤낮없이 고속도로 위에 있다가 늦은 밤이나 이른 새벽에 귀가하면 쌓인 피로로 가족에게 짜증을 부리는 게 다반사였다. 가족과 사이가 소원해졌고 아내는 아내대로 태춘만 보면 매달 생활비가 적자라고 바가지를 긁었다. 태춘은 덤프트럭 할부금 갚는 데에 자신의 인생이 저당 잡힌 것 같다며 깊은 한숨을 쉬었다.

그러다가 사고가 터졌다. 그날도 태춘은 무념무상으로 캄캄한 고속도로를 질주하고 있었다. 요란스러운 경적과 파찰음이 몽롱함에 젖어 있는 태춘을 깨웠다. 녹작지근한 잠이 몰려와서 잠깐 눈을 감았다 떴을 뿐이었다. 태춘의 덤프트럭이 차선을 넘었고, 옆 차선에서 질주해 오던 승용차의 범퍼와 보닛이 쿠킹 호일처럼 구겨졌다. 승용차 뒤를 뒤따르던 차량도 줄줄이 부딪쳤다. 4중 추돌 사고였다. 한시도 긴장의 끈을 놓치면 안 된다는 걸 깜빡했던 태춘의 과실이었다. 차량 파손이 문제가 아니었다. 열댓 명의 운전자와 탑승자가 중경상을 입었다. 사망자가 나오지 않은 게 그나마 천만다행이었다.

사고 이후 태춘의 인생은 그야말로 악화일로였다. 떨어지는 칼날을 잡는 게 아니라는 교훈은 주식 시장에서만 통하는 문구가 아니었다. 인생도 그와 별반 다르지 않았다. 추락하는 인생에 날개는 없었다. 경제적으로 어려웠지만 화목했던 태춘의 가정은 한순간에 풍비박산이 났다. 아내는 입주 가사 도우미 자리가 났다면서 짐을 쌌다. 명목상 돈을 벌겠다고 나선 것이었지만 사실상 별거를 선언한 셈이었다.

사고 처리 비용이 보험으로 충당되지 않아 전세금을 빼야 했던 태춘은 부족한 돈을 메꾸기 위해 닥치는 대로 대출을 받았다. 한 달 수입에서 트럭 할부금과 대출 이자를 제하면 남는 게 없었다. 전세금까지 날린 태춘은 고시원을 전전했고 대학생 아들은 휴학하고 친구 집에 더부살이로 들어갔다. 태춘의 가족은 뿔뿔이 공중분해되고 말았다.

배운 도둑질이라고는 핸들 돌리는 게 다인 태춘이었다. 평화로웠던 태춘의 인생에 화근이 된 덤프트럭이었지만 태춘은 여전히 고속도로를 질주해야 했다. 태춘이 그 바닥에서 '짬밥'을 쌓는 동안 안면을 튼 운전기사가 제법 되었다. 그들의 생활도 태춘의 생활과 별반 다르지 않았다. 화물차 운수회사에서 낮은 임금을 받거나 태춘처럼 차량 할부금에 허덕이면서 하루 열두 시간 이상의 중노동에 시달리는 게 대부분이었다.

"인생 뭐 있어. 뭐 빠지게 일하고서 얻는 건 골병밖에 없는 판에 이 재미라도 봐야 숨통이 좀 트이지 않겠냐."

태춘이 로또 사등으로 당첨된 오만 원으로 술을 사주겠다고 불러내서 한 말이었다. 영광은 노모의 병원비로 머리가 복잡한 채 술잔을 기울였다. 태춘은 영광의 속도 모르고 대형 차량 기사들에게 로또가 일주일 치 희망이라고 떠들어댔다. 일주일 지나면 또 일주일 치 희망을 연이어 품을 수 있다면서.

"호남, 경부, 부산만 줄기차게 뛰어서 이름도 성도 없이 장거리로 불리는 기사 양반이 있어. 나이 칠십에 육박하는 양반인데 덤프트럭을 모는 실력만큼은 노익장이야. 그렇게 끌고 다닌 덤프트

럭 차량 할부도 끝났지만 부려 먹을 대로 부려 먹어서 차 수리비
가 할부금과 맞먹는 걸 보면 이 바닥은 끝이 없는 거 같아. 그 양
반의 유일한 낙이 바로 이 로또야. 그 양반은 허구한 날, 내가 일
등만 터져봐라, 그날로 이 지긋지긋한 운전석에서 당장 내려올 거
다, 하고 떵떵거려. 모르긴 해도 장거리 양반이 지금껏 로또 산 돈
만 모아도 준중형 세단은 뽑고도 남을걸."

줄기차게 꽝만 나오는 로또를 한 주도 거르지 않고 산다는 대
형 트럭 기사들 이야기를 들으면서 영광은 혀 밑으로 침이 고이고
입이 벌어졌다. 대형 차량 기사들의 고충을 들으면서도 영광은 그
네들의 역동적인 삶이 부러웠다.

"로또만 터지면 나도 너희 어머니한테 호강 한번 제대로 시켜
드릴 수 있을 텐데."

영광이 주식에 목을 매는 것처럼 태춘은 입만 열면 로또 타령
이었다.

"로또로 우리 어머니 호강시켜주는 건 나중 일이고, 너 돈 좀
있으면 나 좀 빌려줘라."

영광은 오그라지기 시작하는 돼지 껍데기를 뒤집다가 용기를
내서 말했다.

"야, 새꺄! 내가 콱 뒈지고 싶어도 약 사 먹을 돈이 없는 사람이
다. 너는 내 사정 뻔히 알면서 그러냐?"

돼지 껍데기가 목에 걸렸다. 돈이 있느냐고 물어본 영광도 가

습이 답답했지만, 돈이 없다고 말하는 태춘의 혀도 오그라들었을 것이었다. 친한 사이일수록 돈 얘기는 하지 않는 게 인생 철칙이다. 돈 잃고 친구까지 잃지 않으려면 돈을 빌려줄 때는 아예 받지 않겠다는 마음으로 주는 거라고들 했다. 그러나 그것도 다 돈이 있는 사람들 얘기다. 애당초 생면부지에게 돈을 빌려달라고 할수도 없는 노릇이고, 친구에게 빌려준 돈을 돌려받지 않을 정도로 경제적 여유가 있는 사람이 몇이나 있겠는가.

돈이 없다는 태춘의 말에 영광은 노모의 병원비가 걱정이라는 하소연을 마음 편하게 늘어놓을 수 있었다.

"어머니 병원비 낼 돈이 없다는 말이야? 그럼 어떡하냐?"

"어떻게든 되겠지. 너무 걱정하지 마라."

손해를 왕창 보더라도 주식을 팔면 노모의 병원비는 마련할 수 있을 것이었다.

"얌마, 너 주식 팔려고?"

태춘이 영광의 속을 단번에 꿰뚫었다. 영광은 대꾸하지 않고 돼지 껍데기만 뒤적거렸다.

"야, 그게 어떤 돈인데 손해를 보고 팔아. 너한테는 목숨줄이나 마찬가지인 돈이잖아."

태춘은 새까맣게 타는 돼지 껍데기는 거들떠보지 않고 연거푸 술잔을 기울였다. 술자리가 파할 때까지 두 사람은 머리를 맞댔지만, 은행 담벼락을 뚫지 않고서는 뾰족한 묘안이 없었다.

태춘과 헤어지고 며칠이 지나지 않아 영광의 휴대폰에 알림이 떴다. 딱 병원비만큼의 돈이 영광의 통장에 입금되었다. 송금한 사람은 홍태춘이었다. 안도감이 드는 대신 가슴이 철렁 내려앉았다.

"먹고 죽으려고 해도 없다던 돈이 어디서 난 거야? 나한테 솔직하게 말해. 이거 무슨 돈인데?"

"새꺄, 시끄럽고, 어머니 퇴원이나 잘 시켜드려. 이 형님이 로또한 방이면 구겨진 인생이 다리미로 쫙 펴지는 건 시간문제라고 했잖냐?"

태춘은 객쩍은 소리를 한바탕 떠들더니 일방적으로 전화를 끊었다.

태춘이 송금한 돈으로 노모를 퇴원시켰지만, 마음이 편하지 않았다. 태춘이나 영광 같은 사람에게 몇백만 원은 며칠 만에 뚝딱 만들어낼 수 있는 액수의 돈이 아니었다.

어머니를 집에다 모셔드리고 태춘을 만났다. 술이 좀 들어가자 태춘이 속을 털어놓았다. 영광의 노모 병원비를 마련하기 위해 태춘은 아내를 만났다. 병원비 얘기를 꺼내기도 전에 아내는 태춘에게 그만두자는 말부터 했다. 아내 태도가 미심쩍어서 뭘 그만두자고 하는 거냐고 따졌다. 아내는 태춘에게 서류 봉투를 내밀었다. 아니나 다를까 이혼 서류였다. 짐을 싸서 집을 나갈 때부터 이미 작성해둔 것이었다.

그제야 태춘의 눈에 아내의 행색이 들어왔다. 얼굴이 몰라보게 환해진 건 둘째 치고 옷차림도 예사롭지 않았다. 하트 모양 펜던트가 달린 실처럼 가는 목걸이가 아내의 목에서 찰랑거렸다. 처음 보는 액세서리였다. 누가 보더라도 남의집살이하는 사람의 행색이 아니었다.

태춘은 이혼하지 않겠다고 버텼다. 부부가 살면서 경제적으로 힘든 시기를 겪을 때도 있지만 그럴 적마다 이혼한다면 이 세상에 해로하는 부부가 몇이나 되겠느냐고. 화를 내다가 애원도 해보고 달래기도 하면서 갖은 원맨쇼를 다 했다.

영광이 듣기에 태춘의 말은 전부 옳았다. 영광은 머리를 끄덕이며 태춘의 빈 잔에 연신 술을 따라주었다. 병원비의 출처가 궁금했지만, 격한 감정에 빠져 있는 태춘에게 물어볼 엄두가 나지 않았다. 씩씩거리던 태춘은 혈압이 오르는지 목덜미를 손날로 탁탁, 두드렸다.

태춘은 마지막 카드로 아들을 내세웠다. 어떻게 우리만 생각하느냐, 우리한테는 아들이 있지 않으냐고. 애가 받을 충격은 생각하지 않으냐고. 그 말을 하는 태춘의 눈가에 눈물이 가득 고였다. 아들 얘기만 나오면 태춘은 세상에서 가장 연약한 사람이 되곤 했다. 자기는 어떻게 되더라도 아들 하나 제대로 키우면 원도 한도 없다던 태춘이었다. 아들이 먹고 싶은 거, 입고 싶은 거, 하고 싶은 거 다 해주는 아빠가 되는 게 태춘의 유일한 꿈이었다. 영광은 그런 태춘이 부러울 때가 많았다.

아내는 꿈쩍도 하지 않았다. 아들도 이제 성인이고 개도 부모 복 없이 태어난 걸 어쩌겠느냐고. 다 갈 길이 따로 있는 거라고.

"이 여자가 미쳐도 단단히 미쳤더라고. 그 순간 딱 느낌이 오더라."

태춘처럼 영광도 어림짐작하는 바가 있었지만 차마 말을 하지 못하고 있었다. 태춘이 감을 잡았다는 그것이 사실이 아니길 바라는 마음이 컸다. 태춘의 눈에서 굵은 눈방울이 뚝뚝 떨어졌다.

"애 엄마가 외려 나한테 사정을 하는 거 있지. 자기도 행복해지고 싶다고 하더라. 나랑 사는 게 지긋지긋했대. 한 이불 덮고 산 세월이 자그마치 이십 년이 넘었어. 어떻게 나한테 그런 말을 할 수 있냐? 나랑 헤어진다고 세 끼 먹는 밥을 다섯 끼를 먹는 것도 아니면서…."

태춘은 울다가 웃고 있었다. 눈에선 눈물이 줄줄 흐르는데 입은 하회탈처럼 벙긋거렸다. 노모의 말이 떠올랐다. 인생 다 덧없는 거다. 잘사는 사람이나 못사는 사람이나 세끼 먹는 거 다 거기서 거기지. 부자는 어디 밥에다 금가루를 뿌려 먹는다더냐. 팔십 노모가 툭툭 던지는 말이 가슴을 때리는 순간이 잦아졌다. 영광도 나이를 먹어간다는 증거였다.

"억울해서 미치겠더라. 그래서 나도 밀어붙였어. 너 남자 생겼지, 하고."

태춘은 주먹으로 눈물을 쓱, 닦으며 말짱한 얼굴로 말했다. 태춘의 눈빛이 너무 강렬해서 영광은 일순간 움찔했다.

"그랬더니, 제수씨가 뭐라던?"

"야, 새꺄! 네 친구 쪼다 만들고 딴 놈이랑 놀아난 년한테 무슨 제수씨냐?"

태춘은 벌컥 화를 내며 말을 이어갔다. 아내는 당황한 기색도 보이지 않고 입을 다물었다. 태춘 말처럼 매정한 사람이 맞았다. 아내는 태춘에게 법원에서 보자는 말을 남기고 자리를 떠났다.

이튿날 태춘의 통장에 아내 이름으로 돈이 들어왔다. 더도 덜도 아닌 노모의 병원비만큼. 태춘을 배반한 양심의 가책 때문에 보낸 건지, 새로운 인생 출발에 앞서 액땜하는 셈친 것인지 분간할 수 없었다. 병원비의 출처가 너무 어처구니없어서 영광은 할 말을 잃었다.

"야, 그래도 너희 어머니가 복은 있는 양반이다. 퇴원 날짜 맞춰서 내 통장에 병원비가 딱 꽂혔으니까."

태춘은 씁쓸한 농담으로 긴 이야기를 마무리했다.

"새꺄! 너, 그 돈 나한테 갚을 생각하지 마라. 나 너희 어머니가 차려주신 밥 많이 얻어먹었다. 어디 그뿐이냐? 여름철에 어머니가 타주신 미숫가루 나는 아직도 못 잊어. 얼음 동동 띄운 미숫가루 한 사발이면 더위도 싹 다 잊었는데. 나 사는 게 바쁘다고 어머니한테 맛있는 것 한번 사드리지도 못하고. 사람 도리 못 하고 산 거지. 나도 너희 어머니한테는 반 아들이었어. 아들이 어머니 병원비

내드린 걸로 쳐라!"

사계절 내내 제 가방에 영광의 가방까지 들고 다녔던 자신의 호의는 쏙 빼고 노모의 은혜만 읊어댔다. 태춘은 원래 그렇게 천성이 착해빠진 녀석이었다. 태춘이야말로 계산 없이 친구에게 돈을 빌려줄 수 있는 사람이었다. 쥐뿔도 없는 주제에 호기를 부리면서. 태춘에게 항상 받기만 했던 영광이었다. 태춘을 위해 영광 이름이 제값을 하는 날은 영영 오지 않을지도 모른다는 생각에 가슴만 뻐근했다.

휴대폰 주식 앱을 들여다보는 영광의 입술은 앙다물어졌다. 휴대폰을 쥐고 있지 않은 손은 마디가 하얘지도록 주먹까지 꽉 쥐고 있었다.

"조금만, 조금만 더! 에잇, 이런!"

모르는 사람이 보면 영광이 운동 경기를 보는 중으로 비쳐질 만했다. 삼십여 종의 주식 중 단 몇 개라도 빨간색으로 전환되어야 하는 명분이 새롭게 추가되었다. 본전만 찾아도 매도할 생각이었다. 아니, 손실을 최소화할 수 있는 주식 몇 개만 건져도 미련 없이 팔 것이었다.

태춘은 노모 병원비를 갚지 말라고 했지만 그럴 수 없었다. 영광이 주식을 처분한다고 했더니 태춘은 그 돈이 어떤 돈이냐고 했지만, 태춘이 보내준 돈도 생때같기는 마찬가지였다. 태춘이 했던 말을 영광도 똑같이 중얼거렸다. 그 돈이 어떤 돈인데.

착한 천성만큼이나 성격도 대쪽 같은 태춘이었다. 노모의 병원비만 아니었다면 돈을 찾아 아내 면상에 던졌을 것이었다. 평소 같으면 영광도 태춘에게 그렇게 말해줬을 터였다. 야, 이 모자란 놈아! 너는 간도 쓸개도 없냐? 그까짓 몇백 없어도 살고, 있다고 해서 더 잘사는 것도 아니니까 당장 돌려줘라! 하지만 영광도 이번에는 어머니 병원비라는 발등에 떨어진 불부터 꺼야 했다.

빠르게 바뀌는 숫자에 눈이 핑글핑글 돌았다. 한 달 전 눈을 질끈 감고 매수한 반도체회사 주식이 갑자기 상승 곡선을 타고 있었다. 얼마 만에 보는 빨간색인지 몰랐다. 영광은 더 생각할 겨를도 없이 매도 버튼을 눌렀다. 태춘이 송금한 돈이 얼추 맞춰졌다. 태춘 말대로 영광에게 피 같은 돈이었다. 노모와 태춘의 생계와 노후가 왔다 갔다 할 만한 액수였다. 아무리 그렇다고 해도 태춘의 자존심을 쓰레기통에 처박을 순 없었다.

영광은 주식을 매도한 돈을 태춘의 계좌로 송금한 후 어머니 식사를 챙겨드리고 밖으로 나왔다. 운수동 대통로 사거리를 사람들이 활보했다. 영광은 상점을 기웃거리거나 벽에 붙은 전단지를 유심히 살폈다. 알바 모집 공고나 부업거리를 찾았지만 마땅한 일거리가 눈에 띄지 않았다. 언제까지 주식 앱이나 들여다보면서 살

276

수는 없었다. 노모가 쌀 두 가마니 값으로 지었던 이름값은 하고 살아야 하지 않을까. 이름값은 제쳐두고 태춘이 영광의 가방 셔틀을 해줬던 값어치도 하시 못하고 산다는 부끄러움이 밀려왔다.

심란한 마음으로 길을 걷던 영광은 행인과 어깨를 부딪혀 그 자리에서 넘어졌다. 행인은 우람한 체격의 사내였다. 사내는 큰 덩치에 어울리지 않게 우유 팩에 빨대를 꽂아서 빨고 있었다. 영광과 부딪치는 바람에 우유가 사내의 앞섶에 갈색 자국을 남겼다. 초콜릿 향이 물씬 났다.

"아이쿠, 미안합니다."

사내가 영광을 향해 손을 내밀었다. 영광은 두툼한 사내의 손을 잡았지만 약한 다리가 힘에 부친 탓인지 몸이 꿈쩍도 하지 않았다. 초콜릿 사내는 머리를 갸웃거리더니 마시던 우유 팩을 땅바닥에 내려놓고 팔을 벌린 채 두 손을 영광의 겨드랑이에 쑥 밀어 넣었다. 눈 깜짝할 사이 영광의 몸이 허공으로 떠올랐고 힘없는 왼쪽 다리가 덜렁거렸다. 순간, 태춘과 처음 만났던 순간이 생각났다.

중학교에 막 올라갔을 때였다. 늦잠을 자는 바람에 여느 때보다 등교 시간이 촉박해 영광은 조바심이 났다. 지각생을 잡기 위해 교문에서 선도부가 진을 치고 있었다. 무리 지은 학생들이 일제히 달리기 시작했다. 뛴다고 뛰었지만 불편한 걸음에 무거운 가방을 짊어진 영광에게 교문은 멀기만 했다. 교문에 거의 이르렀을 때 누군가가 영광을 확 밀쳐 그대로 바닥에 나동그라졌다. 영광을 밀친 아이는 사과도 하지 않고 쏜살같이 교문 안으로 들어가버렸다. 교문이 닫히기 직전이었다. 지각생으로 걸리면 영락없이 토끼뜀을 뛰어야 했다. 영광은 불편한 다리로 토끼뜀을 뛰는 자기 모습을 떠올리는 것만으로도 끔찍했다.

그 순간 영광의 몸이 공중으로 붕 떠올랐다. 자신의 가방도 내팽개친 채 영광을 안고 닫히기 직전의 교문 안으로 발을 쑥 내밀었던 아이가 태춘이었다. 선도부원과 선생님은 입을 벌리고 그 광경을 쳐다보았다. 영광과 영광을 들어올린 채 낑낑거리던 태춘은 간신히 지각을 면했다. 두 사람은 그날부터 친구가 되었고 태춘은 영광의 가방 셔틀을 자처했다.

"어디 다친 데는 없으십니까?"

쩔쩔매는 사내에게 눈길이 갔다. 연분홍 바지 저고리와 색동마고자에 금박 장식의 복건은 딱 돌잡이 한복 차림이었다. 우락부락한 인상과는 어울리지 않게 통통한 볼은 발그스레했고, 영광을 한껏 귀여운 표정으로 말똥히 쳐다보고 있었다. 덩치만 커다란 어린애인 걸까? 그렇다고 하더라도 명절도 아닌데 한복 때때옷이라니? 영광은 적이 의심스럽게 사내를 바라보았다.

"아아, 형님, 장애인이셨네."

초콜릿 사내는 영광의 옷을 털어주며 말했다. 형님 소리 깨나 해본 듯한 인상도 거슬렸지만, 대놓고 장애인이냐고 물어보니 슬슬 기분이 나빠졌다. 어릴 적에 숱하게 들어왔던 '비잉신'의 완곡한 표현으로 들린 탓이었다. 초콜릿 우유를 마시던 입에서 장애를 비하하는 말이 불쑥 튀어나올 것 같았다. 한편으로는 어쩌면 그도 장애인일지 모른다는 생각이 들었다. 덩치에 어울리지 않는 표정과 옷차림 때문이었다.

"거, 참! 말 좀 가려서 하세요. 듣는 장애인 기분 나쁘니까."

영광도 손으로 먼지 터는 시늉을 하며 부루퉁하게 쏘아붙였다.

"아니, 장애인을 장애인이라 부르지 못하면 뭐라고 부릅니까? 아 참, 허균이 홍길동전을 쓴 게 맞습니다. 허준은 동의보감을 썼습니다."

영광은 별 희한한 놈 다 보겠네 싶어 눈을 가늘게 뜨고 중얼중얼거리는 사내를 올려다보았다.

"아무튼 실례했습니다. 그래서 하는 말인데, 애기씨 동자님이 형님 점을 한번 봐드리고 싶으시답니다. 안 되겠습니까?"

이건 또 무슨 말인가? 느닷없이 나타난 사람이 '도를 아십니까?'라는 말로 발목을 잡은 적은 있어도 점을 봐준다는 사람은 처음이었다. 미심쩍었지만 호기심이 꿈틀거렸다. 영광은 심심풀이로 보는 오늘의 운세도 거들떠보지 않았다. 어머니가 지어주신 이름에 마가 끼지 않을까 싶어서였다.

"그럼, 저… 복채가 얼만가?"

영광은 얼떨결에 존대도 반말도 아닌 엉거주춤한 말투로 대꾸했다.

"형님도 참! 공짜입니다, 공짜. 천천히 따라오십시오."

아기 동자는 헤벌쭉 웃으며 앞서 걸었다. 조금 이상하긴 했지만 나쁜 사람으로 보이지는 않았다. 영광은 아기 동자가 조종하는 마리오네트가 된 듯이 어기적거리며 발걸음을 옮겼다.

아기 동자와 도착한 곳은 그의 말대로 미스코리아라는 간판을 내건 점집이었다. 아기 동자라는 이름만큼이나 특이한 상호였다. 영광은 신당이 꾸며진 방으로 안내를 받았다. 만신상 아래 보료 위에 비스듬히 누워 있던 한복 차림의 여자가 느릿느릿 몸을 일으켰다.

"고 여사님, 손님 모시고 왔습니다. 공짜 손님입니다. 실수로 저 앞에서 형님을 넘어뜨려서 큰일 날 뻔했거든요."

아기 동자가 고 여사라는 여자에게 자초지종을 설명했다.

"아이고, 어디 다치지는 않으셨어요? 진짜 큰일 날 뻔하셨네. 이리 앉으셔서 일단 숨 좀 돌리시고, 여기다 성함이랑 생년월일시 좀 적어보세요."

고 여사가 사주를 보는 동안에 아기 동자는 공기 빠지는 소리가 나도록 우유 팩을 빨아댔다.

"아저씨는 무슨 일 하세요?"

"직업이요?"

"네. 먹고살려고 하시는 일이요."

영광의 속사정을 꿰뚫기나 하듯이 고 여사는 정곡을 찔렀다. 대충 그럴싸한 말로 둘러댈까 싶은 생각이 들었다. 불편한 몸에 직업조차 없다고 하면 무시당할지 모른다는 자격지심이 든 탓이었다.

"애, 애널리스트라고⋯."

"애널리⋯? 아, 주식! 그럼 증권회사 다니세요?"

"아닙니다. 집에서 그냥 주식 조금 하고 지냅니다."

영광은 곧바로 정정했다. 거짓말에는 영 소질이 없으니 손에 쥔 것도 놓쳐버릴 놈이라던 태춘의 말이 생각났다.

"집에서 주식이요? 에이, 그냥 백수인 거네, 백수."

고 여사의 말에 영광은 얼굴이 후끈 달아올랐다.

"음, 영광 님 사주를 보니까요. 중년이 지나면서 서서히 풀리는 팔자네요. 인생에서 귀인도 있었네. 앞으로는 괜찮을 거예요, 열심히 살면⋯."

인생에 귀인이 있다는 말은 정확했다. 영광에게 태춘이야말로 귀인이었다. 중년이 지나서 풀린다는 말도 귀에 박혔다. 열심히 살면, 이라는 전제가 붙긴 했지만. 젊었을 때 이런 점괘를 들었다면 반발심이 솟구쳤을 것이었다. 열심히 살면 괜찮겠다는 말은 당연한 소리 아니냐고. 하지만 산전수전을 두루 겪다 보니 깨달았다. 열심히 산다고 다 괜찮게 사는 건 아니라는 걸.

영광도 한때 정말 열심히 살았다. 불편한 몸을 이끌고 닥치는 대로 일했다. 제조 공장에서 조수도 했고 포장마차를 차려 장사도 했다. 막노동 판에도 기웃거렸지만, 몸이 불편하다는 이유로 거절당했다. 그렇게 몸을 아끼지 않고 살았지만 그러나저러나 인생은 속절없이 곤두박질치기만 했다.

"음, 돈은 좀 있으신가 봐요, 주식을 한다는 걸 보면. 근데 주식에 돈을 몽땅 넣지는 마셔. 분산 투자라는 말도 있잖아요. 달걀을 한 바구니에 담지 말라고 하던가."

고 여사는 생각에 잠긴 듯하더니 뜬금없는 말을 했다. 점을 공짜로 봐준다더니 설마 부적을 쓰라고 하려나. 공짜 점에 코를 꿰여서 공연히 난처해지는 건 아닌가 염려되었다.

"누구는 주식에다 돈을 다 넣고 싶겠어요. 손실을 막아보려고 찔끔찔끔 넣다 보니…. 또 보시다시피 몸도 불편해서 할 수 있는 일도 없고…."

"주식을 얼마나 사서 쟁여놓은 건지는 모르겠지만 일부라도 처분할 생각을 좀 해보시는 게 어때요? 그리고 찾아보면 세상에는 할 수 있는 일이 다 있기는 있어요. 근데 그게 좀…."

"몸도 불편한 제가 할 수 있는 일이 있을까요? 사실, 제가 이름을 잘 지어서 말년에 팔자가 쫙 핀다고 하긴 했는데…."

"이름을 잘 지어서 팔자가 핀다고요? 아아, 이영광. 글로리한 이름이긴 하네요. 애기씨 동자님, 글로리한 이분 전생 좀 봐주세요."

고 여사의 말에 아기 동자는 두 손을 합장하듯 모으고 머리를 흔들었다. 신당에 엄숙한 기운이 감돌았고 흐릿한 향내도 맡아졌다. 영광은 등골이 오싹해지고 식은땀이 흘렀다.

"애기씨 동자님? 영광이 형님 전생이 뭐라고요? 엉…."

아기 동자는 얼굴을 십오 도 각도로 틀고 손바닥으로 귓등을 가리며 귀를 쫑긋 세우는 제스처를 취했다. 조금은 딱딱했던 말투도 어린아이 응석처럼 누그러졌다.

"어어어, 까… 사… 노… 빠!"

아기 동자는 앵앵거리는 목소리로 내뱉었다.

"까사노빠라고?"

고 여사가 아기 동자의 말을 그대로 되뇌었다. 영광도 고 여사처럼 단어를 읊조렸다. 어디서 많이 들어본 사람 이름이 분명했다.

"어, 알았다. 카사노바!"

고 여사가 영광보다 한발 빨랐지만 영광은 어리둥절했다.

"바람둥이잖아, 바람둥이."

영광도 그제야 생각이 났다. 활력을 솟아나게 하려고 굴을 즐겼다던 희대의 호색한. 그런데 그 바람둥이가 영광의 전생이었다니 믿어지지 않았다.

"에이, 그건 아닌 거 같은데요."

영광은 손을 휘저으면서 비실비실 웃었다. 겉으론 아니라고 부정했지만, 마음 한구석에서 이상야릇한 객기가 스멀스멀 올라왔다. 말년에나마 여자 복이 넘치려나 하는 우스꽝스러운 기대가 부풀어지고 있었다. 연애다운 연애 한번 해보지 못한 영광에게도 늦게나마 핑크빛 시절이 온다면 입이 귀에 걸릴 일이었다.

"어허, 어디서 함부로 입을 놀려요! 애기씨 동자님 말씀에 부정타게시리."

서릿발 같은 고 여사의 호통이 날아왔다.

"형님, 속으로 엉뚱한 생각하고 계십니까? 꿈 깨십시오. 형님 전생은 카사노바의 여성 편력하고는 관계가 없습니다. 글로리 형님, 지금 당장 인터넷에 카사노바를 한번 검색해보세요."

원래 점괘 풀이를 인터넷으로 직접 보기도 하나? 영광은 불쑥 올라오는 의심을 거두기로 했다. 복채도 내지 않고 점을 보면서 이러쿵저러쿵 불평하는 것도 꼴불견이었다.

고 여사와 아기 동자가 영광을 재촉하는 시선으로 바라보았다. 영광은 떠밀리듯 휴대폰을 꺼내 카사노바를 검색했다. 검색 결과는 항간에 알려진 것과는 다소 차이가 있었다. 여성과 숱하게 염문을 뿌리기는 했지만, 그 외에도 연금술의 귀재이자 말년에는 자신의 인생을 기록한 작가로 나와 있었다. 기울어져가는 프랑스 왕조의 재정을 살리기 위해 루이 15세에게 복권사업을 권장한 인물이 바로 카사노바였다.

검색 결과를 읽는 영광을 바라보던 고 여사의 입꼬리가 슬금슬금 올라갔다. 무엇인가를 알고 있는 듯한 미소였지만, 영광은 카사노바의 인생과 자신의 현생을 좀처럼 연결 짓지 못했다. 그저 두 사람에게 홀린 기분이었다. 고 여사는 미소를 거두고 말짱한 얼굴로 물었다.

"혹시 복권방 창업을 할 수 있는 조건이 뭔지 아세요?"

"네? 복권방이 저랑 무슨 상관이에요?"

"상관이 있고말고요. 와, 우리 애기씨 동자님은 진짜 용하시기도 하지. 어떻게 전생을 기가 막히게 맞히셔? 맞네, 맞아. 카사노바. 아저씨 전생으로 딱이에요, 딱."

고 여사는 뭐가 그렇게 신바람이 나는지 연신 박수를 쳤다. 고 여사 말인즉 돈이 있다고 아무나 복권방 창업을 할 수 있는 게 아니라는 것이었다. 창업 조건이 있는데 그중 장애인도 해당이 된다고 했다. 고 여사 역시 휴대폰 켠 김에 그것도 찾아보라는 말로 인터넷에 점괘를 의지했다. 영광은 복권방 창업 자격 요건을 검색했다. 고 여사 말대로 복권방 창업 계약 대상자 조건은 까다로웠다. 기초 생활 수급자, 독립유공자, 차상위 계층, 장애인 증명서 발급이 가능한 장애인 등이 자격 요건이었다. 영광도 처음 안 일이었다.

영광은 혀로 마른 입술을 적시고는 침을 꼴깍 삼켰다. 질흙같이 깜깜한 인생에 한 줄기 서광이 비치는 기분이 이런 걸까?

"여기다 전화번호 하나 써놓고 가세요. 복권방 신청 가능한 시기를 알려드릴 테니까."

복권방 신청이 가능한 시기도 점사로 맞힐 요량인가 보았다.

고 여사가 용하긴 용한 모양이라고 생각하면서 영광은 고 여사가
내민 종이에 전화번호를 적었다.

점집을 다녀온 후 며칠이 지나지 않아 고 여사로부터 전화가
걸려왔다.

"안녕하세요? 미스코리아 점집이에요."

"아, 네. 웬일이세요?"

"지금이 복권방 창업 신청 기간이거든요. 동행 복권 홈페이지
에 접속해서 얼른 신청하세요. 서류랑 수수료는 정확히 내셔야 해
요. 참고 삼아 말씀드리는데 지역에 따라 경쟁이 여간 치열하지
않아요. 그러니까 만약 탈락해도 실망하진 마세요. 다음에 또 기
회는 있으니까요."

일목요연하게 전달하는 고 여사는 복권방 창업 전문가 수준이
었다.

"근데 고 여사님은 어떻게 복권방 창업 정보를 이렇게 잘 아세
요?"

"점쟁이가 달리 점쟁이겠어요? 모르는 거 빼고 다 아는 게 바
로 점쟁이지."

고 여사의 알 듯 모를 듯한 말이 영광을 더 헷갈리게 했다. 문
득 고 여사와 아기 동자의 전생이 궁금해졌다. 두 사람도 서로의
사주로 점괘를 뽑고 전생도 봐주지 않았을까. 궁금하긴 했지만 선

뜻 물어볼 엄두는 나지 않았다.

영광은 고 여사가 시키는 대로 동행 복권 홈페이지에 들어가서 복권 창업 신청서를 제출했다. 선정된다고 하더라도 복권방 창업 초기 자본금이 만만치 않았다. 영광의 현재 경제 상황으로는 가당치 않은 금액이었다. 영광은 주식 앱을 들여다보면서 주식을 매도하라던 고 여사의 말을 곱씹었다.

미스코리아 점집의 점괘가 용한 건지, 뒤늦게 이름이 제값을 하려는 건지, 영광은 복권 신규 판매인으로 선정되었다. 학교 다닐 때도 장려상 한번 받아보지 못한 영광은 무언가에 뽑혔다는 사실만으로도 세상을 다 얻은 것처럼 기분이 좋았다.

미스코리아 점집을 드나들면서 영광은 고 여사로부터 복권방 창업 정보를 하나씩 섭렵했다. 그렇게 점집을 드나들던 어느 날 영광은 행색이 초라한 할아버지가 자신을 빤히 바라보는 걸 느꼈다. 그 할아버지가 고 여사가 말한 귀인이라는 걸 그날은 꿈에도 알지 못했다.

복권방을 개업할 부지를 둘러보고 커피 전문점에서 마주 앉은 곽 영감에게서는 노인네 특유의 완고함과 괴팍함이 느껴졌다.

경쟁이 치열하다는 복권 신규 판매인에 영광이 선정된 건 운이

기막히게 좋은 덕이었다. 편의점 복권 판매가 철수되는 바람에 창업자를 대거 뽑느라고 격년으로 받던 신청이 일 년 단위로 바뀌어 상대적으로 경쟁률이 낮았다는 건 나중에 안 사실이었다.

소식을 들은 태춘은 자기 일처럼 기뻐했다. 당첨 후 정해진 기간 이내에 창업해야 한다는 말을 하기 전까지는.

"야, 어떡하냐? 너한테 그만한 돈이 없잖아."

"그러게. 먹고 죽으려고 해도 없는 게 돈인데…."

태춘이 굴욕감을 견디면서 받아낸 돈으로 노모의 병원비를 갚은 기억이 떠올랐다. 영광은 태춘이 그 돈을 찾아서 아내의 얼굴에 확 뿌려주는 상상을 하는 것만으로도 십 년 묵은 체증이 한꺼번에 내려가는 기분이었다.

"주식이라도 팔아야지."

"야, 너 주식이 올랐구나? 그래서 복권방을 해보려고 한 거야?"

"여태 죽을 쑤던 주식이 하루아침에 벼락 맞았겠냐. 손해를 보더라도 어쩔 수 없지, 뭐."

"하, 이 새끼 말하는 것 좀 보소. 손해를 보더라도? 그걸 말이라고 하냐? 그 돈이 어떤 돈인데…."

영광을 생각하는 태춘의 속마음을 모르지 않았다. 궂은일을 마다하지 않고 모은 전 재산을 털어 산 주식이었다. 그렇지만 이제 영광도 제 살 파먹기 식의 주식 놀음에 신물이 났다.

영광은 복권방 당첨 소식을 고 여사에게도 알렸다.

"참 듣던 중 반가운 소리네요. 가만있자. 복권방 할 만한 데가 있긴 한데. 장소가 애매하긴 해도 잘만 하면 시세보다 저렴하게 얻을 수도 있고….."

"고 여사님, 뜸 들이지 말고 속 시원하게 말씀 좀 해주세요."

저렴한 보증금과 월세라는 말에 몸이 바짝 달은 영광이 고 여사를 재촉했다. 고 여사는 점을 치러 온 노인한테 땅이 있다고 했다. 대통로에서도 멀지 않은 땅이라 복권방 창업 입지 조건에도 맞아떨어졌다. 고 여사는 노인의 전화번호를 받아서 영광에게 건넸다. 곽 영감은 모르는 사람이 없을 만큼 이 동네 토박이였다. 영광도 파지 손수레를 힘겹게 끌던 곽 영감을 몇 번 본 적이 있었다.

영광은 곽 영감과 통화하고 곽 영감 소유의 땅이 서울외곽순환고속도로와 인접해 있는 맹지라는 걸 알게 되었다. 곽 영감도 쓸모 없는 땅을 놀리는 것보다 월세라도 받는 게 낫다는 판단이 섰는지 영광의 제안을 받아들였다.

태춘이 복권방 가게 터를 같이 보러 가자고 했다. 태춘은 고속도로 휴게소에 있는 복권방의 수입이 제법 괜찮다고 귀띔했다. 휴게소에서 복권을 구매하는 손님 대부분이 트럭 기사들이었다. 각자 처한 상황은 달랐지만, 대형 차량을 모는 사람들이라 그런지 배포만큼은 태평양이었다. 로또를 사도 최소 열 장은 기본이었다.

태춘의 덤프트럭을 타고 곽 영감과 맹지를 둘러보았다. IC와 인접해 있고 부지도 넓어 운전기사들 쉼터로도 적격이었다. 태춘이 돌아가고 카페에서 곽 영감과 최종적으로 얘기를 나눴다. 영광은 천만 원 보증금에 월세 오십을 불렀지만, 곽 영감은 삼백에 월백만 원을 요구했다. 두 사람은 오백만 원 보증금에 월세 육십만원으로 타협을 봤다. 맹지에 널려 있는 쓰레기 수거 비용은 양쪽에서 반씩 부담하기로 했다. 임대인과 임차인 서로가 만족할 만한 계약이었다.

영광은 계약서를 작성하고 태춘에게 복권방을 같이 하자고 제안했다. 복권방이 당첨되었을 때부터 마음을 먹은 일이었다. 덤프트럭을 넘기면 남아 있는 트럭 할부금은 털 수 있다는 말을 태춘으로부터 누누이 들었다. 덤프트럭을 몰다가 인생이 망가진 태춘이었다. 목구멍이 포도청이었고, 배운 도둑질이 운전인 탓에, 울며겨자 먹기로 태춘이 운전대를 잡는다는 걸 영광도 모르지 않았다.

"야, 싫다, 싫어. 너 좋은 일에 왜 나를 끌어들인다는 거냐? 너도 알다시피 난 재수라곤 없는 놈이야. 그런 내가 영광이 네 행운에 꼽사리를 끼면 공연히 동티나는 법이라고."

영광의 제안에 펄쩍 뛰며 거절하는 이유도 착하디 착한 태춘다웠다.

"얌마, 너도 생각 좀 해봐라. 내가 복권방을 어떻게 혼자서 하겠냐? 출퇴근도 어렵다는 거 뻔히 알면서. 너 그렇게 의리 없는 놈이었냐? 내가 사업 좀 해보겠다는데 친구가 발벗고 돕는 게 당연한 거 아니냐?"

영광의 협박에 태춘은 못이기는 척하며 덤프트럭을 중고로 팔았다. 여태껏 태춘에게 신세만 지고 살았던 영광이었다. 한 번쯤 보란 듯이 태춘의 인생에 귀인이 되어주고 싶었다.

영광은 태춘과 함께 '해피투게더'라는 상호로 복권방을 개업했다. 그날 대통로에서 아기 동자를 만나지 않았더라면 꿈에도 생각지 못했을 일이었다. 그러고 보면 복권방 창업을 할 수 있게 된 건 다 미스코리아 점집 덕분이었다.

영광의 사주팔자에 귀인이 들었다는 점괘는 기가 막히게 맞힌 셈이었다. 평생 아들 바보로 살아온 노모와 삼십여 년 친구 태춘이 영광의 귀인임은 말할 것도 없었다. 우연히 길거리에서 부딪친 인연으로 인생 조언을 해준 미스코리아 점집의 고 여사와 아기 동자도 영광에겐 귀인이었다. 헐값의 보증금과 월세로 넓은 부지를 빌려준 곽 영감도 영광에겐 다시 없을 귀인이었다.

해피투게더 복권방에 로또를 구매하는 대형 트럭 운전기사들도 영광에게는 귀인들이었다. 처음에는 뜨내기 손님들이었지만 넓은 주차 공간을 자주 이용하면서 서로 안면을 터 한두 명씩 단골이 늘어났다. 태춘의 아이디어로 복권방 한편에 음료수와 간단한 간식도 판매했다.

파지를 줍던 곽 영감도 월세를 받아 생활하게 되자 신수가 훤해졌다. 병원 의사가 곽 영감에게 유산소 운동을 권한다면서 자전거를 타고 복권방에 한 번씩 들르곤 했다. 영광은 곽 영감에게 고

관절 수술 이후 외출을 하지 못하는 노모 얘기를 했다.

"우리 나이에 고관절이 고장나면 저승행 열차를 탄 거라고 봐야 혀."

곽 영감은 무심히 한 말이겠지만 영광은 듣기 싫었다. 노모와 비슷한 연배였지만 건강한 체력에 자전거를 씽씽 타는 곽 영감이 부러웠다. 그런데 그렇게 건강하던 곽 영감이 갑자기 돌아가셨다. 곽 영감의 아들로부터 장례식까지 다 마쳤다는 말을 듣게 되었다. 마지막 인사를 드리지 못한 게 아쉽다고 말하자 갑자기 돌아가시는 바람에 가족도 경황이 없었다고 했다. 자전거를 타던 곽 영감의 모습이 눈에 선했다. 성마르고 괴팍한 인상과는 다르게 속정이 깊은 분이었다. 오래전에 영광과 같은 해에 태어난 아들을 잃었다고 했던 게 생각이 났다.

곽 영감 소식을 들은 지 한 달도 채 지나지 않아 노모도 조용히 눈을 감았다. 곽 영감 말대로 고관절 부상이 노모한테는 저승행 열차표였는지도 몰랐다. 임종 직전 노모는 아들을 제치고 태춘을 먼저 찾았다.

"태춘아, 네가 우리 영광이 좀 잘 돌봐주렴. 우리 영광일 놀리는 녀석이 있으면 태춘이 네가 혼내줄 거지?"

노모는 눈을 감기 직전까지 아들 걱정뿐이었다. 너희 어머니도 어지간히 아들 바보셔. 아들 바보는 태춘이 영광의 노모에게 붙인 별명이었다. 태춘도 노모의 손을 맞잡았다.

"어머니 걱정하지 마셔요! 어머니 아들, 이젠 내가 돌봐주지 않아도 자기 힘으로 충분히 잘 살고 있는 거 아시잖아요. 영광이 그놈이 어엿한 사장님인걸요. 어머니, 우리 두 사람 열심히 살게요. 영광이랑 나랑 피를 나누진 않았지만, 형제처럼 의지하면서 지낼 테니까 아무 걱정일랑 마시고 마음 편하게 잡수셔. 응, 어머니."

태춘의 말에 노모는 안심이 되는지 빙긋이 웃고는 편안하게 눈을 감았다.

노모의 장례식에 군인 차림의 청년이 문상을 왔다. 처음 보는 청년이었지만 낯이 익었다. 영광과 함께 빈소를 지키고 있던 태춘이 반갑게 쫓아 나와서 청년의 등을 연신 쓰다듬었다. 태춘의 아들이었다. 아들을 바라보는 태춘은 먹지 않아도 배부른 얼굴이었다. 자식이란 존재는 뭘까? 영광으로선 한 번도 품어보지 못한 감정이었다. 앞으로도 느껴보지 못하리란 생각에 부러움이 더했다.

언젠가 아들과 통화를 마친 태춘이 눈물을 글썽거린 적이 있었다. 태춘 부부가 이혼한 걸 알게 된 아들이 태춘에게 원망의 말을 마구 쏟은 모양이었다.

"영광아, 너 세상에서 제일 무서운 게 뭔 줄 아냐?"

"곶감인가?"

영광은 태춘의 울적한 마음을 풀어주고자 객쩍은 농담을 던졌다.

"야, 새꺄! 그럼 내가 호랑이냐? 그게 언제적 농담인데. 그건 아재 개그 축에도 못 끼겠다."

태춘은 언제 눈물을 글썽거렸는가 싶게 성질을 냈다. 그래도 영광의 싱거운 농담에 기분이 조금은 풀린 듯했다.

"누가 너보고 호랑이라고 했냐? 성질하고는! 그래서 뭐가 제일 무서운데?"

"바로 자식이다. 난 이 세상에서 우리 아들이 제일 무서운 거 있지."

말은 무섭다고 하면서도 얼굴에는 전형적인 아빠 미소가 번졌다. 아들을 떠올리기만 해도 모든 서운함이 눈 녹듯 사라지는 모양이었다.

태춘의 아들은 노모의 영전에 향을 피우고 절을 했다. 태춘의 아들을 보고 있자니 태춘의 젊은 시절이 고스란히 겹쳐 보였다. 아들이 문상을 마치고 돌아가자마자 영광이 태춘의 등짝에 스매싱을 날렸다.

"내가 보니까 넌 네 아들한테 잽도 안 되겠다. 네 아들이 너보다 열 배는 더 잘생겼다."

"야, 너는 그걸 말이라고 하냐? 그럼 당연하지. 열 배라고? 웃기지 마. 우리 아들이 나보다 백 배는 더 잘났지."

영광의 노모만 아들 바보가 아니었다. 태춘도 둘째가라면 서러운 아들 바보였다.

"태춘아, 너 그거 알고 있냐? 내가 너를 정말 부러워하는 거."

"자식, 내가 부러울 게 뭐 있냐. 이십 년 넘게 같이 살던 마누라한테 이혼이나 당했는데…."

태춘의 표정이 씁쓸했다.

"너 젊은 시절을 꼭 빼닮은 듬직한 아들이 있잖아. 나는 그게 제일 부러워 죽겠다."

"이 새끼, 너 진짜 양심 없다. 내가 너 정말 부러워하는 건 모르냐?"

"미친 놈. 나야말로 뭐가 있다고 네가 나를 부러워하냐?"

"영광이 너희 어머니. 너라면 끔찍하셨던 너희 엄마 말이다. 난 그런 엄마를 한 번도 가져본 적이 없잖아."

태춘의 말을 듣는 순간 영광은 콧날이 시큰해졌다. 영광은 까맣게 잊고 있었다. 태춘이 보육원에서 어린 시절을 보냈다는 것을.

태춘이 그렇게 부러워하던 엄마를 영광도 영영 잃었다. 빈소에 올린 노모의 영정사진을 바라보면서 새삼 노모의 입버릇 하나가 또 생각났다. 잠시 쉴 틈도 없이 일하는 택배 기사, 태춘처럼 하루 열두 시간 고속도로를 달리는 대형 트럭 기사, 물설고 낯선 땅에서 일하는 외국인 노동자들, 휴게실도 없어서 화장실에서 점심을 먹는 비정규직 청소부들…. TV에서 그런 사람들 뉴스가 나올 때마다 노모는 사람 값어치가 제일 싸다고 혀를 찼다. 원래 금수저를 입에 물고 태어난 사람들은 재산이 재산을 불려줘서 호의호식

하지만, 가진 거 없고 배운 거 없는 사람들은 제 살 깎는 노동으로 겨우 입에 풀칠하는 거라고. 아들 바보였던 노모에게는 영광이 사람 값어치를 제대로 받지 못하는 사람 중 한 명이었던 게 가장 가슴 아픈 일이었을지 몰랐다.

어머니는 영광의 인생이 이름 따라 빛나기만을 바랐다. 아주 오랜 시간을 기다린 만큼, 영광의 삶은 이제 기지개를 켜고 누구보다 찬란한 빛을 내려는지도 몰랐다. 노모는 영영 돌아오지 못할 길을 떠났지만 영광은 노모가 지어준 이름으로 세상을 살 힘을 얻었다.

"우리 아들 영광이, 금쪽같은 내 새끼. 세상 어떤 걸 줘도 나는 너와 바꾸지 않을 거야. 영광아! 엄마 없다고 기죽지 말고 살아. 누가 너를 괴롭히고 놀리면 내가 저승에서라도 쫓아와서 혼찌검을 내줄 테니까 이 엄마만 믿고 가슴 쭉 펴고 살아야 한다."

영정사진 속 희미하게 웃는 노모는 영광을 향해 그렇게 말하고 있었다.

에필로그

하남시 운수동 대통로에는 미스코리아 점집이 있다. 점집 문턱이 닳도록 수많은 사람이 그곳을 드나들었다. 미스코리아는 복채 선불제로 신뢰를 다졌고 전생 찾기와 점괘 리터치로 차별점을 내세웠다. 길흉화복은 각자의 마음에 달렸다며 모든 책임을 고객한테 전가하는 희귀한 점집이기도 했다.

어떤 손님은 조개처럼 입을 꾹 다물고 팔짱을 낀 채로 점쟁이의 실력을 평가하려는 듯 시종일관 고자세였다. 또 어떤 손님은 생년월일시를 내놓기도 전에 울음을 터뜨리며 대성통곡했다. 가슴속 응어리를 작심하고 풀어놓으려는 듯 한바탕 수다를 떨고 가는 손님도 있었다.

각자의 인생과 사연 한 보따리를 풀어놓는 사람들이 모르는 게 있다. 본인 인생은 어떻게 풀어갈지 알 수 없어도 남의 인생에 훈수 두기는 쉽다는 것. 그리고 인생 총량의 법칙이 있듯 윤회 총량의 법칙도 존재한다는 것. 어쩌면 미스코리아 점집에서 일깨워주는 건 그 두 가지인지도 몰랐다.

손님들이 미스코리아 점집 문을 나가면서 몇 마디 주워들은 점괘로 인생 행로에서 따뜻한 위로를 받거나 작은 용기를 얻게 된다면 다행이다. 그걸 얻지 못했다고 해도 할 수 없다. 아기 동자가 즐겨 마시는 초콜릿 우유처럼 부드럽고 달착지근한 한 모금의 여유와 휴식이 되면 그걸로 족할 뿐.

미스코리아 점집에 관한 사실무근의 추측성 발언이 사람들 입에 오르내리곤 했다. 어떤 사람은 말했다. 고 여사가 입상은 못 했어도 실제로 미스코리아 대회에 출전한 적이 있다고. 그 말에 누군가가 고 여사를 찬찬히 뜯어 봤지만, 미스코리아 대회에 나갈 정도의 인물은 아니라고 반박했다.

또 어떤 이는, 고 여사가 진짜 처녀는 아니라고 했다. 그러자 누군가는 비록 진짜 처녀는 아니라고 해도 처녀 신내림을 받은 무당이라면서 그렇다면 미스라고 말해도 무방하다는 주장을 펼쳤다.

다른 사람은 아기 동자야말로 전생을 보는 특별한 신내림을 받은 박수무당이 틀림없다고 했다. 전생을 풀어줄 때 내는 혀짤배기

소리와 신당에 부는 스산한 바람, 또 향냄새와 영험한 기운이 그 증거가 아니겠느냐고 단언했다.

그 말을 조용히 듣고 있던 한 사람이 천천히 머리를 가로저었다. 아기 동자의 옷차림과 말투는 시늉이 아니라 진짜 어린이의 그것이라 했다. 그 말에 다른 이가 동조했다. 아기 동자의 나이가 열 살에 멈춰 있다고. 어릴 적 보약을 잘못 먹은 탓에 덩치만 커다랗게 자랐을 뿐 정신 연령이 거기서 멈춘 거라고.

두 사람의 대화에 귀 기울이던 사람이 불쑥 나섰다. 사실은 아기 동자와 고 여사가 남매라는 말을 들었다고. 그러자 그렇게 안 닮은 남매는 본 적이 없다면서 발끈 화를 낸 사람은 또 다른 의견을 내놓았다. 고 여사가 예전에 복권방을 직접 운영한 적이 있었지만, 쫄딱 망해서 점집을 낸 것이라고 했다. 그는 사업 실패 전력도 인생이라는 커다란 톱니바퀴에선 작은 볼트로 쓰일 때가 있기 마련이라면서 그것이 바로 인생이 주는 쏠쏠한 묘미가 아니겠냐고 말했다. 그 꼴을 아니꼽게 생각한 어떤 사람이 주제 파악도 못한다고 일침을 놓는 바람에 모두의 빈축을 사기도 했다.

중구난방의 말이 설왕설래했지만 정작 두 사람의 정체와 본색을 정확히 아는 사람은 없었다.

하남시 운수동 대통로의 보물 1호는 누가 뭐래도 미스코리아 점집이었다. 손님들도 미스코리아가 육십 퍼센트 이상 눈치로 때려맞힌다는 걸 알면서도 점집 문턱을 뻔질나게 드나들면서 남들한테 소개까지 하는 걸 보면 틀림없었다. 보물 2호는 단연 강수환 통증 클리닉 의원이었다. 신의 손인 강 원장이 환부를 만지기만 해도 씻은 듯이 낫는다는 소문이 널리 퍼져나가는 걸 보면. 보물 3호의 주인공은 누가 될지 아무도 예측하지 못했다.

다만, 어제와 같은 오늘도, 오늘 같은 내일도 인생의 희로애락은 굽이굽이 흘러가리란 사실에는 누구도 반박하지 못하고 머리를 주억거렸다.

작가의 말

"고도로 발달한 기술은 마법과 구별할 수 없다."

SF 작가 아서 C. 클라크가 남긴 유명한 말이다.

이 문구를 살짝 비틀어 '고도로 발달한 문명에도 샤머니즘은 여전히 존재한다'로 패러디하면 지나친 표현일까? AI 시대를 살아가는 젊은 세대도 사주팔자, 전생 등에 열광하는 걸 보면 클라크의 명언을 패러디한 문장이 억지는 아닐 것이다. 『하나도 못 맞히는 점집』의 착상이 떠오른 지점이다.

불확실한 현재와 불투명한 미래를 두려워하는 건 젊은 세대라고 크게 다르지 않을 것이다. 그런 까닭에 신비주의가 현대인에게 위로의 메시지로 읽히는지도 모른다. 아무리 그렇다고 하더라도 그 전언이 단순한 사탕발림에 머물러 있다면 현실로 돌아왔을 때 허망할 수도 있을 터. 힘겹고 각박한 현실에서 황당한 점괘가 강물에 빛나는 윤슬과도 같아서 오늘을 살아갈 힘을 얻을 수도 있으려니, 덧붙여 웃음까지 덤으로 챙길 수 있다면 한 번쯤 쉬어갈 수도 있으려니. 그런 마음으로 이 소설을 썼다.

『하나도 못 맞히는 점집』을 쓰면서 작품 속 인물들과 어울려 한바탕 잘 놀았다는 느낌이다.

삶이 어디 힘겹기만 하겠는가.

삶이 어디 슬프기만 하겠는가.

삶이 어디 고단하기만 하겠는가.

힘겹고, 슬프고, 고단한 가운데서도 작은 행복에 미소 짓는 게 인생이라 믿는다. 삶이라는 험난한 산을 오르기 위해 내딛는 한 걸음이 발판이 되듯. 깨진 항아리 틈새로 희미하게 스며드는 빛 한줄기가 소중하듯.

전생 모티프를 발전시키고 소설을 구상한 것은 원주의 토지문화관에서였다. 무한한 상상을 펼칠 수 있도록 숙식을 제공해준 토지문화관 관계자 분들께 감사드린다. 작년 여름을 보냈던 귀래관 104호 창가 소나무의 안부가 문득 궁금해진다.

웃음과 유머를 체화하기 위해 디미트리 베르휠스트, 오쿠다 히데오, 천명관, 이기호 등의 작품을 다시금 탐독했다. 풍자와 해학과 유머로 소설을 쓰는 세상의 모든 작가를 존경한다.

『하나도 못 맞히는 점집』이 출간되기까지 성심을 다한 클레이하우스 출판사 분들과 내 소설의 멋진 캐릭터를 표지로 완성해준 그림 작가님과 디자이너님께도 감사의 마음을 전한다.

마지막으로 이 소설을 읽어줄 독자께도 머리 숙여 감사한다. 독자님의 희로애락 인생이 소설 속 인물들과 나란히 어깨동무하며 소통할 수 있기를.

열심히, 성실히, 부단히 쓰는 걸로 보답하겠다.

2024년 여름

이선영

하나도 못 맞히는 점집

초판 1쇄 인쇄 2024년 7월 10일
초판 1쇄 발행 2024년 7월 17일

지은이 이선영

편집 김윤하
디자인 데일리루틴
일러스트 KATH(권민지)
마케팅 ㈜에쿼티
제작 ㈜공간코퍼레이션

펴낸이 윤성훈 **펴낸곳** 클레이하우스㈜
출판등록 2021년 2월 2일 제2021-000015호
주소 경기도 파주시 회동길 363-21, 2층
전화 070-4285-4925 **팩스** 070-7966-4925 **이메일** clayhouse@clayhouse.kr

ISBN 979-11-93235-22-5 (03810)

클레이하우스㈜가 더 나은 책을 펴낼 수 있도록 의견을 남겨주시거나 오타를 신고해주세요.
QR코드에 접속해 독자 설문에 참여해주신 분께 추첨을 통해 선물을 드리겠습니다.